Saskia Haugg

Edelweiß

Für Josefine

Bibliografische Information der Deutschen Nationalbibliothek:
Die Deutsche Nationalbibliothek verzeichnet diese Publikation in der Deutschen
Nationalbibliografie; detaillierte bibliografische Daten sind im Internet über
dnb.dnb.de abrufbar.

© 2019 Saskia Haugg
Satz, Umschlaggestaltung, Herstellung und Verlag:
BoD – Books on Demand, Norderstedt
ISBN 978-3-7481-8748-6

Prolog

Der blendend weiße Kies schürfte ihre Knie auf. Ihr Haar verfing sich in den Dornen der Brombeerhecken. Sie schrie. Aber er ließ sie nicht los, zog sie nur weiter hinter sich her, mit so schnellen Schritten, dass sie ihm kaum folgen konnte.

Endlich blieb er stehen. Ein anderer, den sie bis jetzt noch nie gesehen hatte, kam auf sie zu. Er hielt sie fest, während der andere vorsichtig ein hellgelbes Tuch auseinanderfaltete. Zum Vorschein kam ein Messer. Es war eines dieser Messer, die in jedem Haushalt verwendet wurden, mit hölzernem Griff und scharfer glatter Klinge, deren Oberfläche nun das Sonnenlicht reflektierte.

Sie wusste nicht, was nun kommen würde.

Wie auch? Sie war so jung.

Aber sie wusste, dass sie Angst hatte. Angst vor dem, was nun geschehen würde.

Der, der sie in den Wald gezerrt hatte, setzte die Klinge auf ihre Schulter. Sie bemerkte, dass er zitterte. Sie spürte seinen Atem neben sich.

Sie schloss die Augen. Eine Wolke schob sich in diesem Augenblick vor die Sonne und ließ damit das Schattenspiel unter dem Blätterdach erlöschen.

Leise rollte ihr eine Träne über die Wange. Doch niemand bemerkte es.

In der Ferne stieß ein Adler einen Schrei aus, wie es Raubvögel oft tun, wenn sich Gefahr nähert.

Auf einmal ging alles ganz schnell. Er setzte ihr erneut die Klingenspitze auf die Schulter und zog sie am Schulterblatt entlang runter. Das eisige Metall jagte sofort einen stechenden Schmerz durch ihren Körper. Sie verlor die Kontrolle über ihre Muskeln und, hätte der andere sie nicht gehalten, wäre sie in sich zusammengesunken.

Sie hörte sich selbst schreien.

Sie wusste nicht, wie lange, doch als sie verstummte, gaben die Berge ihr schmerzhaftes Echo zurück.

Sie spürte, wie sie auf den ausgetrockneten Waldboden gelegt wurde. Aus ihrer Wunde rann heißes Blut. Ihr ganzer Körper pulsierte.

„Ist sie …", setzte der Mann mit dem Messer an, „… ist sie tot?"
Der andere schien sich neben sie zu knien, jedenfalls knackte das Geäst.
Plötzlich hatte sie den Schock überwunden und ihr Körper versuchte zu verarbeiten, was geschehen war. Sie begann zu weinen. Salzige Tränen rannen über ihr immer noch vor Entsetzen bleiches Gesicht.

Die Männer unterhielten sich neben ihr mit gedämpften Stimmen. Sie hörte ihnen nicht zu, bis sich der, der sie so gefühlskalt verletzt hatte, zu ihr herunterbeugte.

„Ich hätte dich nie verletzt …", flüsterte er eindringlich, „… Ich wollte dich nie verletzen …, sondern deinen Vater."

Er richtete sich wieder auf. Er sagte noch etwas zu dem anderen und ging dann unbeirrt in die Richtung zurück, aus der er gekommen war, das Messer und das blutbefleckte Tuch noch in der Hand.

Es war ungewöhnlich still im Wald. Den Vögeln war es zu heiß, ihre fröhlichen Liedchen anzustimmen. Selbst der Adler schien sich wieder zurückgezogen zu haben.

Es war windstill. Die Luft stand unbewegt, eingedrückt von der Hitze der Sonne.

Der Fremde, der neben ihr kniete, presste ein Tuch auf ihre Wunde.

Als keine Tränen mehr kommen wollten, fühlte sich ihr Körper leer an. Sie wagte nicht, sich zu bewegen. Ihr Atem ging flach. Es kostete sie viel Kraft, nicht an den Schmerz zu denken, der in ihrer rechten Schulter tobte.

Der Mann neben ihr stand unerwartet auf.

„Ich werde gleich wieder da sein. Ich muss nur schnell zum Wachhäuschen vor. Du bleibst so da liegen, dass die Blutung nachlässt. Du bewegst dich keinen Zentimeter von der Stelle, verstanden!?"

Ohne eine Antwort abzuwarten, ging er und ließ sie zurück. Obwohl in seiner Stimme auch ehrlich gemeintes Mitleid lag, entging ihr der befehlende Unterton nicht.

Nein! Sie würde nicht liegen bleiben und auf die warten, die soeben mit ihrem Leben gespielt hatten! Sie wird laufen, und die Angst und eine große Menge Mut werden sie tragen!

Sie rappelte sich schnell auf die Knie und zog sich an einen Baum gelehnt auf die Füße. Ihr war schwindelig. Der Schmerz versuchte wieder, die Oberhand über sie zu ergreifen.

Doch sie war noch ein Kind. Kinder ließen sich nicht von Schmerzen oder anderen Gefühlen einschränken. Sie arbeiten noch gewollt gegen das, was sie im Erwachsenenalter schon längst zum Aufgeben gezwungen hätte.

Vielleicht liegt das an ihrer eingeschränkten Denkmöglichkeit, vielleicht aber auch an der Fähigkeit, Dinge zu sehen, vor denen erwachsene Menschen schon längst die Augen verschlossen haben.

Sie zwang sich, die Augen zu schließen. Als sie sie kurz darauf wieder öffnete, war die Wolke weggezogen und die Sonne ließ ihre kitzelnden Strahlen auf ihr Gesicht fallen.

Sie begann zu laufen. In eine ihr unbekannte Richtung, aber weg von diesem Ort, weg von dieser Höhle. Sie lief und lief. Sie würde nie mehr wieder zurückkommen.

Plötzlich zwang ein Schrei, der das ganze Tal auszufüllen schien, sie zum Stehenbleiben. Sie war außer Atem. Sie erkannte die wehmütige Stimme, die ihren Namen rief, sofort wieder. Es war ihr Vater.

Zögernd schaute sie über die Schulter zurück.

Doch dann rannte sie weiter.

Und die Rufe ihres Vaters begleiteten sie.

„Emilia!"

Es war einer der ersten Sommertage in diesem Jahr. Auf den Berggipfeln glitzerte der Schnee des Winters, der bis vor Kurzem das Land beherrscht hatte. Dichte Nebelschwaden zogen durch die Täler und die ersten Strahlen der Morgensonne fielen auf die weiten Wiesen und dunklen Wälder, die die Berghänge säumten. Rabenstein, ein kleines Dorf, das verlassen zwischen den Bergen lag, sah an diesem Morgen wie ein Geisterdorf aus.

Es waren vermutlich die Schüsse der Jäger, die aus den Wäldern herunter ins Dorf drangen, die Edelweiß aus ihren wilden Träumen aufschrecken ließen. Sie strich sich ihre braunen Locken aus dem Gesicht. Ihr Atem ging schwer und der Schweiß rann ihr über die Stirn. Ein Blick auf die große Standuhr verriet ihr, dass es sieben Uhr war. Als sie gerade aus dem Bett steigen wollte, überkam sie ein Schwindel, der sie zwang, sich wieder hinzusetzen.

Edelweiß versuchte, sich zu erinnern, was sie geträumt hatte, wie aber so oft wusste sie es nicht mehr.

Vorsichtig stand sie auf, ging zu einem der zahlreichen Fenster, machte es auf und klappte die Fensterläden nach draußen. Sofort strömte die frische kalte Bergluft ins Zimmer und Edelweiß überlief ein unangenehmer Schauder. Trotzdem setzte sie sich auf das Fensterbrett und wartete den Morgen ab. Die Sonne kam hinter den Bergkämmen hervor und der Nebel löste sich allmählich auf. Langsam kam das Leben ins Dorf zurück: Die ersten Marktfrauen bauten ihre Stände auf, die Händler, die in der warmen Jahreszeit über die Berge von Dorf zu Dorf zogen, beluden ihre Wagen mit Ware, um in den nächsten Tagen loszureisen, ein paar Kinder jagten lachend einem Straßenhund hinterher, bis ihre Mütter schimpfend die Fenster öffneten und hinausriefen, sie sollten es bleiben lassen. Die ältesten Söhne der Bauern trieben die Schaf- und Ziegenherden durch die engen Straßen, um sie auf die Weiden zu bringen. Einige hatten einen längeren Marsch vor sich, da viele der Tiere während des Sommers auf den Almen untergebracht waren.

Edelweiß seufzte. Die Nacht war einfach nicht ihre Zeit, genauso wenig wie der Winter, wo so tief in den Bergen ja kaum ein schöner Tag war.

Edelweiß zog sich rasch um und verließ das Zimmer. Es hatte lange gedauert, bis sie sich in diesem Haus auskannte, und sie kannte immer noch nicht alle Treppen, Zimmer und Türmchen, die das Haus besaß. Früher war es die größte Burg im ganzen Salzkammergut gewesen, aber während des Krieges wurde ein Teil der Burg zerstört und nicht wiederaufgebaut. Seitdem wurde sie nicht mehr als Burg anerkannt. Für Edelweiß war es allerdings trotzdem noch eine.

Sie ging den Gang entlang bis zu einer schmalen Treppe. Es war eine sehr steile und abgetretene Treppe, deren Ende in dem düsteren Licht nur zu erahnen war. Vorsichtig stieg sie die Stufen hinab, öffnete an deren Ende eine knarzende Holztür und stand schon im Hauptteil des Hauses. Man erkannte sofort, dass dieser Teil des Hauses viel öfter genutzt wurde als der Nordflügel, in dem Edelweiß ihr Zimmer hatte. Die breiten Gänge waren mit großen eleganten Leuchtern ausgestattet und die Böden waren mit roten und magentafarbenen Teppichen ausgelegt. Die Wände waren mit Bildern und bestickten Wandteppichen geschmückt und die breite Marmortreppe hatte immer noch den cremefarbenen Glanz, als ob sie nicht mitbekommen hatte, dass seit ihrem Bau mehrere Hundert Jahre vergangen waren.

Als Edelweiß gerade die Treppe hinunterging, kam ihr von der anderen Seite ihre Tante entgegen, die ihre Zimmer im Westflügel hatte, der ebenso gepflegt wie das Haupthaus war. Edelweiß war allerdings noch nie dort gewesen, schon allein deshalb, weil sie ihrer Tante so oft wie nur möglich aus dem Weg ging.

„Guten Morgen!", sagte diese knapp, und als Edelweiß den Gruß gut gelaunt erwiderte, sah sie sie nur mit ihrem ganz persönlichen Blick an, der eine Mischung aus Spott und Herablassung enthielt. Oft dachte Edelweiß, noch etwas deuten zu können, sie konnte aber nicht sagen, was es war …

Mit etwas Abstand folgte sie ihrer Tante zum Esszimmer und setzte sich ihr gegenüber an den schon gedeckten Tisch.

Nach einer halben Ewigkeit – Edelweiß dachte, sie würde heute gar nichts mehr reden – sagte ihre Tante mit ihrer rauen, dunklen Stimme: „Kind, ich weiß nicht, ob ich es dir schon gesagt habe, aber ich muss morgen dringend nach Salzburg fahren und werde dort drei Tage verbringen. Frag bitte nicht, warum und weshalb, ich habe nicht die Zeit, es zu erklären."

Edelweiß nickte nur und ärgerte sich innerlich schon wieder über den Ausdruck ‚Kind'. Sie wusste nicht, wie oft sie als kleines Mädchen schon gesagt hatte, dass sie sie Edelweiß nennen sollte. Sie konnte sich aber an keinen Tag erinnern, an dem ihre Tante es gesagt hatte.

„Bianca und Mathilda werden da sein", fuhr ihre Tante fort und stand auf. „Es tut mir leid, aber ich muss noch einige Vorbereitungen treffen. Wir sehen uns zum Abendessen noch einmal, mittags wird Dr. Albrecht wegen meiner Rückenprobleme kommen." Und schon fiel die Tür hinter ihr ins Schloss.

‚Es tut mir leid': Edelweiß war diese Sprüche zwar schon gewohnt, aber trotzdem konnte ihre Tante doch einfach mal zur Wahrheit stehen. Es tat ihr garantiert nicht leid, dass sie sich mittags nicht sehen würden. Verdrossen ließ sie ihr Brot sinken und starrte aus dem Fenster. Mit einem Mal wurde ihr schlecht. Sie musste raus. Sofort! Sie stand auf und verließ den Raum. Edelweiß wusste, dass es ihr verboten war, sie rannte aber dennoch den Gang entlang zum Hauptportal, zog die schwere Tür auf und lief die überdachte Treppe hinunter in den Hof. Es war noch frisch, trotzdem hatte die Sonne schon eine enorme Kraft.

Edelweiß rannte um das Haus herum in den Hintergarten. Hier hatte sie ihre Ruhe. Genau wie der Nordflügel des Hauses wurde dieser Teil des Gartens nur von ihr benutzt. Sie ging den Hauptpfad ein Stück entlang und lief dann einfach querfeldein. Edelweiß kannte den Garten in- und auswendig und fand schon bald sein Ende und das Gartentor. Allerdings nutzte sie es nicht, denn es hatte ihr schon so manchen Ärger bereitet, da man sein Quietschen bis hinauf in die Gemächer ihrer Tante hörte. Edelweiß ging ein paar Schritte nach links, wo dem morschen Holzzaun drei Latten fehlten, und schlüpfte durch die kleine Öffnung.

Sie ließ sich ins weiche, noch taufeuchte Gras fallen, lehnte ihren Kopf gegen eine Eiche, von denen es hier mehr als genug gab, und genoss die Stille. Die Übelkeit ließ langsam nach und sie schaffte es, sich zu entspannen.

Es gab mehrere Möglichkeiten, was sie machen konnte, da ihre Tante sie erst zum Abendessen wieder erwartete. Entweder sie machte einen ausgiebigen Spaziergang, sie besuchte ihre Freunde Anne und Alex oder sie ging auf ihr Zimmer, hatte dort aber wieder keine Ahnung, was sie tun sollte.

Edelweiß überlegte kurz und beschloss dann, zu ihren Freunden zu gehen. So hatte sie auch gleich einen Spaziergang, da das Gestüt, auf dem Anne und Alex lebten, auf der anderen Seite des Dorfes lag.

Edelweiß ging im Schatten der Eichen den Zaun entlang und benutzte auch nicht die Kiesstraße, die das Dorf mit der etwas höher gelegenen Burg verband, sondern ging parallel zu der Straße im Wald, da sie nicht unbedingt gesehen werden wollte, wie sie die Burg verließ. Warum, wusste sie selbst nicht genau, aber es war ihr irgendwie peinlich.

Erst jetzt bemerkte sie, dass ihr Kleid vollkommen durchnässt war. Sie lief etwas schneller und erreichte schon bald das Dorf.

Jetzt war schon richtiges Treiben in den Straßen und Gässchen von Rabenstein.

Edelweiß beschloss, einen Abstecher zu Claus zu machen. Sie wusste nicht, warum und woher, es kam ihr aber so vor, als würde sie ihn schon ewig kennen. Er hatte sein Haus und seine Schmiede in einer Seitengasse, die Edelweiß früher oft nicht gefunden hatte.

Als sie dort ankam, war Claus gerade dabei, einem Pferd neue ‚Schuhe‘ zu verpassen, wie sie es scherzhaft nannte.

Sie wartete, bis das Pferd beschlagen war und sein Besitzer gezahlt hatte, und betrat dann die Schmiede.

„Hey!", Claus lächelte sie an. Nachdem Edelweiß den Gruß erwidert hatte, fragte er: „Wie geht's dir denn so … da oben?" Er nickte mit dem Kinn in Richtung Burg und Edelweiß wurde über seinen spöttischen Tonfall sauer.

„Mir geht es gut … da oben, bis auf die paar Kleinigkeiten, dass ich da oben niemanden hab, der mich versteht, und du dich anscheinend auch gegen mich gewendet hast!", Edelweiß' Stimme klang feindseliger, als sie es eigentlich beabsichtigt hatte. Claus warf ihr einen Blick zu, der so viel hieß wie „Du führst dich gerade auf wie ein Kind, merkst du das überhaupt?" und wendete sich wieder seiner Arbeit zu. In diesem Moment wurde ihr bewusst, was sie gesagt hatte. Claus hat sich vielleicht nicht gegen sie wenden wollen, er fand es wahrscheinlich nur genauso schlimm auf der Burg wie sie und wollte nicht sie mit seinem Spott treffen, sondern ihre Tante.

Edelweiß verließ die Schmiede, da sie nicht glaubte, dass Claus noch etwas sagen würde, und schlug den Weg Richtung Gestüt ein. Obwohl sie keinen Grund dafür fand, rollten ihr ein paar Tränen über die Wangen. Zornig wischte sie sie weg.

Der Weg zu ihren Freunden führte durch viele Gassen und Straßen, über den Marktplatz und wieder einige Wege entlang, bis sie plötzlich das Dorf hinter sich gelassen hatte und eine breite ungepflasterte Straße vor ihr lag, die sie entlangging. Nach mehreren Biegungen tauchte schließlich der Hof vor ihr auf.

Edelweiß atmete tief durch, und als sie das Gestüt durch das weit geöffnete, mit Rosenranken verzierte Tor betrat, kam ihr Leo, ein kniegroßer schwarzweiß-gescheckter Hund entgegengeschossen und sprang bellend an ihr hoch. Lachend streichelte Edelweiß den Hund. Nach einer Weile kam ein Mädchen auf den Hof, deren aschblonde Haare im Nacken zu einem straffen Zopf geflochten waren. Sie rief: „Leo, sei endlich still! ... Edelweiß!" Nach einer kurzen Begrüßung fragte Anne: „Seit wann darfst du vormittags die Burg verlassen?"

„Meine Tante muss einiges vorbereiten, weil sie morgen nach Salzburg reist und außerdem kommt so um die Mittagszeit Dr. Albrecht noch einmal zu ihr und so erwartet sie mich erst wieder abends!"

„Du hast Glück", Anne zwinkerte Edelweiß zu, „Alex und ich müssen heute nur den Stall ausmisten und wir sind gleich fertig. Mama gönnt uns bestimmt einen freien Nachmittag!"

„Soll ich euch helfen?"

„Zu solchen Fragen sag ich nie Nein!" Anne drückte ihrer Freundin eine Mistgabel in die Hand und beide liefen hinter zu den Ställen. Nachdem Edelweiß Alex begrüßt hatte, teilte Anne ihr zwei Boxen zum Reinigen zu.

Bevor sie sich bei Annes und Alex' Mutter das Einverständnis für einen freien Nachmittag holten, misteten sie die Ställe fertig aus. Dann gingen sie in Annes Zimmer. Edelweiß liebte die schrägen Wände und die hölzernen Dachstreben, die den Zimmern eine gewisse Gemütlichkeit verliehen. Oft ermahnte sie sich selbst, dass sie sich eigentlich nicht beschweren dürfte, da es ihr an nichts fehlt, aber das Leben auf dem Gestüt konnte sie sich einfach viel besser vorstellen als das in der Rabenburg, wie das Zuhause ihrer Tante seit Jahrhunderten genannt wird.

„Und? Was wollen wir machen?", fragte Edelweiß, durchströmt von einer plötzlichen Lebensenergie.

„Wie wäre es mit einem Ausritt? Du bist Venus schon seit Wochen nicht mehr geritten. Sie freut sich bestimmt."

Edelweiß stimmte Anne zu und sie stiegen die Treppe hinunter, die in der Küche endete, verließen das Haus und machten die Pferde fertig. Als sie eine der vielen Wege einschlugen, die in die Berge führten, sagte Alex:

„Wir müssen dir was zeigen. Wir haben gestern, als wir einen Ausritt in die Berge gemacht haben, ein altes Försterhaus entdeckt. Es sah aus, als wäre es schon seit Jahren verlassen …"

Alex hatte gehofft, Edelweiß würde noch einmal nachhaken, sodass es ihm leichter fiel, es zu erzählen, sie schaute ihn aber nur schweigend an. Wie schon so oft erinnerte Edelweiß ihn an eine Katze mit ihren olivgrünen Augen und den dicken braunen Locken, die ihr Gesicht einrahmten.

Er sog die frische Waldluft scharf zwischen den Zähnen ein und fuhr schließlich fort: „Als wir dann wieder daheim waren, haben wir unseren Vater nach dem Haus gefragt. Er wollte uns zuerst nichts sagen, das hat uns natürlich richtig neugierig gemacht. Und schließlich hat er es uns verraten: Das Haus in den Bergen hat deinen Eltern gehört."

Edelweiß trafen die Worte wie ein Blitz. Ihr stiegen Tränen in die Augen. Sie fragte sich warum, denn irgendwo musste es ja sein, das Haus ihrer Eltern, wie Alex es ausgedrückt hatte. Sie verfluchte sich selbst. Sie hatte ihre Eltern nie gekannt, geschweige denn das Haus, in dem sie die ersten drei Jahre ihres Lebens verbracht hatte. Erst jetzt bemerkte sie, dass Alex und Anne sie von der Seite beobachteten.

„Unser Vater hat uns erzählt, dass die Sachen, die von ihrer Reise gefunden wurden, in das Haus gebracht wurden", fuhr Alex fort.

Erst nach einer Weile wurden ihr Alex Worte bewusst: „Welche Reise?"

„Das haben wir Papa auch gefragt", erwiderte Anne wie aus der Pistole geschossen, „aber er wollte nichts mehr dazu sagen."

Edelweiß wendete den Kopf ab. Sie konnte keine Verbindung zwischen einer Reise und Tante Noras Worten sehen, die ihr verraten haben, dass ihre Eltern bei einem Segelunglück ums Leben gekommen sein sollen.

Schweigend ritten sie weiter. Edelweiß versuchte, sich den Rest des Weges einzuprägen: Zuerst ritten sie den breiten Waldweg entlang, den sie schon kannte, nach einer Weile lenkte Anne ihr Pferd nach rechts auf einen kleinen Pfad, der gerade noch so breit war, dass ein Pferd hindurchpasste. Er war sehr schlecht zu reiten, da der Pfad schon lange nicht mehr genutzt wurde. Die Baumstämme lagen kreuz und quer herum und der Farn, der noch vom Morgentau tropfte, ließ seine Fächer so weit auf den Weg hängen, dass man den Waldboden nur erahnen konnte.

Als sie eine große Lichtung erreichten, bot sich ihnen ein Anblick über

Rabenstein, dessen Häuser nur handgroß unter ihnen lagen. Die Rabenburg thronte mächtig auf der gegenüberliegenden Seite in den Felsen und der Rabensteiner See lag mit taubenblauer Farbe und in der Sonne glitzernden Wellen hinter dem Dorf im Tal. Die Aussicht war so märchenhaft, dass Edelweiß für einen Augenblick die Augen wehtaten.

Als sie sich schließlich zu ihren Freunden umdrehte, bemerkte sie, dass diese in eine ganz andere Richtung schauten. Hangaufwärts, wo schräg gegenüber von ihnen das Försterhaus lag. Anne drehte sich zu ihr um und warf ihr einen vielsagenden Blick zu. Zögernd brachte Edelweiß ihr Pferd zum Gehen und, als hätte Venus bemerkt, dass Edelweiß Angst hatte, tänzelte sie nervös herum und ließ sich nur mit sanfter Gewalt den Hang hinaufreiten.

Das Haus sah wirklich verlassen aus, aber kein bisschen schlecht behandelt oder gar eingefallen. Es wirkte sogar sehr einladend mit seinem dunklen Holz und dem bemoosten, mit Steinen gesicherten Dach. Edelweiß schaute sich genauer um. Links neben dem Haus waren drei große Grasflächen abgezäunt, die früher wahrscheinlich als Weiden gedient hatten. Edelweiß versuchte sich zu erinnern, welche Tiere einmal darauf gestanden hatten, aber es war zu lange her. Rechts neben dem Haus begann der Wald. Davor stand ein Brunnen, der immer noch unermüdlich Wasser spie. An der Hütte lehnten ein Besen und eine Mistgabel, als wären die Besitzer des Hauses nur kurz im Dorf unterwegs. Hinter dem Haus stand ein Stall, dessen Tor leise im Wind knarzte.

Edelweiß schwang sich von Venus hinunter. Erst jetzt bemerkte sie, wie ihre Beine zitterten. Vorsichtig ging sie zu einem der Weidenzäune und band ihr Pferd dort an. Als sie mit ihren Freunden die Verandatreppe hinaufgestiegen war und die Haustür erreicht hatte, sah sie ein großes messingfarbenes Schloss. „Zugeschlossen!", seufzte Anne und ließ sich auf eine Bank fallen, die unter einem der Fenster stand; sie waren ebenso wie die Tür verriegelt. „Na toll!", schimpfte sie.

„Ich schau mal, ob ich einen Weg ins Haus finde, der am Scheibeneinschlagen und Türen aus den Angeln heben vorbeiführt", Alex grinste.

„Untersteh dich!", erwiderte Edelweiß empört, doch Alex war schon um die Ecke. Edelweiß setzte sich zu ihrer Freundin auf die Bank, nach einer Weile sagte sie mehr zu sich selbst als zu Anne: „Würden meine Eltern noch leben … dann würde ich hier wohnen, in einer schönen kleinen Hütte und nicht dort auf der Burg!" Sie nickte in die Richtung, in der sie das Anwesen ihrer Tante vermutete. Da sie nicht wusste, was sie darauf erwidern sollte, nickte Anne nur.

Alex schaute um die Ecke: „Ich hab ihn!"

„Wen?"

„Na, den Weg ins Haus!", Alex verdrehte die Augen und Edelweiß amüsierte sich wieder einmal über den Wortwechsel, den ihre Freunde führten. Sie folgten Alex rechts um das Haus herum. Alex kletterte entschlossen an einem Rosenbogen hinauf, der den Weg in den Garten kennzeichnete, und sprang mit einem Satz auf das Stalldach. Edelweiß folgte ihm, blieb aber mit ihrem Kleid an einem herausstehenden Nagel hängen. Da sie es nicht bemerkte, stieg sie weiter hinauf und zerriss sich mit einem Ruck das Kleid.

„Wie willst du das deiner Tante erklären?", fragte Alex von oben.

„Darüber mach ich mir später Sorgen", Edelweiß wollte nur noch in das Haus. Als Anne auch oben war, führte Alex sie zu einem Fenster, dessen Läden sich öffnen ließen.

„Du zuerst", sagte er zu Edelweiß und stieß das Fenster nach innen auf. Ohne zu zögern, stieg sie hinein. Es war ein kleines Zimmer, in dem Edelweiß stand, mit schrägen Wänden und Dachstreben. Es sah fast so aus wie bei Anne, nur war alles viel kleiner und erschien wesentlich älter. An der gegenüberliegenden Wand stand ein Bett mit einem dunklen Vorleger, der schon sehr abgetreten aussah. Außerdem war noch eine schwarze Kiste im Raum, zu der sich Edelweiß hinunterbeugte.

„Wer hier wohl gewohnt hat? Derjenige darf auf jeden Fall keine Platzangst gehabt haben!", Anne klopfte sich den Staub von ihrem Kleid.

„Ich habe hier gewohnt."

„Was?", Anne sah Edelweiß verblüfft an: „Woher …", sie sprach den Satz nicht zu Ende, sondern ging zu ihrer Freundin und schaute in die Kiste, die Edelweiß geöffnet hatte. Ganz oben drauf lag eine Puppe, die ein apfelgrünes Kleid und zwei blonde geflochtene Zöpfchen trug, was trotz des spärlichen Lichtes gut zu erkennen war. Edelweiß nahm sie heraus und jetzt erblickte Anne auch den restlichen Inhalt der Truhe. Es lagen viele ordentlich zusammengelegte kleine Kleider darin. Sie hatten alle erdenklichen Farben, mit Spitze oder Knopfleisten bestickt oder ganz schlicht. Die meisten sahen handgenäht aus. Edelweiß legte die Puppe wieder zurück in die Truhe.

und klappte entschlossen den Deckel zu. Anne vermutete, Tränen auf ihren Wangen deuten zu können, war sich wegen des schwachen Lichtes aber nicht sicher. Alex hatte in der Zwischenzeit eine Luke im Boden gefunden, hinter der sich eine hölzerne Treppe verbarg. Edelweiß ging voran und wischte sich wütend die Tränen aus den Augen. Sie schämte sich dafür, dass ihr ihre Gefühle wie so oft aus dem Gesicht abgelesen werden konnten. Unten angekommen war vor Dunkelheit erst gar nichts zu erkennen. Als die drei sich langsam vorantasteten, stieß Anne plötzlich auf einen Vorhang, den sie aufzog. Gleich darauf fingen alle zu husten an, was dem aufgewirbelten Staub geschuldet war. Immer noch war alles dunkel. Alex betrat als Erster den Raum, den sie vor sich vermuteten. Edelweiß tastete sich an der Wand entlang. Auf einmal stieß sie sich den Kopf und stöhnte schmerzvoll auf. Als sie gerade danach tasten wollte, fiel Licht in das Zimmer. Alex hatte ein Fenster gefunden und dessen Läden geöffnet. Nachdem Edelweiß dem Regal aus Massivholz, das vor ihr an der Wand angebracht war und auch der Grund für ihren schmerzenden Kopf war, einen zornigen Blick zugeworfen hatte, half sie Alex beim Öffnen der restlichen Fenster. Als sie fertig waren, war das Zimmer lichtdurchflutet. Die Sonne ließ die Staubkörnchen in ihren Lichtstrahlen tanzen.

Edelweiß sah sich um. Links neben der Haustür lag eine altmodische Feuerstelle, über der ein großer Kessel hing. Ihr gegenüber war eine Art Theke, auf der allerlei Dosen gestapelt waren und Kräuter lagen. Auch von den an der Decke befestigten Haken hingen büschelweise Kräuter und Gräser, die Edelweiß zum Teil noch nie zuvor gesehen hatte. In der Mitte des Raumes stand ein runder Tisch, um den vier Stühle platziert waren. Alles sah so aus wie von einem erfahrenen Tischler hergestellt. Neben dem Regal, in dem auch Dosen standen, erhob sich ein großer Schrank, der durch sein stolzes Alter fast schwarz geworden war. Dennoch sah er sehr hübsch aus, was seinen mit kunstvollen Schnitzereien verzierten Türen und Schüben zu verdanken war. In einer weiteren Ecke erblickte Edelweiß ein Sofa, das mit verstaubten hellen Decken überzogen war. Jetzt erst schweifte Edelweiß Blick zu dem Raum, in dem Anne immer noch stand. Es musste eine Art Flur zu dem Zimmer und vermutlich auch zu dem ihrer Eltern sein, denn hinter ihrer Freundin erkannte Edelweiß eine schmale Tür. Als sie zu Anne hinüberlief, erblickte sie eine große Standuhr, die ihr zeigte, dass es inzwischen früher Nachmittag war.

Alex, der ihren Blick verfolgt hatte, meinte: „Wir müssen uns aufteilen, sonst kriegen wir das heute nicht mehr hin. Anne, du nimmst das Zimmer", Alex deutete auf die Tür hinter seiner Schwester, „und wir", er schaute Edelweiß eindringlich an, „schauen uns das an, was mein Vater als ‚Gepäck von der Reise' beschrieben hat."

Erst als Alex in Richtung Haustür ging, fiel Edelweiß' Blick auf zwei Kisten, die zwischen Haustür und Tisch standen. Sie ging zögernd zu Alex hinüber, der schon den Deckel der ersten Truhe öffnete. Sie schaute kurz zu Anne, die mit den Augen rollte und mit einem Ruck die knarzende Tür aufzog, die tatsächlich in das Zimmer ihrer Eltern führte. Edelweiß konnte schemenhaft die Umrisse eines Doppelbettes erkennen. Bevor sie allerdings mehr sah, hatte Anne die Tür schon hinter sich zugezogen.

Edelweiß kniete sich neben Alex.

„Was soll das bitte alles sein?", Alex schaute verwirrt über die Sachen, die er schon auf dem Boden ausgebreitet hatte. Unmengen an Seilen, Karabinerhaken, zwei Helme und mengenweise Werkzeug breiteten sich auf dem hölzernen Boden aus. Eine Weile war es so still, dass Edelweiß draußen einen Specht klopfen hörte.

„Edelweiß", Alex sah seine Freundin sanft an, „deine Eltern werden wohl kaum Karabinerhaken oder Helme auf einem Segelausflug gebraucht haben, oder?"

Benommen schüttelte Edelweiß den Kopf. Sie erkannte plötzlich auch keinen Zusammenhang mehr zwischen den Dingen, die hier vor ihnen lagen, und den Geschichten, die man sich im Dorf über den Tod ihrer Eltern erzählte.

„Vielleicht", setzte Edelweiß an, „Vielleicht sind das gar nicht die Sachen meiner Eltern …"

Alex klappte den Deckel der Truhe wieder zu und fragte: „Wie hieß deine Mutter?"

Überrascht sah Edelweiß auf: „Julia. Wieso?"

Alex zeigte auf ein kleines Blechschild, das mit zwei Nägeln auf dem Deckel der Kiste befestigt war. Auf ihm stand in geschwungenen Buchstaben der Name ihrer Mutter.

„Und dein Vater hieß Rick, oder?"

Edelweiß nickte. Sie brauchte nicht nachzufragen, woher er das wusste. Ihr Blick schweifte zur zweiten Truhe, die ein ähnliches Schild trug, welches ihr die Antwort gab. Alex wollte gerade etwas sagen, da wurde die Tür aufgerissen und Anne stand im Zimmer: „Ihr glaubt nicht, was ich gerade gefunden hab! Ein verstecktes Zimmer! Ein …"

Sie folgten Anne, die ihren Satz unvollendet ließ, in den Raum. Jetzt konnte Edelweiß alles gut sehen, da ihre Freundin auch hier die Läden geöffnet hatte. Aber ehe sie sich groß umsehen konnten, fielen ihre Blicke auf die Holzleiter, die am linken Zimmerende an der Wand befestigt war. Ohne zu zögern, kletterte Edelweiß die Leiter hinauf. Ihre Freunde folgten ihr. Sie gelangten in eine Dachkammer, die wesentlich größer als Edelweiß' Zimmer war. Man konnte trotz schräger Wände perfekt aufrecht stehen. Weit hinten stand ein wuchtiger Schreibtisch aus dunkelbraunem Holz. Überall stapelten sich Bücher und Hefte, teilweise bis zur Decke. Unter einer Dachschräge stand eine Art Sofa, allerdings ein wesentlich kleineres als das unten. An der anderen, der geraden Wand war ein Regal angebracht, das sich vom Boden bis zur Decke erstreckte und mit Büchern vollgestopft war. Anne bahnte sich einen Weg durch die Türme aus Heften, Zeitungen und Romanen zum Schreibtisch. Alex nahm kurzerhand ein Buch von einem der Stapel, setzte sich auf das Sofa und begann zu lesen. Auch Edelweiß vertiefte sich bald in ein Buch, sodass Annes Worte erst nach einiger Zeit in ihr Bewusstsein drangen, „… Hallo? Alex? Edelweiß? Seid ihr schon eingeschlafen oder was?", Anne schüttelte den Kopf. „Schaut mal, ich glaub, ich habe so etwas wie Tagebücher gefunden …", sie hielt ein beklebtes, mit Mustern verziertes Buch hoch, dessen Umschlag die Menge an Seiten nur mithilfe von drei Lederschnallen erfassen und zusammenhalten konnte. „Hört mal zu: 09. Dezember 1974. Gerade habe ich Edelweiß ins Bett gebracht. Rick war heute bei seiner Schwester und hat versucht, ihr zu erklären, dass wir für nächstes Frühjahr einen Auftrag bekommen haben. Wie vermutet, ist sie ausgerastet … Aber was sollen wir machen? Einen so großen und wichtigen Auftrag absagen, nur weil Nora es für schlecht befindet? Die meisten Sorgen mache ich mir um Edelweiß. Das wird vermutlich die längste Reise werden, die wir je gemacht haben. Sie wird locker ein- bis eineinhalb Jahr dauern und sie mitzunehmen, ist einfach unmöglich. Das würde ihr nicht guttun. Wo sollen wir sie also unterbringen? Wo wäre unsere Kleine gut aufgehoben? Unsere erste Idee war, sie Isabell und Martin auf dem Gestüt anzuvertrauen, aber die beiden haben zurzeit selbst so viel um die Ohren, mit dem Hof und ihren Kindern. Anne ist schließlich auch erst so alt wie Edelweiß und Alex nur eineinhalb Jahre älter. Nein, das möchten wir ihnen nicht zumuten. Claus können wir auch nicht fragen, er kommt ja mit uns mit. Ansonsten gibt es niemanden im Dorf, dem wir Edelweiß anvertrauen möchten, zumindest nicht für so lange Zeit. Bleibt also nur Nora ... Und ob sie ein dreijähriges Kind bei sich auf der Burg haben möchte, bezweifle ich. Vor allem, weil sie sehr darunter leidet, dass sich ihr eigener Kinderwunsch nie erfüllen wollte ...', verblüfft schaute Anne auf.

„Wow!", Alex fuhr sich mit gespreizten Fingern durchs Haar.

Edelweiß nahm einen Stapel Bücher von einem Schemel und ließ sich auf diesem nieder. Sie kam sich plötzlich unvorstellbar schwer vor. Eine Zeit lang, die Edelweiß unbehaglich lange vorkam, sagte niemand etwas.

„Darf ich das alles noch mal zusammenfassen?", fragte Alex. „Also, Edelweiß' Eltern haben einen Auftrag bekommen, was mir persönlich ja nicht gerade nach einem schönen Segelausflug auf dem Rabensteiner See klingt, der ein- bis eineinhalb Jahre dauern sollte. Claus ist offensichtlich auch mitgegangen. Edelweiß und unsere Eltern haben sich anscheinend gut gekannt. Außerdem bist du", er schaute kurz zu Edelweiß, „bei deiner Tante aufgewachsen, die mit Sicherheit ebenfalls Bescheid wusste. Sie alle haben uns und alle anderen Dorfbewohner über Jahre hinweg nur angelogen ..."

Edelweiß nickte langsam. Nach einer Weile schlussfolgerte sie: „Es gab also überhaupt keinen Segelausflug ... Aber warum haben sie uns nur so angelogen? Es könnte ja sein, dass sie vielleicht noch leben! Von allem, was wir wissen, ist es sogar sehr möglich!", viel angestaute Wut bäumte sich in Edelweiß auf. Sie krallte die Finger in den Saum ihres Kleides, bis sie taub wurden und unangenehm kribbelten.

„Vielleicht haben sie es deshalb alles so erzählt, weil sie dir gar nicht erst Hoffnung machen wollten ... Weil sie nicht wollten, dass du dein Leben in dieser erstickenden Ahnungslosigkeit führen musst ..."

„Aber warum?", Edelweiß sprang auf. „Warum darf ich mir keine Hoffnungen machen? Irgendwo da draußen leben vielleicht noch meine Eltern und ich wurde zehn verdammte Jahre lang in dem Glauben gehalten, dass sie ertrunken sind!"

„Vielleicht sind sie auf eine unschönere Art und Weise umgekommen und man wollte dir die Wahrheit schlichtweg nicht antun!" Alex bemerkte

Edelweiß erschrockenen Blick und erklärte, „das ist jetzt nur ein Beispiel gewesen. Aber es kann doch einen Grund geben, weshalb sie dir berechtigterweise die Wahrheit verschwiegen haben."

Edelweiß atmete tief ein und setzte sich wieder. Normalerweise würde sie jetzt davonlaufen und sich irgendwann wieder bei Alex entschuldigen, weil sie erkannte, dass sie überreagiert hatte. Aber da sie ihre Gefühlsausbrüche endlich unter Kontrolle bekommen wollte, zwang sie sich zum Bleiben und versuchte, ihre Muskeln zu entspannen. Auch war das jetzt beim besten Willen kein Zeitpunkt für einen Streit.

„Und was ist mit Claus?", Edelweiß bemühte sich um eine ruhige Stimme, obwohl ihr ganzer Körper bebte, „im Tagebuch steht, dass er auch mit auf diese Reise gegangen ist … Er ist aber zurückgekommen …"

„Vielleicht konnte er aus irgendeinem Grund nicht mitfahren, weil er krank oder verletzt oder so war."

Edelweiß bewunderte ihren Freund immer wieder für seine ruhige Art, mit Dingen umzugehen. Dennoch erwiderte sie hartnäckig: „Aber er weiß vermutlich am meisten über diesen Auftrag! Und er hat mir, als ich noch kleiner war, sogar öfter gesagt, dass er meine Eltern nicht einmal kennt!"

Alex ließ sich zurück ins Sofa sinken. Jetzt waren selbst seine Argumente erschöpft. Edelweiß ging zu ihrer Freundin hinüber und fragte, mit einem Nicken zu den drei Tagebüchern, die Anne gefunden hatte: „Wo hast du die denn her?"

„Da aus dem Schub."

„Denkst du, es sind alle, die meine Mutter geschrieben hat?"

„Ich glaube schon … Sie sind ja auch alle sehr dick." Anne lächelte gequält. Edelweiß machte sich daran, alle Schübe des Schreibtisches zu durchsuchen, fand aber außer weiteren zahlreichen Büchern und einigen Tintenfässchen nichts mehr. Anne hatte da schon mehr Glück. Sie griff in das Bücherregal und zog eine schwarze Ledermappe heraus. Sie öffnete sie und ein Schwall von Briefen kam ihr entgegen. Edelweiß warf einen Blick in die Tagebücher und stellte fest: „Die Einträge gehen genau bis zu dem Tag, an dem meine Eltern diese Reise angetreten haben. Glaubt ihr, sie hat auch während der Reise Tagebuch geschrieben?"

„Wenn, dann wäre es ja unter den Sachen, die von ihnen gefunden wurden", antwortete Alex und machte dabei eine Geste in Richtung Treppe.

„Ich schau mal nach." Edelweiß legte die Tagebücher auf den Schreibtisch zurück, schlängelte sich elegant durch die Bücherstapel hindurch und kletterte die Treppe hinunter.

„Das muss ein schreckliches Gefühl sein, wenn du erst immer in dem Glauben gelassen wirst, dass deine Eltern tot sind und von einem Tag auf den nächsten erfährst du, dass du eigentlich nur belogen wurdest und dass sie vielleicht irgendwo noch leben!"

Anne ließ den Brief sinken, den sie gerade las, und nickte ernst. Sie faltete das Papier wieder zusammen und steckte es in den Umschlag zurück.

„Vor allem verstehe ich Claus nicht. Einerseits hat er immer so offen gewirkt und hat sich um Edelweiß gekümmert, aber andererseits … Wie hat er es überhaupt geschafft, es so lange Zeit, zehn ganze Jahre, vor ihr geheim zu halten? Ich meine, sie ist für ihn ja fast wie eine Tochter." Anne fing sich einen ungläubigen Blick von ihrem Bruder ein und entschärfte ihre Worte, „naja, nicht ganz wie eine Tochter, aber so, wie er sich immer um sie gekümmert hat. Und dann auch noch …"

„Jaja", unterbrach Alex sie lachend, „ich habe es verstanden!"

Anne grinste und öffnete kopfschüttelnd den Umschlag des nächsten Briefes. Es war wider Erwarten kein Brief, sondern es waren Bilder und ein sehr zerknitterter Zettel in dem Umschlag.

„Ich habe es gefunden!", triumphierend hielt Edelweiß, die gerade wieder die Treppe hochgeklettert war, ein ledergebundenes Büchlein in der Hand.

„Hört mal zu", sagte Anne, ohne auch nur annähernd auf ihre Freundin einzugehen: „Liebe Julia, wie geht es dir? Hier in Italien ist es wunderschön, wenn wir auch die freie Zeit betrachten, von der uns leider viel zu wenig bleibt. Unsere Forschungen sind leider immer noch ziemlich am Anfang. Die Gesteinsproben haben nichts Besonderes ergeben und morgen sollen die Forschungen schon auf einem anderen Berg weitergeführt werden. Aber glaubst du, dass das Gestein da auf mehr schließen lässt als das auf Monte Adamello, den wir jetzt seit zwei Wochen unter die Lupe nehmen? Dieser ist übrigens einer der größten und bekanntesten Berge Italiens. Ich soll dich von Claus schön grüßen. Ich finde es schade, dass du nicht mitkommen konntest, aber es wäre einfach zu gefährlich und anstrengend geworden … Ich hoffe, bei dir ist alles gut. Wenn es nach Plan läuft, kommen wir in zwei Monaten heim. Grüß Isabell und Martin von mir, wenn du sie mal wieder siehst. Ich vermisse dich so sehr und drücke dich aus der Ferne. Dein Rick." Nach einer Weile fügte Anne noch hinzu: „Schaut mal, hier sind Bilder von deinem Vater und Claus. Vermutlich sind die während der Reise in Italien entstanden."

Sie gab Edelweiß die Bilder. Auf dem ersten waren Claus und ihr Vater drauf. Sie saßen beide vor einer Herberge in karamellfarbenen Korbstühlen. In dem Moment der Aufnahme hoben sie gerade ihre Weingläser, zum Anstoßen bereit. Edelweiß' Vater schaute müde, aber zufrieden in die Kamera. Sein dickes braunes Haar war vom Wind zerzaust. Edelweiß zauberte es ein Lächeln in die Mundwinkel, als sie in das ehrliche Gesicht ihres Vaters blickte. Sie würde ihm vermutlich jede Lüge aus den Augen ablesen können. Edelweiß hatte bis jetzt noch nicht viele Bilder von ihren Eltern gesehen. Genau gesagt von ihrer Mutter noch kein einziges und von ihrem Vater einmal eins in der Bibliothek ihrer Tante. Doch als sie damals nach dem Bild gefragt hatte, hat diese sogar dafür gesorgt, dass es abgehängt wird. Edelweiß hatte nie wirklich verstanden, warum, schließlich war Rick Noras Bruder. Auf den anderen beiden Bildern war nur ihr Vater abgebildet. Einmal in Kletterausrüstung an einer Felswand, die so steil abfiel, dass Edelweiß für einen Moment die Luft wegblieb. Auf dem anderen stand er neben einem Gipfelkreuz auf einem Berg, hinter sich die endlosen Weiten der Alpen. Ihre Freunde machten sich unruhig bemerkbar, bis Edelweiß erschrocken aufschaute. Sie musste schon eine halbe Ewigkeit auf die Bilder gestarrt haben.

„Wie kann das alles nur möglich sein?", sie ließ sich müde auf das Sofa fallen.

„Die Antwort können uns vermutlich nur Claus, unsere Eltern und deine Tante geben", antwortete Anne.

„Es ist bestimmt schon spät", als niemand auf Alex Worte reagierte, fügte er hinzu, „wir nehmen einfach die Tagebücher und die Briefe mit und jeder von uns schaut sich etwas anderes an. Und wir können Mama und Papa ja mal darauf ansprechen und du deine Tante."

„Und Claus?" Anne war vermutlich genauso müde wie Edelweiß, jedenfalls hörte sich ihre Stimme ähnlich gedämpft an.

„Da Edelweiß ihn am besten von uns kennt, würde ich sagen, sie geht zu ihm."

„Nein", Edelweiß schüttelte heftig den Kopf.

„Nein?", Anne richtete sich auf. „Was meinst du damit? Habt ihr euch gestritten?"

Edelweiß war bereit, alles zu erzählen, da sie aber keinen Grund mehr hinter dem Streit von heute Morgen sah, erwiderte sie zögernd: „Nein, nicht wirklich, er war nur heute Vormittag so ... so komisch."

„Komisch? Das klingt ja gar nicht nach ihm", Anne legte eine kurze Pause ein, in der Edelweiß Zweifel überkamen, ob sie ihr glaubte. Dann fuhr sie aber fort: „Naja, ist ja nicht so wichtig. Dann werde ich eben morgen zu ihm gehen, okay?"

Edelweiß nickte. Sie verließen den Dachboden, schlossen die Fensterläden wieder und tasteten sich in der Dunkelheit langsam die Treppe hinauf. Als sie schließlich wieder bei den Pferden waren, berührte die Sonne schon die Gebirgsspitzen.

„So ein Mist!", Edelweiß schwang sich in den Sattel, „in spätestens einer Stunde gibt es Abendessen auf der Burg!"

„Tja, dann hilft wohl nur ein kleiner Galopp!", Anne grinste, „... wer als Erstes wieder beim Gestüt ist!" Schon gab sie ihrem Pferd die Sporen.

„Typisch Anne", Alex schüttelte den Kopf. „Ach ja, hast du die Bücher?"

„Die hat Anne. Falls eure Satteltaschen solche mörderischen Galopps aushalten."

„Keine Sorge", Alex lachte auf, „Annes musste in der Hinsicht schon genug mitmachen." Mit diesen Worten gab er Joker den Befehl zum Start. Edelweiß warf einen kurzen Blick zurück auf die Hütte, ehe sie ihren Freunden folgte. Im Wald schlugen ihr Äste ins Gesicht und der Wind ließ ihr Tränen in die Augen steigen, aber sie hatte seit Langem nicht mehr so eine Freiheit verspürt. Venus schien auch Spaß daran zu haben, denn sie galoppierte Alex wie verrückt hinterher, der nur noch ein paar Meter Vorsprung hatte. Als sie schließlich alle außer Atem beim Gestüt ankamen, gab Anne ihr zwei der Tagebücher und meinte: „Wenn du dich beeilst, schaffst du es bestimmt noch rechtzeitig auf die Burg. Ich werde morgen bei Claus vorbeischauen. Danach kommen wir zu dir, aber wir warten hinten beim Gartentor."

Edelweiß nickte und fragte: „Und wann?"

„So um halb drei. Ist das bei dir okay?"

„Klar." Edelweiß ließ sich elegant von Venus heruntergleiten, drückte Alex deren Zügel in die Hand und ließ los.

„Bis morgen!", Anne winkte zum Abschied. Als Edelweiß eine halbe Stunde später die Burg erreichte, war sie so außer Atem, dass ihr kurzzeitig schwindelig wurde. Aber sie hatte keine Zeit, sich hinzusetzen. Sie musste so schnell wie möglich ungesehen auf ihr Zimmer kommen, um sich dort frisch zu machen und umzuziehen. Edelweiß lief durch das Labyrinth aus Korridoren und Treppen und erreichte schließlich ihr Zimmer. Sie überlegte kurz und beschloss kurzerhand, gleich zu duschen. Sie schlüpfte aus dem zerrissenen Kleid heraus und stand Sekunden später unter dem kühlen Wasserstrahl der Dusche. Nach kurzem Genießen des kalten Nass, das ihre schmerzenden Muskeln beruhigte, rieb sie sich mit nach Orange duftender Seife ein. Kurzentschlossen ließ sie das Wasser nun auch durch ihr Haar laufen. Erst als sie zu frösteln begann, fiel ihr wieder ein, dass sie sich beeilen musste. Sie stieg aus der Dusche, trocknete sich rasch ab und zog ein Kleid aus dem Schrank, das sie sich überwarf und zuknöpfte. Als sie gerade dabei war, ihr nasses Haar mit einem beerenroten Haarreif zurückzustecken, der glücklicherweise dieselbe Farbe wie ihr Kleid trug, klopfte es an der Tür.

„Ja?", Edelweiß legte sich schnell noch ein hellrosa Tuch um die Schultern. Bianca, eines der Hausmädchen, kam herein. Sie wurde vor zwei Jahren von Nora eingestellt, nachdem ein anderes Hausmädchen einmal ihren Hund mit zur Arbeit gebracht hatte und deshalb sofort entlassen wurde, obwohl dies eigentlich nur eine Überraschung für Edelweiß sein sollte, die zu dieser Zeit mit einer Lungenentzündung im Bett lag. Edelweiß hatte sich immer noch nicht an Biancas schweigsame, zurückgezogene Art gewöhnen können, im Gegensatz zu ihrer Tante, die dies regelrecht auszunutzen schien.

„Ihre Tante erwartet Sie im Speisesaal und lässt fragen, wo Sie bleiben", schüchtern senkte Bianca den Kopf.

„Bianca", Edelweiß ging zu ihr hinüber, „wie oft soll ich dir noch sagen, dass du mich duzen sollst?"

Das Hausmädchen hob entschuldigend die Schultern. Dann fiel ihr Blick auf das kaputte Kleid, das Edelweiß vorhin unachtsam über die Bettkante geworfen hatte. Edelweiß folgte ihrem Blick und seufzte: „Könntest du versuchen, das Kleid zu nähen? Ich bin ausgeritten und an einem Dornenstrauch hängen geblieben."

„Ich werde es versuchen, kann aber für nichts garantieren." Bianca nahm das Kleid und verließ hinter Edelweiß das Zimmer.

„Ich lauf unterdessen voraus", sagte Edelweiß über die Schulter, und ehe Bianca sie daran erinnern konnte, dass ihr das Rennen in den Korridoren untersagt war, war sie auch schon verschwunden. Als sie schließlich das Speisezimmer erreichte und eintrat, musterte sie ihre Tante mit ihrem durchschauenden Blick, und noch bevor sich Edelweiß setzen konnte, sprudelte sie los: „Warum bist du zu spät? Nein, lass mich raten. Du warst wieder bei diesem Nichtsnutz von Schmied im Dorf, nicht wahr?"

Edelweiß Hände krampften sich zusammen.

„Oder", ergänzte ihre Tante, „bei diesen armseligen Kindern auf dem Gestüt", sie ließ ihre Worte kurz wirken, ehe sie fortfuhr, „wie dem auch sei, ich habe nun wirklich keine Lust, dir …"

Mit fester Stimme unterbrach Edelweiß sie: „Ich war bei dem Haus meiner Eltern!" Sofort begriff Edelweiß, dass sie das Gespräch falsch begonnen hatte.

„Ich", Nora räusperte sich, da gerade nicht mehr als ein Flüstern ihrem Mund entweichen wollte, „ich weiß beim besten Willen nicht, worauf du hinauswillst."

Edelweiß versuchte, Ruhe zu bewahren, auch wenn es ihr verdammt schwerfiel: „Oh doch, das weißt du genau." Und kurzerhand beschloss sie, es auf den Punkt zu bringen: „Meine Eltern sind nicht bei einem Segelunglück gestorben, wie du es immer behauptet hast."

Nach einer unendlich langen Pause, in der Edelweiß ihre Tante beobachtete und versuchte, ihren Gesichtsausdruck zu deuten, erwiderte diese: „Woher willst du das wissen?"

„Das ist doch jetzt völlig egal! Ich will einfach nur wissen, warum du mich zehn Jahre lang angelogen hast und jetzt immer noch nicht die Wahrheit sagen willst!"

Edelweiß' Stimme klang so verzweifelt, dass Nora für einen Moment überlegte, ihr etwas über das Verschwinden ihrer Eltern zu erzählen. Doch nach kurzer Zeit sammelte sie sich wieder und antwortete: „Ich glaube, Claus kann dir alle deine Fragen beantworten."

„Warum Claus? Warum nicht du? Mein Vater ist schließlich dein Bruder." Edelweiß wurde zornig.

Nora zögerte kurz und erwiderte dann: „Sie haben zusammengearbeitet … Sie hatten denselben Beruf.“

„Und welchen Beruf?“

Edelweiß' Tante überhörte die Frage und sagte: „Ich werde morgen Früh abreisen. Ich erwarte von dir, dass du außer am Nachmittag die Burg nicht verlässt und immer Bescheid gibst, wo du hingehst.“ Nora erhob sich und eilte auf die Tür zu. Edelweiß sprang auf und stellte sich ihr in den Weg. „Was für einen Beruf hatten sie?“, fragte sie noch einmal.

Ihre Tante schob sie grob zur Seite und erwiderte: „Naturforscher … sie waren vom Beruf her Naturforscher …“ Ohne einen weiteren Gruß verließ sie den Raum. Ihre Kleider raschelten im Gehen. Edelweiß hörte ihre Schritte auf dem Fußboden verhallen und lehnte sich gegen den Türrahmen. Naturforscher … deshalb der Brief aus Italien, den ihre Mutter von ihrem Vater erhalten hatte und deshalb auch die Ausrüstung oben in der Hütte. Edelweiß hatte plötzlich keinen Hunger mehr. Sie lief nach oben in ihr Zimmer, nahm sich eines der Tagebücher, ließ sich in den Sessel fallen, der vor einem der Fenster stand, und schlug die erste Seite auf:

18. Mai 1965. Morgen werden wir unsere Reise nach Island antreten. Vor gut zwei Wochen wurden wir informiert, dass dort ein Skelett einer schon ausgestorbenen Walart gefunden wurde. Es soll noch vollständig erhalten sein und wir sollen nun herausfinden, wann und warum diese Tierart ausgestorben ist. Wir sind alle drei sehr aufgeregt, da dies unsere erste Reise in dieses Land wird und wir nicht wissen können, was uns erwartet.

19. Mai 1965. Wir sind vor circa zwei Stunden auf Island angekommen. Uns hat ein hübsches Häuschen in einer Ferienanlage erwartet. Es sieht hier alles unbeschreiblich freundlich aus mit den schmalen Kaminen, den bunten Gebäuden und den kleinen Vorgärten. Vor dem Abendessen haben Rick und ich noch einen Spaziergang am Meer entlang gemacht und dabei einen atemberaubenden Wasserfall entdeckt, der von den Klippen ins Meer stürzt. Auch mit großem Abstand hat uns die feuchte Luft noch erreicht und uns kleine Wasserperlen in die Haare gesponnen. Ich kann diese Atmosphäre nicht annähernd beschreiben … Es war so märchenhaft, wie man sich Island eben vorstellt. Ich habe es geschafft, für einen wundervollen Abend unseren Auftrag zu vergessen und mich zu entspannen. Aber morgen müssen wir raus auf das Eis und uns den Fundort des Wales anschauen.“

Edelweiß blätterte die Seiten durch. Es wurde noch von gut drei Monaten auf Island berichtet. Danach kam eine circa fünfmonatige Tour nach Griechenland, bei der es um den Fund eines antiken Schatzes ging, und zuletzt schrieb Julia etwas über die längste Reise ihres Arbeitslebens. Sie sind für über zwei Jahre nach Venezuela geflogen, um dort etwas über einen Vulkan in Erfahrung zu bringen, der angeblich in den nächsten Jahren wieder aktiv werden könnte. Hierbei landeten sie auch ihren größten Erfolg. Durch präzise Messungen konnte der erste Ausbruch vorherbestimmt und viele Tausend Menschen in Sicherheit gebracht werden, bevor es zu der Explosion aus Lava und Gestein gekommen ist. Edelweiß lehnte sich zurück. Ihre Hoffnung, etwas Licht in die Sache bringen zu können, wurde von Minute zu Minute kleiner. Bei diesem Beruf konnten ihre Eltern überall ums Leben gekommen sein oder, falls sie doch noch leben sollten, sich aufhalten. Edelweiß schaute aus dem Fenster. Die Sonne war längst untergegangen, doch im Dorf war noch hitziges Treiben. Weiter hinten drangen die schwachen Lichter des Gestüts zu ihr hinüber. Edelweiß hörte den Schrei eines Raubvogels. Sie fühlte sich plötzlich sehr müde und beschloss, ins Bett zu gehen. Als sie wenige Minuten später unter dem angenehm kühlen Federbett lag, versuchte sie, zu lesen. Doch es gelang ihr nicht, da sie der Gedanke daran, dass ihre Eltern irgendwo noch leben könnten, quälte. Nachdem sie nach zahlreichen Versuchen, doch in dem Meer aus gedruckten Worten versinken zu können, das Licht ausschaltete, zogen sie schließlich düstere Gedanken in den Schlaf. Wie in fast jeder Nacht in letzter Zeit plagten sie schreckliche Albträume. Sie träumte von einem kleinen Mädchen, das in den Armen einer jungen Frau lag und sie umarmte. Beide hatten Tränen in den Augen. Als die Mutter die Umarmung lockern wollte, schlang das Kind die Hände nur noch fester um deren Hals. Schließlich stellte die Frau das Kind mit sanfter Gewalt auf einen Kiesweg und ging zu einem Auto, das im Hintergrund parkte. Als die Kleine ihr folgen wollte, legte ihr jemand die Hand auf die Schulter und hielt sie mit festem Druck zurück. Jetzt hörte Edelweiß das erste Mal Stimmen in ihrem Traum. Sie vernahm das Schluchzen und Schreien des Kindes, das so verloren auf dem Weg stand, mit einer Hand auf dem Rücken, die Edelweiß nicht zuordnen konnte. Da sagte auf einmal eine tiefe ruhige Stimme: „Danke, Nora, dass du auf sie aufpasst. Das werde ich nicht wiedergutmachen können."

„Naja, Hauptsache du kommst mir unversehrt zurück. Ihr kommt unversehrt zurück ... Und bilde dir bloß nicht ein ...“

„Nein, nein, ich bilde mir gar nichts ein“, unterbrach sie die tiefe vertraute Stimme, „und für diesen Auftrag müssen wir auch nur in das Nachbarland.“

„Stimmt, wenn du nach Venezuela, Griechenland oder Island fliegst, muss ich mir noch mehr Sorgen machen!“ Spott lag in der Stimme der Frau, die das Mädchen festhielt. Nun erkannte Edelweiß sie. Es war ihre Tante, die Schwester ihres Vaters. Aber wer war das Mädchen? Eine Vorahnung, die die ganze Zeit über in Edelweiß keimte, stieg in ihr auf. Wer sollte es auch sonst sein?

Jetzt konnte sich die Kleine aus dem Griff befreien und zu dem Wagen laufen. Sie hämmerte mit ihren kleinen Fäustchen gegen die Tür, bis diese sich noch einmal öffnete.

„Aber Liebes, wir kommen doch bald wieder zurück! Es ist doch kein Abschied für immer!“, die junge Frau strich behutsam über die vollen Locken des Kindes. Das Mädchen griff sich in den Nacken, öffnete einen Kettenverschluss und brachte die dazugehörige Kette zum Vorschein. „Damit du mich nicht vergisst!“, flüsterte sie den Tränen nahe und legte ihrer Mutter die Kette um.

„Ach, Süße! Ich vergesse dich doch nicht! Niemals.“ Die Frau drückte das Mädchen noch einmal an sich und betrachtete den Anhänger, der an einer Silberkette hing. Das Kind hatte diesen zu ihrer Taufe bekommen. Es war eine Blume, die schneeweiße Blütenblätter rahmte und in der Mitte mit gleichmäßig verteilten gelben Punkten verziert war. Auf der Rückseite, die silbern schimmerte, war eine Inschrift graviert, die so klein war, dass man sie nur bei genauem Betrachten lesen konnte: Edelweiß 12. März 1972.

Edelweiß schreckte hoch. Sie lag schweißgebadet und aufgedeckt in ihrem Bett. Als sie wieder klar denken konnte, überkamen sie viele Fragen, aber eine drängte sich in den Vordergrund. Wieso konnte sie sich ausgerechnet dieses Mal so genau an ihren Traum erinnern? Sonst war es doch auch nicht so, auch wenn sie Ewigkeiten darüber nachdachte. Die Antwort lag ihr so plötzlich auf der Hand, wie in den Alpen ein Regenschauer losbrechen konnte. Sie hatte sich zum ersten Mal selbst in ihrem Traum gesehen und womöglich hatte sie auch von der Wahrheit geträumt? Vielleicht hatte der vergangene Tag in ihr längst verdrängte Erinnerungen zurück ins Bewusstsein befördert und in einem Traum verarbeiten wollen. Sie selbst war das kleine Mädchen, das sie gesehen hatte. Sie hatte von der Situation geträumt, in der ihre Eltern zu ihrer letzten Reise aufgebrochen waren, von der sie nie wieder zurückgekehrt sind. Edelweiß beruhigte sich wieder etwas, doch sie schaffte es nicht mehr, wieder einzuschlafen. Sie stand auf und setzte sich in den Sessel, knipste die Leselampe an und schlug das zweite der Tagebücher auf. Schon nach wenigen Seiten bemerkte sie, dass dieses Tagebuch weniger interessant für sie war. Zuerst wurde von Julias Schulabschluss berichtet und dann von ihrer fünfjährigen Studienzeit, in der sie auch Rick kennengelernt hatte. Trotzdem blätterte Edelweiß weiter, bis sie das ganze Buch durchgelesen hatte. Als die Wanduhr fünf Mal schlug, kroch sie in ihr Bett zurück und konnte endlich wieder einschlafen. Dieses Mal hatte sie keinen Traum, sondern schlief so tief wie ein Stein. Erst als sie auf dem Gang Schritte hörte, erwachte Edelweiß langsam. Benommen schaute sie sich um und erkannte schließlich, dass Bianca durch ihr Zimmer eilte. Als diese bemerkte, dass Edelweiß aufgewacht war, sprudelte sie sofort los: „Ihre Tante ist heute Morgen abgereist. Das Kleid konnte ich flicken, man sieht es allerdings ein wenig …"

Edelweiß nickte verschlafen.

„Ich habe es auch schon gewaschen und gebügelt", fuhr Bianca fort, „Es liegt schon in Ihrem Schrank …" Sie legte eine Pause ein, in der sie vermutlich ein Wort des Lobes hören wollte. Edelweiß war allerdings zu müde, um überhaupt die Hälfte von dem, was Bianca erzählte, mitzubekommen und nickte nur. Mit einem leicht trotzigen Unterton, der Edelweiß an ein kleines Kind erinnerte, das nicht das bekam, was es gerade wollte, klärte Bianca sie auf: „Sie haben das Frühstück und das Mittagessen verschlafen. Es ist schon dreizehn Uhr."

„Was?", Edelweiß starrte entsetzt auf die Wanduhr und musste feststellen, dass das Hausmädchen recht hatte. Mit einem Satz sprang sie aus dem Bett. Doch ehe sie die Verbindungstür zu ihrem Bad erreichte, fielen ihr die Anweisungen ihrer Tante wieder ein und sie sagte: „Ich gehe dann ins Dorf und bin bis sechs Uhr wieder daheim, okay?"

Bianca murmelte etwas Unverständliches vor sich hin, nickte dann aber und verließ das Zimmer. Edelweiß wusch sich und zog sich um. Jetzt, da ihre Tante, die viel von Traditionen und altmodischen Sitten hielt, nicht da war, konnte sie endlich mal wieder eine Hose tragen. Das erleichterte sie. Sie verließ das Haus wie immer durch die Hintertür. Als sie eine halbe Stunde später das Dorf erreicht hatte, überlegte sie noch einmal, ob ihr Vorhaben richtig war. Nein, überlegte sie, es ist nicht richtig, das Gespräch zwischen Claus und ihrer Freundin heimlich zu belauschen, aber war es denn richtig von Claus, sie zehn Jahre lang anzulügen? Edelweiß hatte inzwischen die Schmiedgasse erreicht und schlich sich an den alten Hausmauern, an denen teilweise der Putz abbröckelte, entlang bis zu Claus' Werkstatt. Anne und Alex waren schon da.

„Ich habe keine Ahnung, was ihr meint!", verteidigte sich Claus gerade.

Edelweiß hörte Papier knistern, und als sie vorsichtig um die Ecke lugte, erkannte sie, dass es der Brief war, den ihr Vater aus Italien an Julia geschrieben hatte. Anne las laut vor: „Ich soll dich von Claus schön grüßen ... Und du willst uns erzählen, dass du keine Ahnung hast, um was es geht?"

Claus riss Anne den Brief aus der Hand und sagte, während seine Stimme immer mehr an Lautstärke zunahm: „Woher habt ihr das?"

„Das ist doch völlig egal! Sag uns einfach ..."

Mit wütender Stimme unterbrach Claus Anne: „Ihr wart droben in der Hütte! War Edelweiß dabei? Habt ihr ihr etwas erzählt? Um Gottes willen, sagt doch was!"

Kurze Zeit herrschte eine bedrohliche Stille, in der Edelweiß überlegte, ob Claus sie entdeckt haben könnte. Doch dann fuhr Anne mit ruhiger Stimme fort: „Nein, sie war nicht dabei und sie weiß auch nichts davon ... aber sie wird alles schneller erfahren, als du ‚Besenstiel' sagen kannst, wenn du uns nicht endlich sagst, was es mit alldem auf sich hat." Sie zeigte auf den Brief, den Claus immer noch in der Hand hielt.

„Was, euch? Da würde ich ja schon lieber alles Edelweiß selbst erzählen!"

„Na gut!", Anne funkelte ihn an. Sie konnte es gar nicht leiden, wenn sie unnötig lange auf die Folter gespannt wurde, „dann kommst du jetzt mit auf die Burg und erzählst es ihr!"

Claus schwieg.

„Dann sag uns wenigstens, warum du Edelweiß sogar erzählt hast, dass du ihre Eltern nicht einmal kennst!", jetzt klang Anne mehr verzweifelt als wütend.

„Ich werde mich zu diesem Thema nicht mehr äußern!", Claus drehte sich um, „und ihr werdet nicht mehr in die Hütte gehen. Ist das klar?"

„Eins sag ich dir", Annes Zorn war zurückgekehrt, „wir werden Edelweiß alles erzählen! Und …" Vor lauter Wut, die sie am liebsten hinausgeschrien hätte, bekam sie plötzlich keinen Ton mehr heraus. Sie riss Claus den Brief aus der Hand und rannte auf die Gasse hinaus. Alex folgte ihr. Als die beiden weit genug von der Werkstatt entfernt waren, lief Edelweiß ihnen hinterher. Sofort, als sie ihre Freunde eingeholt hatte, fragte Alex: „Du hast gelauscht, oder?"

Edelweiß nickte, doch ehe sie etwas sagen konnte, sprudelte Anne los: „So ein Trottel! Der macht vermutlich aus den unwichtigsten Dingen ein Geheimnis! Und dann …"

„Nein", Alex schüttelte den Kopf, „das habe ich euch noch gar nicht erzählt. Ich habe das Tagebuch der letzten Reise deiner Eltern gelesen. Und dabei eine Menge erfahren …"

„Oh, Alex", Anne rollte mit den Augen, „mach es bitte nicht so spannend. Erzähl schon!"

„Hier nicht", erwiderte ihr Bruder, als ihnen einige Marktfrauen entgegenkamen, „suchen wir uns ein ruhiges Plätzchen."

Edelweiß überredete ihre Freunde, zur Burg hochzugehen, da ihre Tante ja verreist war und sie im Hintergarten ungestört wären. Nachdem sie durch das kaputte Gartentor geklettert waren und sich im immer noch feuchten Moos niedergelassen hatten, begann Alex zu erzählen: „Also, die Reise ging in die italienischen Alpen. Ein paar Kilometer hinter der Grenze zu Österreich wurde dort ein Höhlensystem vermutet, in dem große Schätze verborgen sein sollten. Wie zum Beispiel Salz und Kupfer, aber auch Silber oder gar Edelsteine. Um das herauszufinden, sollten nur erfahrene Forscher ans Werk. Und da gab es anscheinend nur zwei Möglichkeiten. Deine Eltern und Claus oder zwei Italiener, die Riccardo Montebello und Francesco Domenico hießen. Zuerst kam der Vorschlag auf, dass sie zusammenarbeiten könnten. Das wurde aber von beiden Seiten abgelehnt. Deine Mutter hat geschrieben, dass sie sich gegenseitig nicht leiden konnten, da die Konkurrenz von beiden Seiten aus hoch war", Alex legte eine Kunstpause ein, ehe er fortfuhr, „auf jeden Fall haben sich die Auftraggeber dieses Projektes dann für deine Eltern und Claus entschieden. Ihre italienischen Rivalen scheinen das nicht zimperlich aufgefasst zu haben und müssen ausgerastet sein. Wie dem auch sei, die drei sind dann dorthin gereist und haben mit ihren Forschungen begonnen. Es handelte sich anscheinend wirklich um ein Höhlensystem mit wertvollen Mineralien. In Julias Tagebuch folgten dann hauptsächlich Seiten mit neuen Entdeckungen. Als dein Vater bemerkte, wie gigantisch groß diese Höhle sein muss, hat er die Auftraggeber gebeten, noch einige Forscher vor Ort zu schicken. Es wurde sofort an Montebello und Domenico gedacht, aber die wollten plötzlich nichts mehr von der ganzen Angelegenheit wissen. So wurden zwei andere Forscher geschickt. Sie kamen aus Deutschland und hießen Hannes und Maria Steiner. Deine Eltern und Claus haben sie schon vorher persönlich gekannt und waren erfreut zu erfahren, wieder mit den Zweien arbeiten zu dürfen. Aufgrund der Größe der Höhle wurde die Reise vorerst auf eineinhalb Jahre verlängert. Deine Mutter hat davon geschrieben, wie sehr sie dich vermisst. Naja, dann wurde das Tagebuch noch bis zum 02. Februar 1976 weitergeführt. Mit einem Mal war es dann vorbei. In den letzten Einträgen stand auch nichts Auffälliges mehr. Nur noch, dass sie einen weiteren Tunnelgang mit Silber freilegen konnten", Alex schwieg bedenklich, und als niemand etwas sagte, fügte er noch hinzu, „ich habe hin und her überlegt, aber für mich gibt es nur zwei logische Möglichkeiten. Entweder sind sie in der Höhle verunglückt und Claus konnte sich retten oder war zu dem Zeitpunkt nicht vor Ort, oder es steckt noch mehr dahinter. Irgendetwas mit diesen italienischen Forschern zum Beispiel. Das würde jedenfalls erklären, warum Claus so komisch ist, was diese ganze Sache angeht, meine ich …"

Als Anne das Funkeln in Edelweiß' Augen sah, sagte sie schnell: „Ich glaube wohl eher, dass sie verunglückt sind. Ich meine, so schnell, wie das Tagebuch abgebrochen wurde."

„Claus hätte es mir erzählt", Edelweiß' Stimme war kaum mehr als ein Flüstern, „er hätte es mir erzählt, wenn sie verunglückt wären. Und außerdem, warum hat meine Tante das mit dem Segelunglück erfunden? Ich muss herausfinden, was vor zehn Jahren in dieser Höhle passiert ist."

„Was hast du vor?", Anne schaute sie entsetzt an. Sie wusste längst, dass diese Frage überflüssig war.

„Ich muss nach Italien und herausfinden, was …"

„Nein, das kannst du nicht! Das wäre Selbstmord", fiel Anne ihr ins Wort. Ihr Blick passte so gar nicht zu ihr, so ängstlich und entsetzt, wie sie schaute.

„Wie willst du bitte da hinkommen? Und woher willst du wissen, ob du es überhaupt überlebst? Was …"

„Nein, das weiß ich nicht. Aber ich weiß, dass ich es wenigstens versuchen muss."

„Es könnte alles umsonst sein!" Anne sprang auf. „Du bist wahnsinnig!"

„Ja, ich weiß, es könnte alles umsonst sein", Edelweiß versuchte, ruhig zu reagieren, „aber was, wenn nicht? Wenn meine Eltern wirklich irgendwo noch leben?"

„Dann wären sie doch zurückgekommen", erwiderte Anne verzweifelt.

„Woher willst du das so genau wissen? Vielleicht konnten sie schlichtweg nicht zurückkommen!"

„Ach, aber Claus konnte, oder wie?" In diesem Moment wurde Edelweiß bewusst, dass sie sich anschrien. Sie erwiderte mit ruhiger einlenkender Stimme: „Ich habe doch auch keine Ahnung, was sich dort abgespielt hat. Aber genau das will ich ja herausfinden. Und auch … auch wenn sie doch tot sind, hätte ich Licht in die Sache gebracht und endlich Klarheit. Wie würdest du dich fühlen, wenn alle Menschen, die du kennst, dir irgendetwas anderes erzählen, aber keiner von ihnen die Wahrheit?"

Anne ließ sich wieder auf den Boden sinken. Als sie schwieg, fragte Edelweiß vorsichtig: „Könnte ich für die Reise Venus haben?"

Nach einer Weile schüttelte Anne den Kopf: „Nein, ich kann nicht zulassen, dass du genauso wie deine Eltern überstürzt in ein Abenteuer hineinreitest und einfach mal schnell allein über die Alpen ziehst, um sie zu suchen."

„Genauso überstürzt wie meine Eltern?", Edelweiß stand auf, „Ich bin nicht auf deine Hilfe angewiesen, Anne. Ich kann auch zu Fuß gehen. Und genau das werde ich auch tun."

Sie ging durch das kleine Waldstück rüber zur Burg. Was dachte Anne denn von ihr? Glaubte sie wirklich, sie würde sie aufhalten können, wenn es darum ging, nach ihren Eltern zu suchen, und die wohl größte Frage, die hinter ihrem gesamten Leben stand, zu beantworten? Plötzlich fühlte sich Edelweiß schrecklich allein. Ja, vielleicht irrte sie sich doch. Sie war wohl doch irgendwie auf die Hilfe ihrer Freunde angewiesen und ihre Idee war vermutlich auch überstürzt, wie Anne es ausdrückte. Glaubte sie wirklich, sie könnte einfach mal schnell über die Alpen wandern und herausfinden, in welchem Erdteil sich ihre Eltern aufhielten? Falls sie überhaupt noch leben, säuselte ihr Unterbewusstsein. Aber Edelweiß konnte nicht umkehren und sich bei Anne entschuldigen. Ihr Stolz verhinderte es. Sie hasste es, oh ja, sie hasste es so sehr, zerstritten zu sein. Noch dazu mit ihrer besten Freundin. Aber noch mehr hasste sie es, ihrem Stolz so derartig unterworfen zu sein. Sie wusste, dass sie einfach umdrehen konnte, es aber einfach nicht wollte. Edelweiß betrat durch die Hintertür das Haus. Das sowieso schon dämmrige Licht flackerte und ließ geisterhafte Schatten über die Steinwände huschen. Doch Edelweiß beachtete sie nicht. Sie lief auf ihr Zimmer und legte sich sofort ins Bett. Ihr Kummer begleitete sie in den Schlaf, durchzog ihre wilden Träume und weckte sie am nächsten Tag wieder auf. Dicke Regentropfen rollten über die Fensterscheiben und die Wolken hingen so tief in den Bergen, dass man hätte denken können, die Sonne hätte sich für immer verabschiedet. Edelweiß blieb in ihrem Bett liegen und starrte vor sich hin, bis die Wanduhr neunmal schlug. Als Bianca hereinkam, um Edelweiß das Frühstück anzukündigen, behauptete diese, keinen Hunger zu haben, und Bianca zog ohne Widerspruch ab. Edelweiß grinste. Wäre Mathilda an Biancas Stelle hergekommen, hätte sie sie ohne Wenn und Aber ins Esszimmer geschleppt und mit sämtlichen Köstlichkeiten vollgestopft. Nachdem sich Edelweiß umgezogen hatte, setzte sie sich vor den Kamin, dessen offenes Feuer leise knisterte, und begann zu lesen. Dieses Mal fiel es ihr nicht schwer, in der nachtschwarzen Welt aus Worten zu versinken und ihre Umgebung zu vergessen. Sie reiste mit ihren Helden durch das Buch, durchlebte Gefahren und Abenteuer und träumte sich durch Raum und Zeit. Erst als sie die letzte Seite des Romans gelesen und das Buch zugeschlagen hatte, bemerkte sie, dass das Feuer erloschen war. Sie schaute auf die Uhr, die ihr zeigte, dass es schon früher Nachmittag war. Bianca musste in der Zwischenzeit auch hier gewesen sein, denn frisch gewaschene Kleider und Blusen stapelten sich auf ihrem Bett. Sie seufzte. Gerade als sie aus dem großen Ledersessel aufstehen wollte, klopfte es an der Tür. „Ja?", Edelweiß blickte zur Tür. Mathilda kam herein. Ihre mollige Figur steckte in einem anthrazit-dunkelgrün karierten Kleid. Edelweiß konnte nicht sagen, ob diese Farben zueinanderpassten oder nicht. Mathilda standen sie jedenfalls. Wie jedes Mal, wenn sie kam, hatte sie ihren großen Holzkochlöffel noch in der Hand. In der anderen hielt sie einen weißen Umschlag, den sie Edelweiß jetzt entgegenstreckte.

„Da war der Junge aus dem Dorf da. Den Brief soll ich dir von ihm geben", sagte Mathilda mit leichtem Akzent. Edelweiß nahm den Brief entgegen, bedankte sich und riss den Umschlag auf. Was hatte Alex ihr wohl geschrieben? Sie war sich ziemlich sicher, dass der Brief von ihm war, wer kam auch sonst auf die Idee, ihr einen Brief zu schreiben? Doch der Brief war nicht von Alex, er war von Anne. Edelweiß liebte es, ihre zierlich geschwungene Schrift zu lesen: „Liebe Edelweiß, ich kann mir denken, dass du jetzt vermutlich in einem Zimmer stehst und dich fragst, was ich dir wohl zu sagen habe. Bitte lies den Brief erst, bevor du ihn zerreißt oder ins Feuer schmeißt oder gar beides …" Edelweiß schüttelte den Kopf. Es dauerte immer ewig, bis Anne mal auf den Punkt kam. „Ich habe mich gestern schrecklich benommen. Ich konnte mich tatsächlich nicht in deine Lage hineinversetzen. Und ich weiß, dass du nicht auf meine Hilfe angewiesen bist. Trotzdem möchte ich sie dir jetzt anbieten. Ich habe nochmal über alles nachgedacht und bin zu dem Entschluss gekommen, dir Venus zu leihen. Aber nicht nur Venus soll dich begleiten. Alex und ich werden auch mitkommen. Jetzt fragst du dich bestimmt, ob ich Fieber habe, oder?" Edelweiß musste schmunzeln. Aufgeregt las sie weiter: „Aber nein, ich habe kein Fieber. Wir haben unsere Eltern auch noch einmal auf deine angesprochen, aber die beiden wollten auch nicht mit der Sprache rausrücken. Du musst recht haben. Irgendetwas kann da nicht stimmen. Und du weißt ja, ich bin auch nicht gerade der Typ Mensch, der sowas einfach mal so akzeptiert. Ich habe alles mit Alex durchgesprochen. Er ist ebenfalls einverstanden. Und jetzt fragst du dich bestimmt, warum wir das machen. Ich meine, für uns springt ja nichts dabei raus, oder? Ich glaube, manchmal sollte man Sachen machen, auch wenn sie im ersten Moment nicht vernünftig klingen, einfach, um andere Menschen glücklich machen zu können. Und ich hätte dich sowieso nicht einfach gehen lassen. Also lass uns das Ganze bitte zusammen durchziehen, denn nur so haben wir eine Chance, auch etwas zu erreichen. Wenn du einverstanden bist, sollten wir wohl so schnell wie möglich los, da deine Tante morgen ja schon wieder heimkommt. Komm bitte heute um Mitternacht zum Gestüt. Alex wird sich bis dahin um unseren Weg kümmern und ich werde die Pferde fertigmachen. Wenn du also möchtest, bis heute Nacht, deine Anne."

Edelweiß ließ den Brief sinken. Sie war erfreut über das Angebot, dass Anne und Alex ihr so beistehen und helfen wollten. Aber konnte sie wirklich zulassen, dass die beiden sich wegen ihr in Gefahr brachten? So eine Reise quer durch die Alpen war ganz sicher voller Gefahren. Aber allein hatte sie keine Chance, das wusste sie. Und sie wusste auch, dass sie überlegen konnte, soviel sie wollte. Im Grunde hatte sie sich schon längst entschieden. Sie würde das Angebot ihrer Freunde annehmen. Sie würde mit ihnen zusammen über die Berge nach Italien reiten und ihre Eltern suchen. Edelweiß holte eine Ledertasche aus ihrem Schrank und begann zu packen. Zuerst legte sie die nötigsten Kleidungsstücke auf ihr Bett. Dazu kamen Streichhölzer, ein Kompass, eine Taschenlampe und ein Fernglas. Sie verstaute alles in der Tasche und nahm die zwei Andenken an ihre Eltern aus der Nachttischschublade. Eine Spieluhr, die sie von ihrer Mutter bekommen hatte, und einen Edelstein von ihrem Vater. Sie konnte sich nur zu gut daran erinnern, wie sie ihn erhalten hatte. Sie trug nicht viele Erinnerungen an ihre Eltern mit sich herum, aber die wenigen behielt sie im Gedächtnis, so klar, als wäre es erst gestern gewesen. Es musste an einem ihrer Geburtstage gewesen sein. Edelweiß war schon im Bett, da kam ihr Vater noch einmal zu ihr und gab ihr den Stein, eingehüllt in ein weißes Leinentuch. Dabei hatte er ihr zugeflüstert: „Das ist ein Tigerauge. Er soll dein Schutzstein sein. Er schenkt dir Wärme und Geborgenheit und tröstet dich, wenn du dich mal einsam fühlst."

Edelweiß atmete scharf ein. Sie beschloss, sich noch für ein paar Stunden hinzulegen. Wenn sie in der Nacht losreiten würden, musste sie fit sein. Doch als sie unter der Federdecke lag, konnte sie nicht einschlafen. Was sollte sie bloß Bianca und Mathilda sagen? Nichts? Nein, das konnte sie nicht. Aber was sollte sie ihnen erzählen? Meine Eltern sind vor zehn Jahren verschwunden und heute Nacht werde ich nach Italien reiten, um sie zu suchen? Nein, das war wohl keine gute Idee. Nach einigen Überlegungen beschloss sie, ihnen doch nichts zu verraten. Sie musste schweren Herzens einsehen, dass es so wohl die beste Lösung war. Dennoch fühlte sie sich gar nicht gut dabei. Edelweiß war schrecklich nervös. Doch sie zwang sich, liegen zu bleiben. Als sie es schließlich gar nicht mehr aushielt, lief sie in ihrem Zimmer auf und ab. Sie konnte am Ende nicht sagen, wie sie die letzten Stunden hinter sich gebracht hatte. Sie konnte sich nur noch durch Nebelschwaden in ihren Gedanken daran erinnern, wie sie zum Abendessen gegangen war, um sich noch etwas zu stärken. Sie hatte schließlich heute noch gar nichts gegessen. Auf jeden Fall war es für sie wie eine Erlösung von einem bösen Zauber, als die Wanduhr Stunde elf ankündigte und auch die

Kirchenglocken aus dem Dorf ihre lange wuchtige Melodie anstimmten. Edelweiß zog sich rasch um und hängte sich ihre Tasche über die Schulter. Leise verließ sie die Burg und rannte hinunter ins Dorf. Wie ein Dieb blickte sie ständig zurück, doch ihr folgte niemand. Wer auch? Als sie das Dorf erreicht hatte, beschloss sie kurzfristig, einen Bogen um die Schmiedgasse zu machen, was sie allerdings etwas Zeit kostete. Sie entschied sich auch dagegen, die breite Straße zum Gestüt hinaufzulaufen, sondern wählte einen kleinen Trampelpfad, der fast parallel zur Straße verlief. Ein paar Mal stolperte sie über Wurzeln, dennoch ließ sie sich nicht beirren, ihr Tempo fortzusetzen. Auch die Äste, die ihr ins Gesicht klatschten, führten nicht dazu, dass sie eine Taschenlampe verwendete, so sehr befürchtete sie, jetzt gesehen zu werden. Als sie endlich oben ankam, erkannte sie auch schon die Umrisse ihrer Freunde etwas abseits des Tores an einer der Stallwände stehen. Die Pferde waren alle drei an einen Baum gebunden. Jedem von ihnen waren zwei Satteltaschen aufgeschnürt und eine Wolldecke als Schutz gegen die Kälte der Nacht.

„Denkst du, sie kommt?", hörte Edelweiß Anne gerade fragen, „Ich meine, du kennst ihren Stolz. Und sie wäre mit Sicherheit schon längst hier, wenn sie auf das Angebot eingehen würde."

„Sie wird darauf eingehen. Lass ihr noch etwas Zeit. Sie wird unsere Hilfe brauchen, und das weiß sie auch", erwiderte Alex.

„Stimmt", Edelweiß verließ den Schutz der Bäume und ging auf ihre Freunde zu. Alex lächelte ihr entgegen.

„Danke", mehr Worte waren in dieser klaren wärmenden Stille nicht nötig, um den Streit vom Vortag beizulegen. Anne nickte versöhnlich. Sie schwangen sich in ihre Sättel und Alex übernahm die Führung, zuerst um das Gestüt herum. Als sie einen guten Abstand zwischen sich und den Hof gebracht hatten, kam ihnen laut bellend Leo hinterhergeprescht. Er schaute erwartungsvoll zu Anne hinauf, als er sie überholt und mit einem frechen Schwanzwedeln zum Stehen gebracht hatte. Falada schnaubte spöttisch.

„Leo! Geh zurück!", schimpfte Anne unterdessen leise. Der Hund legte den Kopf schief und zuckte mit den Ohren.

„Nehmen wir ihn doch mit, wenn er unbedingt will", Alex grinste und fing sich einen vorwurfsvollen Blick seiner Schwester ein. Als Leo nach einigen Drohungen von Anne immer noch nicht zurücklaufen wollte, sprang

Anne von ihrem Pferd herunter und meinte, in Begriff, den Hund zurück nach Hause zu bringen: „Ich bin gleich wieder da!"

„Lass ihn doch mitgehen", widersprach Alex, „Anne, wir haben keine Zeit mehr!"

Anne ignorierte ihren Bruder gekonnt, nahm Leo auf den Arm und rannte mit ihm zurück. Nachdem sie Minuten später zurückgekommen war, schimpfte Alex: „Das war doch jetzt nicht nötig, wir haben keine Zeit zu verlieren. Bevor es Morgen wird, müssen wir einen guten Vorsprung haben, sodass uns niemand mehr einholen kann und schon gar nicht erst auf die Idee kommt."

„Ist ja gut. Wir haben doch nicht viel Zeit verloren. Bevor wir jetzt diskutieren, sollten wir weiterreiten", lenkte Anne ein.

Alex nickte und übernahm wieder die Führung. Edelweiß vermutete, dass sie stundenlang so hintereinander hergeritten waren. Sie hatte die ganze Zeit über kaum etwas erkennen können. Sie wusste nur, dass sie bergauf ritten. Die ganze Zeit. Schließlich dämmerte der Morgen und die ersten Sonnenstrahlen tasteten sich über die Berghänge. Nun konnte Edelweiß erkennen, dass sie die Anhöhe des Berges erreicht hatten. Das Dorf war nur noch schemenhaft unter ihnen zu erkennen und der Rabensteiner See lag wie eine kleine blaue Glasscherbe zwischen den Bergen. Die Burg war schon hinter einer Biegung verschwunden. Erst jetzt bemerkte Edelweiß, dass die Pferde mit ihren Hufen im Schnee standen. Dieser blendete sie im Schein der Sonne. Dennoch konnten Edelweiß und ihre Freunde für einen fantastischen Moment die atemberaubende Aussicht genießen. Sie wendeten sich schließlich der anderen Richtung zu, in der sich die Alpen unendlich weit in fremde Gebiete zogen. Hier oben waren die drei schon sehr oft gewesen und haben in das nächste Tal hinuntergeblickt, jedoch immer mit dem Gefühl, stets wieder umkehren zu können. Dieses Mal gab es für sie kein Zurück, sie mussten sich auf das Unbekannte, das Neue einlassen. Edelweiß' Brustkorb fühlte sich seltsam schwer an und der eisige Wind ließ schnell ihren Hals schmerzen. Trotzdem lenkte sie Venus hinter Alex her den Berg hinunter auf die andere Seite. Rabenstein und der See versanken schnell hinter dem Berghang, zu dessen Abstieg sie sich nun machten. Als das Pfeifen des Windes allmählich schwächer wurde, fragte Edelweiß: „Wie lange werden wir eigentlich ungefähr brauchen?"

Alex antwortete nicht sofort. „Drei Wochen bis zur Grenze und im Anschluss noch circa zwei Tage bis zu der Höhle", meinte er schließlich und sah Edelweiß forschend an. Sie wusste nicht, was sie erwartet hatte, fand die Dauer aber kurz. Züge der Erleichterung machten sich in ihr breit. Als Alex ihren entspannten Gesichtsausdruck bemerkte, fügte er noch hinzu: „Vorausgesetzt, alles geht gut. Ich meine zum Beispiel bei schlechtem Wetter könnte es schon zu großen Verzögerungen kommen."

Edelweiß hörte nicht mehr hin. Sie wollte nicht erfahren, mit welchen Gefahren sie zu kämpfen haben könnten. Sie wusste, dass das Wetter in den Bergen unberechenbar war und sie dies nicht unterschätzen sollten. Aber im Moment wollte sie sich nur auf die Aussicht, ihre wüsten Gedanken und den Weg konzentrieren. Auf Venus übertrug sich in kurzer Zeit Edelweiß' Vorsicht, zumindest stolperte sie nicht mehr so häufig über Wurzeln und große Steine. Der Wald, den sie durchritten, verströmte einen erfrischenden Duft nach Tannen, und die Krokusse blühten auf dem Waldboden und bildeten einen zarten Teppich. Wenn da dieses Gefühl nicht gewesen wäre, dass irgendetwas in Edelweiß' Herz fehlte, würde sie vor Freude weinen. Aber das Gefühl war da. Und es quälte sie. Sie ritten schweigend hintereinander her, bis die Nacht anbrach. Als Anne zum ersten Mal seit einem ganzen Tag etwas sagte, klang ihre Stimme seltsam rau und gehetzt: „Wir sollten hier übernachten! Wenn wir jetzt weiterreiten, wäre das viel zu gefährlich."

„Aber wir müssen wenigstens den nächsten Fluss erreichen, sonst haben wir nicht genug Wasser, um die Pferde zu tränken", entgegnete Alex.

„Wie weit meinst du, ist das noch?"

„Nicht mehr weit", Alex Lächeln war müde.

Nach einer Weile, in der Anne mit sich selbst zu kämpfen schien, willigte sie ein.

Als die drei schließlich den Fluss erreichten, war es dunkel. Anne und Alex bauten das Zelt auf, während Edelweiß die Pferde zum Wasser führte und sie dort tränkte. Still starrte sie auf die im Sternenlicht glitzernden Wellen und lauschte dem regelmäßigen Rauschen des Windes in den Wäldern. Als sie wieder zurückging, stand das Zelt und Anne schlief bereits. Alex saß neben den Taschen im Gras. Als Edelweiß sich zu ihm niederließ, meinte er: „Anne war noch nie so zurückhaltend gewesen ... ich mach mir Sorgen."

Edelweiß schwieg.

Der Wind wurde kühler und ließ sie frösteln. Sie vernahm das warme Zirpen der Grillen. Edelweiß schlang ihre Arme um den Körper und saugte scharf die Luft ein. Ihre Gedanken bahnten sich ihren eigenen Weg. Edelweiß war zu müde, um ihnen folgen zu können.

„Vielleicht war es doch die falsche Entscheidung …", fuhr Alex fort. Edelweiß sah ihn entsetzt an, sank aber kurz darauf wieder erschöpft in sich zusammen. Ihr Freund brauchte nicht auszusprechen, was er meinte, sie konnte es erahnen. Das Gefühl von absoluter Müdigkeit und Hoffnungslosigkeit bäumte sich in ihr auf. Sie antwortete Alex nicht mehr, schleppte sich stattdessen in das Zelt zu Anne. Edelweiß legte sich neben ihre Freundin und verfolgte deren ruhigen Atem. War die Entscheidung denn falsch gewesen? Sollte sie wirklich jetzt schon darüber urteilen?

Überstürzt … Dieses Wort drängte sich in ihre Gedanken. Ja, sie waren überstürzt aufgebrochen. Vielleicht viel zu überstürzt … Sie hatten die Sache nie genauer durchdacht. Ein Kloß bildete sich in ihrem Hals. Ihre Beine schmerzten. Finstere Gedanken begleiteten sie in den Schlaf und verfolgten sie in düsteren Träumen. Trotzdem schlief sie die Nacht durch. Als sie am nächsten Morgen erwachte, fühlte sich ihr Körper ungewohnt ausgeruht an. Sie setzte sich auf und schüttelte die beklemmenden Träume von sich. Ein Blick nach links verriet ihr, dass ihre Freunde noch schliefen. Edelweiß kletterte aus dem Zelt, begrüßte Venus mit sanften Streicheleinheiten und sah sich neugierig um. Gestern Abend war es schon zu dunkel gewesen, als dass sie Genaueres hätte erkennen können. Sie befanden sich in einem Tal. Etwas entfernt schlängelte sich ein klarer Fluss durch die große saftig grüne Wiese, auf der auch das Zelt stand. Im Hintergrund erhob sich ein dunkler Nadelwald. Edelweiß hätte nicht sagen können, aus welcher Richtung sie eigentlich gekommen sind. Obwohl sie es ohnehin schon sehr zu schätzen wusste, dass ihre Freunde sie begleiteten, erschrak sie, wie verloren sie jetzt ohne sie wäre. Edelweiß lief zum Fluss vor und hielt die Hände in das Wasser. Es erfrischte ihre Handgelenke und ließ ihr zugleich eine Gänsehaut über den Körper laufen. Mit einem angriffslustigen Schrei stürzte sich ein Adler in die Tiefe und verschwand im hohen Gras. Kurz darauf stieg er, von seinen Schwingen getragen, wieder hoch und hielt etwas im Schnabel, was Edelweiß verdächtig nach einer Maus aussah. Sie sah ihm nach, wie er wuchtig mit nur wenigen Flügelschlägen hinter einem Berghang verschwand.

Edelweiß nahm ihre Hände aus dem Wasser und ließ sich ins Gras nieder. Von Langeweile angetrieben, pflückte sie einige Grashalme und flocht aus ihnen ein stabiles Armband. „Soll ich es dir umbinden?" Erschrocken fuhr Edelweiß herum. Alex musste schon eine ganze Weile hier gestanden haben. Sie nickte und Alex nahm das Band vorsichtig entgegen. Edelweiß spürte seine Körperwärme und genoss die wenigen Sekunden, in denen sein sanfter Atem ihr Gesicht streifte, ehe er sich wieder aufrichtete. Sie bedankte sich, und bevor sie ebenfalls aufstehen konnte, drang Annes Stimme aus dem Zelt: „Alex, kommst du mal kurz?" Alex lächelte Edelweiß entschuldigend an und lief zum Zelt zurück. Edelweiß wusste, dass es nicht in Ordnung war, zu lauschen, doch etwas in ihr zwang sie, es doch zu tun. Sie wusste nicht, doch, eigentlich wusste sie schon, was sie dazu antrieb. Es war eine Befürchtung. Und sie wollte feststellen, ob diese der Wahrheit entsprach. Sie ging ebenfalls zurück zum Zelt. Gerade sagte Anne: „Warum war ich nur so dumm und hab ihr diesen Brief geschrieben? Ich habe jetzt ewig geschlafen und fühle mich immer noch so, als hätte ich ein Jahr körperliche Arbeit in einem Bergwerk absolvieren müssen …"

„Du hast ihr den Brief geschrieben, weil sie deine Freundin ist, du bedingungslos für sie da sein wolltest und wohl niemals zugelassen hättest, dass sie das allein durchzieht." Das war Alex Stimme.

Anne seufzte. Ihr Nicken konnte Edelweiß nur erahnen. „Ja, das stimmt natürlich, aber ich habe so Angst, dass ich das nicht durchhalten werde."

Nach kurzem Schweigen meinte Alex: „Wenn du möchtest, können wir dich zurückbringen. Aber dann werde ich mit Edelweiß wieder losziehen. Wir können jetzt nicht alles aufgeben." „Und was willst du Mama sagen? Hey, ich bring dir nur kurz Anne vorbei. Jetzt reite ich aber mit Edelweiß über die Alpen nach Italien. Wenn alles klappt, sind wir in zwei Monaten wieder da! Oder wie stellst du dir das vor? Wenn wir alle zurückkehren, dürfen wir uns auf einen Riesenärger gefasst machen und dann lassen sie euch mit Sicherheit nicht noch einmal weg."

„Früher oder später müssen wir ja wohl zurück!"

„Ja, aber wenn wir später zurückkommen, haben wir Gewissheit über Edelweiß' Eltern. Und vor allem möchte ich nicht, dass es so klingt, als hätten wir die Reise abbrechen müssen, weil ich zu schwach war." Anne schnaubte.

„Du willst also weitermachen?"

„Auf jeden Fall. Das überstehe ich. Für Edelweiß." Anne wollte aufstehen, zuckte in dem Versuch heftig zusammen, ignorierte dann aber ihre wunden Muskeln.

Alex erhob sich ebenfalls: „Es ist schon spät, wir sollten weiter." Er verließ das Zelt. Edelweiß hatte sich hinter diesem versteckt, damit sie nicht sofort gesehen werden konnte. Aber Alex kannte seine Freundin viel zu gut, um nicht zu wissen, dass sie wieder gelauscht hatte. Er lief um das Zelt herum bis zu ihr und streckte die Hand aus: „Komm, wir haben noch viele Berge und Täler vor uns."

Als Edelweiß nicht auf die ausgestreckte Hand einging, ging er in die Hocke und flüsterte: „Das mit Anne … mach dir keine Sorgen oder Vorwürfe. Sie steht hinter dem, was sie tut. Glaub mir. Und an alles andere wird sie sich einfach gewöhnen müssen."

„Ich will aber nicht, dass sie sich daran gewöhnen muss! Ich möchte, dass es ihr gut geht bei ihren Entscheidungen. Ansonsten will ich, dass wir sie, wie du es vorgeschlagen hast, nach Hause bringen."

„Edelweiß, am Ende überlege ich mir auch noch einmal, ob das wirklich die richtige Entscheidung war und dann …" Sie schaute Alex an und schon wieder hatte er das Gefühl, einer kleinen Katze in die Augen zu blicken. Nach einer Weile nickte Edelweiß langsam und stand dann ruckartig auf: „Ja, du hast vermutlich recht. Lass uns keine Zeit verlieren!"

Sie packten alles wieder zusammen. Nach einiger Zeit half auch Anne schweigend dabei mit. Als die drei schließlich wieder auf den Pferden saßen, sagte Alex: „Heute werden wir flussaufwärts reiten. Es wird ein schwerer Weg werden." Schweigend brachten sie ihre Pferde dazu, loszugehen, und schweigend ritten sie hintereinander her.

Die nächste Woche verlief wie der letzte Tag. Es wurde wenig geredet und wenig gegessen. Sie gingen früh schlafen, waren aber am nächsten Tag dennoch todmüde. Der Weg bergauf war anstrengend, der Weg bergab war noch anstrengender. Außerdem brachte es Edelweiß nicht übers Herz, mit Anne zu sprechen. Das belastete sie sehr. Erst, als dieses ewige Schweigen zwischen ihnen fast unerträglich wurde, raffte sie sich auf und beschloss, am nächsten Abend mit ihr zu reden. Die Gelegenheit war ebenfalls günstig. Nachdem sie gemeinsam Abend gegessen und es sich schon im Zelt bequem gemacht hatten, stand Anne noch einmal auf und verließ leise das Zelt. Verwundert schaute Edelweiß ihr nach. Was hatte sie wohl vor? Sie ergriff die Gelegenheit und folgte ihr still. Wie jedes Mal, wenn sie über Nacht Halt machten, hatten sie ihr Zelt in der Nähe eines Flusses oder Baches aufgeschlagen. Dieses Mal war es wohl eher ein Bach. Anne ging zu dessen Ufer und setzte sich auf einen der feuchten Steine. Edelweiß überlegte kurz, ging dann aber entschlossen zu ihr hinüber und ließ sich neben ihr nieder. Anne blickte nicht auf, sie starrte nur auf den Bach, der unermüdlich plätscherte. Seine Wasseroberfläche glitzerte im Schein des Mondes verschwörerisch. Viele Minuten verstrichen, in denen Edelweiß angespannt dasaß und kaum zu atmen wagte. Sie überlegte, ob sie Anne wieder allein lassen sollte, da begann diese zu reden: „Was denkst du? Wie viele Sterne sind wohl am Himmel zu sehen?" Annes Stimme klang sehr heiser, was Edelweiß nicht wunderte, schließlich hatte ihre Freundin seit gut einer Woche kaum noch ein Wort gesprochen.

Langsam antwortete Edelweiß ihr: „Keine Ahnung … Hunderte … Tausende … womöglich sogar Zehntausende?"

Anne lächelte. Sie ging nicht auf ihre Antwort ein und schaute mit einem Blick hinauf zu den Sternen, den Edelweiß nicht zu deuten wusste.

„Siehst du die drei Sterne? Die auf einer Linie nebeneinanderliegen?"

Edelweiß folgte Annes ausgestrecktem Finger. Nach ein paar Augenblicken erkannte sie, welche Sterne Anne meinte. „Ja, die sehe ich."

„Und erkennst du auch, dass links und rechts darüber jeweils nochmal zwei Sterne liegen?"

Edelweiß kniff die Augen zusammen und nickte schließlich.

„Das ist ein Sternbild. Die nördliche Krone."

Nach einer Weile sagte Edelweiß: „Der eine, der rechte Stern da, ist ganz schön hell."

Anne nickte. „Der heißt Alphekka. Er ist circa 75 Lichtjahre von uns entfernt."

Edelweiß war verblüfft über das Wissen, das Anne hatte. Nie im Leben wäre sie darauf gekommen, dass Sternen Namen gegeben werden. Edelweiß musste ein sehr fassungsloses Gesicht gemacht haben, jedenfalls lachte Anne leise auf und sagte: „Es haben nicht alle Sterne einen so komplizierten Namen. Nur die Hellsten und Größten, die anderen besitzen Nummerierungen."

„Woher weißt du das alles?"

„Aus Büchern. Aber ich weiß noch lange nicht alles. Dort oben liegen so viele fantastische Dinge versteckt, die sicherlich noch kein Mensch weiß und auch niemals wissen wird. Und wenn, dann würde es die Menschheit nicht verstehen. Und das alles hat einen so einfachen Namen. Ein einzelnes Wort, das alles beschreiben kann, was es überhaupt gibt. Universum."

Nach einer Weile fügte Anne noch hinzu: „Es ist alles so unglaublich."

„Wenn du dich so dafür interessierst, musst du es dir doch irgendwie vorstellen können."

Anne schien sich über die Aussage zu freuen. „Ich glaube, kein Mensch, nicht einmal ein Physiker, kann sich das alles vorstellen. Dazu fehlen uns die Fantasie und der geistige Horizont. Aber wenn ich es mir irgendwie vorstellen würde, dann als eine Art Kunstwerk, ein unendliches Kunstwerk. Und jeder einzelne Mensch ist ein Teil dieses Kunstwerkes. Ich bin glücklich, meinen kleinen und unscheinbaren Teil dazu beitragen zu können."

Edelweiß bestaunte Annes Vorstellungsvermögen, das so viel ausgeprägter zu sein schien als das anderer Menschen.

„Universum …", Edelweiß schmeckte das Wort auf der Zunge, „ja, dieses Wort scheint wirklich die Unendlichkeit zu beschreiben. Aber weißt du, ich kenne ebenfalls ein Wort, das sehr viel aussagt."

Anne schaute ihr zum ersten Mal seit langer Zeit in die Augen und Edelweiß genoss den Blick, der trotz Annes Zurückgezogenheit aus deren haselnussbraunen Augen strahlte.

„Danke", flüsterte Edelweiß. Die Mädchen schauten sich lange an, bis Anne sagte: „Da hast du recht. Was unsere Situation angeht, sagt das Wort wirklich viel aus." Und als Anne dann noch mühelos lächelte, fiel Edelweiß der Stein vom Herzen, der sie seit Tagen belastet hatte. Sie saßen noch lange so nebeneinander und schauten schweigend in den Himmel. Edelweiß dachte über Annes Worte nach und musste feststellen, dass sie sich nie Gedanken über all das gemacht hatte. Als die beiden ihre Augen kaum noch offenhalten konnten, gingen sie zum Zelt zurück und schliefen, kaum lagen sie unter ihren Decken, sofort ein. Als Edelweiß am nächsten Morgen aufwachte und aus dem Zelt kletterte, waren Anne und Alex bereits wach.

„Guten Morgen!", Anne wirkte so ausgeschlafen wie seit vielen Tagen nicht mehr.

„Auch schon wach?", Alex schien anscheinend auch gute Laune zu haben.

„Klar", erwiderte Edelweiß schwungvoll und als Alex nicht aufhören wollte, frech zu grinsen, lief Edelweiß ihm hinterher und jagte ihn ein paar Runden um das Zelt herum, bis sie ihn erwischte und durch einen fiesen Trick hinfallen ließ. Die zwei rauften lachend am Boden, bis Anne sie ermahnte, ihr beim Einpacken des Zeltes zu helfen.

„Schaffst du das etwa nicht allein?" Alex ging schnaufend zu seiner Schwester hinüber.

„Pass ja auf, was du sagst!", Anne warf ihrem Bruder einen drohenden Blick zu. Als nach gut zehn Minuten alle auf den Pferden saßen, erklärte Alex: „Wenn wir gut vorankommen, werden wir gegen Nachmittag ein Dorf erreichen, in dem wir uns einen Gasthof zum Übernachten suchen können."

Der Vormittag verging wie im Fluge. Alle waren munter, lachten und redeten viel. Um die Mittagszeit erreichten sie den Gipfel eines weiteren Berges und sahen einen gigantischen Latschenwald vor sich. Er säumte das gesamte Tal und auch die Berghänge, die sich zu allen Seiten erstreckten. Es war ein beschwerlicher Abstieg, da es keinen Weg, nicht einmal den kleinsten Pfad gab, der ihnen hätte helfen können. Als sie nach vielen Stunden endlich das Tal erreicht hatten, konnten sie in der Ferne schon die Umrisse eines Dorfes sehen, das malerisch an einem Berghang lehnte. Weiter vorne schlängelte sich ein Bach durch die Landschaft. Bis zu dem Gewässer war der Weg nicht viel einfacher als der Abstieg. Manchmal wieherte eines der Pferde nervös oder tänzelte unruhig umher. Edelweiß überlegte, wie es wohl gewesen wäre, wenn sie gestern nicht mit Anne geredet hätte. Ob sie da diesen Abstieg bezwungen hätten? Als sie bald darauf den Bach erreicht hatten, legten sie ihre erste Pause für diesen Tag ein. Edelweiß ließ sich aus dem Sattel gleiten und konnte sich kaum noch aufrecht halten, so sehr zitterten ihre Beine. Anne und Alex schien es nicht anders zu gehen. Sie stärkten sich mit einer kleinen Brotzeit und füllten ihre Flaschen am Bach mit kühlem Wasser auf. Als Alex festgestellt hatte, dass der Bach durch einen Weg mit dem Dorf verbunden war, fiel ihnen ein Stein vom Herzen.

„Nochmal so ein Kampf durch so einen dämlichen Latschenwald und ich hätte gestreikt", verkündete Anne vorlaut. Nachdem sie ihre Pferde vorsichtig durch den Bach zum anderen Ufer gelenkt hatten, schlugen sie den sandigen Pfad in Richtung Dorf ein. Ein Stück des Weges legten sie sogar im Trab zurück, was Edelweiß allerdings nicht sehr gefiel, da ihre Beine ohnehin schon genug schmerzten. Als ihnen zwei Frauen mit Körben, in denen sich Wäsche befand, entgegenkamen, ritten sie an die Seite und ließen sie vorbei. Diese bedankten sich freundlich und grüßten mit offener schwungvoller Stimme.

„Ist das hier so ein Dorf wie Rabenstein? Völlig abgeschieden von der Außenwelt?", fragte Edelweiß interessiert.

„Ja. Es heißt übrigens Limmersdorf", antwortete Alex, „es ist noch kleiner als Rabenstein und ist, ebenso wie unser Dorf, auf keiner Landkarte zu finden. Nicht einmal auf einer Wanderkarte."

„Woher weißt du dann von diesem Ort?"

„Unser Großvater ist sehr viel gereist, er hat eigene Karten geschrieben und gezeichnet. Ich orientiere mich hauptsächlich nach denen, weil sie detaillierter und präziser sind."

Edelweiß nickte und lobte Venus, die müde schnaubte, mit sanften Worten. Je näher sie dem Dorf kamen, desto mehr konnte Edelweiß erkennen. Zuerst nur schemenhafte Umrisse, dann die niedrige Mauer, die das Dorf einrahmte, und schließlich auch das Tor, das offenstand und äußerst einladend wirkte. Erst als sie durch dieses hindurchritten, fiel Edelweiß auch die Kirche auf, deren Turm alle anderen Gebäude weit überragte. Die Wege hier waren grob gepflastert und die Häuser, ebenso wie in Rabenstein, eng aneinandergereiht. Sollte sich zwischen ihnen doch mal ein Spalt auftun, wurden dort Wäscheleinen gespannt, auf denen weiße Bettlaken im frischen Luftzug hin und her schaukelten. Anders als in Rabenstein gab es hier keine senkrecht aufsteigenden Felswände, sondern, wohin man auch schaute, an den Berghängen liegende Latschenwälder. Es war auch keine Burg zu sehen und Edelweiß fragte sich, wie die Menschen sich hier früher vor Angreifern schützen konnten. Die Antwort darauf hatte sie schnell gefunden. Wie hätte es Angreifer geben können, wenn keine Menschenseele wusste, wo das Dorf lag, geschweige denn, dass Limmersdorf überhaupt existierte?

Der Gasthof, genauer gesagt das Wirtshaus, lag nicht weit vom Dorfplatz entfernt. Es besaß ungepflegte Wände und einen winddurchlässigen kleinen Stall. An den Fenstern hingen Kästen mit bunten Blumen und auf einer sonnigen Terrasse waren Stühle, Tische und Bänke aufgebaut. Der Geruch nach Wein und Braten hing in der Luft und Edelweiß bemerkte, wie hungrig sie war. Anne passte auf die Pferde auf, während Alex und Edelweiß in die

Gaststube gingen. Sie wurden von einer Nebelwolke empfangen, die zum einen aus der Küche zu ihnen hinüberkam und zum anderen von ein paar Männern, die Zigarren und Pfeifen rauchten. Alles, Tische, Stühle, der Boden und die Theke, bestand aus demselben dunklen Holz. In einem Regal standen Tonkrüge, deren Gewicht vermutlich niemand hätte heben können. An den Wänden waren imposante Hirschgeweihe angebracht. In einer Ecke standen auf einer kleinen Erhebung (es Bühne zu nennen, wäre maßlos übertrieben gewesen) zwei Musikanten. Der eine spielte eine Flöte, der andere eine Gitarre. Sie stimmten gerade zu einem fröhlichen Walzer an und einige Paare erhoben sich und begannen zu tanzen. Auch vier Kinder hatten sich an den Händen gefasst und rannten übermütig im Kreis herum. Männer saßen, in kleine Gruppen aufgeteilt, an den Tischen und spielten Karten oder amüsierten sich mit der Bedienung, die, kaum verließ der Wirt die Stube, sich zu ihnen setzte und den neusten Klatsch und Tratsch der Marktfrauen erzählte. Edelweiß fand, dass es für diese Uhrzeit schon heftig zuging.

„Hallo!" Edelweiß und Alex fuhren herum und schauten einem rotbackigen Mann in die Augen. Er war normalgroß gewachsen und ziemlich dick. Sein hellbraunes Haar stand in alle Richtungen ab und die kurze Nase passte optisch überhaupt nicht in das Gesicht. Edelweiß verstand erst nach einiger Zeit, dass er der Wirt sein musste, doch ehe sie etwas erwidern konnte, übernahm Alex das schon: „Hallo. Wir würden gerne hier zu Abend essen und uns über Nacht ein Zimmer nehmen. Ist denn noch was frei?"

Der Mann lachte offen. „Bei uns kommen selten Fremde vorbei. Sehr selten sogar. Die wenigen Zimmer, die wir vermieten, sind meistens leer."

Edelweiß hörte aus seiner Stimme heraus, dass er froh darüber war.

„Hey, Stefan, komm doch a weng her!", rief ein Mann mit Akzent von einem der hinteren Tische und winkte. Der Wirt deutete auf Alex und Edelweiß. Der Fremde nickte kurz, senkte den Kopf wieder und plötzlich drehte sich der ganze Tisch zu ihnen um. Edelweiß war so froh, dass die Musikanten spielten und die meisten Leute sie nicht bemerkt hatten, denn wenn das ganze Wirtshaus sie angestarrt hätte, wäre sie vermutlich auf der Stelle im Erdboden versunken oder gleich hinausgestürmt. Sie lief jetzt schon knallrot an. Gleich auf den zweiten Blick fiel Edelweiß ein Mann auf, dessen verwunderter Blick rasch zu einem schmutzigen Grinsen wurde. Alex schien die Leute zu ignorieren (wie schaffte er das nur so gekonnt?), denn er fragte den Wirt gerade irgendetwas. Edelweiß hörte allerdings nicht zu, sie musste unentwegt zurückstarren. Der Blick des fremden Mannes schien sie festzuhalten wie einer ihrer bösen Träume, die sie erst mit den ersten Sonnenstrahlen wieder freiließen. Plötzlich breitete sich in Edelweiß die Angst aus und sie rang verzweifelt nach Luft. Das Grinsen des Mannes wurde breiter. Edelweiß brach in Schweiß aus. Sie wollte weglaufen. Raus aus diesem Zimmer, raus aus dem Wirtshaus, aber der Blick des Fremden fesselte sie weiterhin. Nach einer Weile stand der Mann auf, den Blick immer noch auf sie gerichtet. Edelweiß wurde panisch. Was hatte er vor? Er ging auf sie zu, mit langsamen sicheren Schritten … näher und näher … Edelweiß fiel sein muskulöser Körperbau auf, die braungebrannte lederne Haut und eine lange Kette um seinen Hals, die einen Haizahn als Anhänger trug. Die Männer von hinten schauten sie und Alex immer noch interessiert an. Jetzt stand der Fremde direkt vor ihr. Ein beißender Geruch nach Schweiß und Tabakrauch zog in ihre Nase. Eine furchtbare Übelkeit überkam sie. Der Mann schob sich nach dem Bruchteil einer Sekunde, in der er kurz über etwas nachzudenken schien, an ihr vorbei und trat nach draußen. Edelweiß Sinne waren wie vernebelt. Sie stand immer noch wie vom Donner gerührt da und starrte ins Leere.

„Ja, super! Edelweiß, wir … Edelweiß?" Alex rüttelte an ihrem Arm. Langsam kam sie wieder zu sich. „Ja?"

„Wir können auch die Pferde hier unterstellen. Ist das nicht super?"

„Ja …"

„Was ist denn los mit dir? Geht's dir nicht gut?"

„Doch, doch, alles klar."

„Ich sag kurz Anne Bescheid. Du kannst uns inzwischen etwas zu trinken bestellen, wenn du magst." Alex machte sich schon daran, rauszugehen, da wurden Edelweiß seine Worte erst bewusst.

„Nein!", sie schreckte zusammen.

„Was nein?", Alex drehte sich um und schaute sie fragend an.

„Äh, ich geh lieber noch mal mit raus. Und helfe euch bei den Pferden."

„Ach, nein, das musst du doch nicht." Doch noch bevor er ausgesprochen hatte, war Edelweiß auch schon zur Tür heraus. Sie stürzte ins Freie und lief zu Anne hinüber. Diese grinste. „Hast du ein Monster gesehen? Oder doch einen Geist?" Als Edelweiß sie verdattert anschaute, klärte Anne sie auf: „So wie du gerade rausgestürmt bist, hätte man meinen können, du wärst dem Teufel höchstpersönlich gegenübergestanden!"

„Ach so", Edelweiß lachte unecht, was Anne auch bemerkte, doch sie hakte nicht weiter nach. Stattdessen fragte sie: „Und? Können wir hierbleiben?"

„Ja", Alex, der inzwischen auch da war, antwortete an Edelweiß' Stelle, „die Pferde können in den Stall." Alex zeigte auf das Gebäude (wenn man es überhaupt so nennen konnte) neben der Wirtschaft und machte auf einmal ein verdutztes Gesicht. Ihm war anscheinend jetzt erst der halb zerfallene Stall aufgefallen.

Anne grinste. „Na, Gott sei Dank haben Pferde ein dickes Fell!"

Zögernd liefen sie auf den Stall zu. Edelweiß' Gedanken drehten sich im Kreis. Der Gestank steckte immer noch in ihrer Nase. Unbeteiligt führte sie Venus hinter ihren Freunden her in die Bruchbude. Sie bekam nur mit halbem Ohr und Kopf mit, wie Alex und Anne in der hintersten Ecke einen einigermaßen geschützten Platz fanden. Hier banden sie Venus, Falada und Joker an und fütterten sie mit Heu und frischem Wasser. Schließlich sattelten sie die Pferde noch ab. Die Sättel hängten sie notdürftig über einen Balken und die Satteltaschen nahmen sie mit in das Wirtshaus. Die Treppe zu den Zimmern lag zum Glück nicht in der Wirtsstube, sondern gleich im Flur. Als sich die Tür öffnete und die Bedienung heraustrat, konnte Edelweiß kurz sehen, dass der Mann wieder bei den anderen saß und seiner Umgebung keine Beachtung mehr schenkte. Beruhigt dachte Edelweiß darüber nach, sich das alles vielleicht nur eingebildet zu haben. Womöglich hatte sie sich selbst so verrückt gemacht und der Fremde wollte ihr einfach nur freundlich zulächeln? Vielleicht hatte sie tatsächlich Gespenster gesehen, um Annes Worte noch einmal aufzugreifen? Sie hatte die Situation eventuell falsch verstanden. Obwohl sie plötzlich so davon überzeugt war, überreagiert zu haben, verriet ihr ein seltsames Bauchgefühl, dass sie sich täuschte … dass ihre Überzeugung sie täuschte … Doch sie konnte nicht weiter darüber nachdenken, da die Bedienung sie die Stiege hinauf in einen düsteren Flur führte und an dessen Ende eine Tür öffnete. Sie hatte es vermutlich eilig, wieder hinunterzukommen, denn sie verabschiedete sich zwar freundlich, aber hektisch und eilte sofort wieder davon. Edelweiß erkannte, dass das Zimmer ihr gefiel und sie fand, dass es dafür, dass es so selten genutzt wurde, sehr sauber und einladend war. Rechts neben der Tür stand ein Doppelbett, schräg gegenüber davon ein Einzelbett. Alle drei Bezüge waren schneeweiß und die blauweiß karierten Betten aufgeschüttelt. Links neben dem einzelnen Bett ging eine schmale Tür in ein kleines Bad ab. An der noch verbleibenden Wand standen ein mächtiger, mit Schnitzereien verzierter Schrank und ein kleiner Schreibtisch.

„Okay, wer schläft wo?" Anne schob sich an Alex vorbei in den Raum hinein.

„Also ich", setzte Alex an, „überlasse euch gerne das Doppelbett!"

Mit einem freundschaftlichen Lächeln schubste Anne ihren Bruder leicht an der Schulter. Doch wie Alex so war, mit seinem Sinn für Übertreibungen, ließ er sich theatralisch auf den Boden fallen und zog ein tragisches Schauspiel ab, das sogar Edelweiß von ihren Gedanken ablenkte und zum Lachen brachte. Als sie ihre nötigsten Sachen eingerichtet hatten und Edelweiß gerade am Fenster saß und den Blick auf die ihr unbekannte Landschaft genoss, klopfte es an der Tür. Anne öffnete. Eine Frau stand davor und erklärte, dass sie die Wirtin sei. Sie war mittelgroß, aber im Gegensatz zu ihrem Mann nicht dick. Allerdings hätte man auch nicht behaupten können, sie sehe aus, als wäre sie kurz vor dem Verhungern. Sie trug ein von der Küche beschmutztes Kleid. Ihre fettigen Haare waren notdürftig zusammengebunden und die Farbe ihrer Schürze war unter dem ganzen Fett und Wein kaum noch definierbar. Dennoch strahlte sie dieselbe Freundlichkeit wie ihr Mann aus.

„Ich wollte euch nur sagen, dass heute Abend in unserem Wirtshaus ein monatliches Dorffest stattfindet. Das können jetzt gute oder schlechte Neuigkeiten für euch sein. Entweder ihr wollt nicht hingehen und es wird hier oben höllisch laut werden und ihr könnt nicht schlafen oder ihr wollt hingehen und es kommt euch gerade recht." Die Stimme der Wirtin klang viel zu tief für ihre Statur. Edelweiß hatte nicht wirklich Lust, heute Abend nochmal wegzugehen, da sie schon so müde war, aber als sie das Blitzen in Annes Augen sah und auch Alex meinte, sie hätten sich mal wieder etwas Abwechslung verdient, war Edelweiß überzeugt. Bevor die Wirtin ging, fragte sie noch: „Habt ihr etwas hübschere Kleider für heute Abend oder soll Alina, unsere Bedienung, euch etwas leihen?"

Sie musterte die drei so eindringlich, dass diesen erst klar wurde, wie heruntergekommen ihre Kleidung schon aussehen musste.

„Nein, danke, wir haben etwas dabei", Anne zeigte auf die Satteltaschen, die sie achtlos in eine freie Ecke gestellt hatten. Mit einem skeptischen Nicken verließ die Wirtin das Zimmer wieder. Aufgeregt begann Anne, in den Satteltaschen zu wühlen.

„Hoffentlich habe ich das grüne Kleid eingepackt!"

„Das grüne? Das mit diesen ganzen Stickereien?", fragte Edelweiß ungläubig, „Ist das nicht aus Seide? Hey, das ist nur ein Dorffest in einem stinkenden Wirtshaus!"

„Nur ein Dorffest?" Anne rollte mit den Augen. „Dann ist es eben nur ein Dorffest. Ich hatte seit fast zwei Wochen nur Hosen an und bin über die Berge geritten. Da darf ich doch wohl mal etwas hübscher aussehen … Und tu mir den Gefallen und zieh dir auch etwas anderes an, ja?" Anne warf Edelweiß einen filmreifen Seitenblick zu, sodass diese unwillkürlich lachen musste und ihr versicherte: „Jaja, keine Sorge. Auch wenn es mir bei meiner Auswahl an Kleidern ziemlich schwerfallen dürfte …"

Und schon wieder warf Anne ihr diesen Blick zu und Edelweiß schwächte, bemüht nicht loszulachen, ihr Argument wieder ab: „Bei meiner Tante auf der Burg wäre es mir deutlich einfacher gefallen, bei der Vielfalt an Kleidern. Außerdem wurde ich da beinahe dazu gezwungen vor lauter altmodischen Traditionen, die mich jeden Tag aufs Neue erdrückt haben."

„Ach, dann stell dir einfach eine Hochzeit in Paris vor, die sprüht vor Traditionen, aber macht trotzdem Spaß. Besser?" Anne warf gerade achtlos eine Hose über den Kopf, die Edelweiß mit einem Sprung nach vorne auffing.

„Das ist vielleicht schon wieder etwas zu heftig", erwiderte Edelweiß amüsiert, „aber es würde auf jeden Fall mehr Anlass bieten als ein Dorffest …"

Anne legte ihre Antwort in einen gespielt mürrischen Blick. Alex, der der Szene schmunzelnd zugesehen hatte, sagte jetzt: „Ich geh mal duschen." Und schon war er im Bad verschwunden.

„Oh nein, ich glaub, ich habe das Kleid vergessen … Alles nur einfache Kleider."

„Du legst doch sonst nie Wert auf solche Sachen", erwiderte Edelweiß verwundert, „aber ich glaub, ich habe da was für dich." Edelweiß zog ihre Tasche unter dem Wäschehaufen hervor und machte sie auf. „Weißt du, bei so einer Tante habe ich gar keine andere Wahl als nur die vornehmsten

Kleider zu besitzen." Wie aufs Schlagwort zog sie ein petrolfarbenes Kleid heraus, das an den Ärmeln und am Kragen kleine Rüschen besaß.

Anne klappte der Kiefer hinunter: „Das Kleid willst du mir wirklich leihen?"

Edelweiß zuckte mit den Schultern. „Von mir aus kannst du es auch geschenkt bekommen. Du musst nur schauen, ob es dir passt."

Anne zog das Kleid sofort über und es saß wie angegossen. Nacheinander duschten sie und machten sich fertig. Mit der Zeit war Annes Laune ansteckend und auch Alex und Edelweiß fanden Spaß daran, sich etwas besser herzurichten. Alex trug eine dunkle Hose, darüber ein dunkelbraun kariertes Hemd. Edelweiß hatte ein burgunderfarbenes Kleid an, das knapp bis über die Knie ging und dreiviertel lange Ärmel hatte. Ihre Haare trug sie offen, wie sie es eigentlich hasste, aber um Annes Willen tat sie es trotzdem. Edelweiß hatte das Gefühl, dass es hier schon wesentlich eher dunkel wurde als in Rabenstein, denn als die Glocken einer kleinen Kirche ganz in der Nähe des Wirtshauses sechsmal schlugen, war die Sonne schon dabei, den Bergkamm zu küssen. Anne bemerkte, als sie das Zimmer verließen und auf den Flur hinaustraten, die Seitenblicke, die Alex immer wieder auf Edelweiß warf, und schmunzelte. Als sie unten ankamen, ging es schon hoch her. Alle Tische und Stühle waren eng zusammengerückt, was auf dem übrigen Platz eine erstaunlich große Tanzfläche bot. Edelweiß, Anne und Alex setzten sich an einen freien Tisch. Mit der Zeit wurde der Raum immer voller und voller. Nach einer guten Stunde, in der sie sich über alles Mögliche unterhalten hatten, stand Edelweiß auf und sagte: „Ich hol uns mal was zu trinken."

Und schon schob sie sich durch das Gedränge.

„Jetzt trau dich doch endlich, sie zu fragen!" Anne schaute ihren Bruder vorwurfsvoll an.

„Wen soll ich was fragen?"

„Jetzt tu nicht so! Ich habe doch die ganze Zeit gesehen, wie du sie angeschaut hast!"

„Hä, wen?"

„Ohhh, na Edelweiß!"

Alex schwieg und starrte ins Leere.

„Fordere sie doch zum Tanz auf!", fuhr Anne fort, und als Alex sie ungläubig anschaute, fügte sie noch hinzu: „Na, rein freundschaftlich, mein ich. Sie würde sich bestimmt freuen!"

„Meinst du?" Unsicher schaute Alex über seine Schulter.

„Ja, meine ich!"

Ehe Alex noch etwas erwidern konnte, kam Edelweiß mit drei Gläsern zurück. „Oh man, da vorne ist vielleicht ein Gedränge."

Als ihre Freunde sie nur schweigend anschauten, fragte Edelweiß: „Ist irgendetwas los?"

„Nein", erklärte Anne. „Wir haben nur gerade überlegt, ob Alex dich zum Tanz auffordern soll oder nicht …"

Alex schoss sofort die Röte ins Gesicht. Um es Edelweiß nicht sehen zu lassen, senkte er den Kopf. Er wollte gerade seine Schwester anfahren, was ihr einfiel, doch diese fuhr schon schmunzelnd fort: „Und wir sind zu dem Schluss gekommen, dass er es macht!"

„Du meinst wohl, du bist zu dem Schluss gekommen …" Alex, dem die Situation schon peinlich genug war, verschlimmerte die Situation nur noch. „Ich habe nie behauptet, dass ich mit Edelweiß tanzen will."

Gleich darauf wurden ihm seine Worte bewusst und wie Edelweiß das wohl verstanden hatte. Er schaute sie deshalb entschuldigend an. Diese lächelte und setzte sich wieder zu ihnen hin. Währenddessen stand Anne auf und sagte: „Ich bin gleich wieder da!" Sie verschwand zwischen den vielen Menschen.

Es dauerte eine Weile, bis Alex sich traute, etwas zu sagen: „Weißt du, Anne redet manchmal Mist …"

Edelweiß nickte lächelnd.

„Aber …", Alex holte tief Luft, „… dieses Mal hat sie keinen Mist erzählt …"

Entgeistert schaute Edelweiß ihn an. Dann geschah alles ohne weitere Worte. Alex stand auf, streckte die Hand nach der von Edelweiß aus. Diese erhob sich und zusammen gingen sie auf die Tanzfläche. Die Musikanten spielten gerade einen fröhlichen Walzer.

Ehe sie zu tanzen begannen, flüsterte Edelweiß: „Da gibt es aber noch ein kleines Problem."

„Was?"

„Ich kann die Schritte nicht."

Alex lachte liebevoll auf. „Ich doch auch nicht. Machen wir es einfach so wie die anderen."

Edelweiß war froh, dass sie in diesem Augenblick nicht in Alex' Haut steckte, an dem der Hauptteil der Schritte hängen blieb. Edelweiß brauchte sich einfach nur führen zu lassen.

Naja ... so einfach war es auch nicht ...

Die anfängliche Anspannung ließ mit der Zeit nach und auf einmal fühlte sie sich richtig sicher. Viel zu schnell war der Tanz auch schon wieder vorbei, und da das nächste Lied ein sehr langsames war, beschlossen Edelweiß und Alex, vorerst zu Anne zurückzugehen. Da Edelweiß gerade zu der Bedienung herübersah, konnte sie nicht gleich die beiden Männer sehen, die bei Anne saßen. Erst als sie den Tisch fast erreicht hatten, meinte Alex: „Oh, Anne hat wohl inzwischen auch Gesellschaft bekommen."

Edelweiß schaute zu ihrem Tisch und blieb abrupt stehen. Sie blickte in das Gesicht des Mannes, der sie am Nachmittag so angelächelt hatte. Oder täuschten ihre Sinne sie doch nicht und mit den Fremden war etwas nicht in Ordnung?

„Hallo. Ich bin Kai und das hier ist mein Freund Manfred. Und wie heißt ihr?"

„Ich bin Alexander", stellte Alex sich vor, „und das hier ist Edelweiß."

Der Mann, der sich als Kai vorgestellt hatte, zog die Augenbrauen hoch. „Ein seltsamer Name."

Edelweiß überhörte den Kommentar und setzte sich neben Anne.

Kai fuhr fort: „Eure Freundin hat gesagt, dass ihr ein paar verschollene Eltern sucht ... deine Eltern?" Er schaute Edelweiß an und schon wieder überkam sie diese Angst. Ihre Beine begannen zu zittern und sie wagte nicht, etwas zu sagen, aus Angst, nicht mehr als ein Flüstern zustande zu bekommen. Sie nickte also nur und ärgerte sich über Annes Leichtsinn, diesen wildfremden Menschen so viele Dinge anzuvertrauen. Erst jetzt wendete sich Edelweiß dem anderen Mann zu, der ... wie nochmal hieß? Manfred? Ja, genau, Manfred war es. Er war von derselben Statur wie dieser Kai, groß, muskulös und hatte eine braungebrannte Haut. Doch Edelweiß erkannte in seinen Augen kein angriffslustiges Glitzern, sondern Wachsamkeit. Ein besseres Wort konnte es für seinen Gesichtsausdruck gar nicht geben. Ihm schien nichts zu entgehen.

„Und wohin soll eure Reise gehen?", fragte Kai gerade.

Edelweiß fand übrigens nicht im Geringsten, dass sein Name zu ihm passte.

„Nach Italien", erwiderte Alex knapp, der anscheinend auch fand, dass die zwei Männer schon viel zu viel wussten. Kai nickte nur.

„Und woher kommen Sie?" Alex wollte den Spieß umdrehen. Jetzt wollte er die Fragen stellen und sie sollten darauf antworten. „Ich meine, Sie sehen nicht so aus, als würden Sie hier wohnen", fügte er noch hinzu.

„Naja, wie soll ich sagen …", begann Kai zögernd, „wir sind praktisch … geschäftlich hier."

„Und wo kommen Sie her?", hakte Alex nach.

„Aus Deutschland."

„Und was machen Sie für Geschäfte?"

Kai begann zu schmunzeln. Er schien sich über das Frage- und Antwortspiel köstlich zu amüsieren. „Ich glaube nicht, dass dich das interessiert."

„Oh doch, das tut es!", Alex ließ nicht locker.

„Okay", Kai lehnte sich zurück, „wir arbeiten in einem Bergwerk. Also … wir haben eigentlich in Deutschland gearbeitet, bis man uns jetzt auch nach Italien bestellt hat."

„Was heißt denn auch?"

„Naja, ihr geht ja auch dorthin."

„Und warum nehmt ihr so einen Weg? Ich meine, für euch wäre es doch wesentlich praktischer, geradeaus südlich bei Mailand herunterzureisen", das war Annes Stimme.

„Nein, eigentlich nicht. Es wäre sogar ein Umweg. Weißt du, das Bergwerk liegt mitten in den italienischen Alpen, gleich hinter der Grenze zu Österreich. Und wenn wir über Mailand reisen würden, würden wir ja praktisch im Dreieck laufen."

„Trotzdem. Warum geht ihr durch so kleine unbekannte Dörfer?"

„Weil unser Arbeitgeber es so will. Auf dem schnellsten Weg dorthin, sodass wir so bald wie möglich mit unserer Arbeit beginnen können." Kais Stimme wurde langsam unfreundlich. Er schien dieses Gefrage nicht mehr zu mögen und so schwiegen Anne und Alex, bis Kai das Gespräch wieder aufnahm: „Wie lange bleibt ihr ungefähr hier?"

„Nur eine Nacht. Wieso? Übernachtet ihr auch in dem Wirtshaus?"

„Ja", zum ersten Mal sagte der andere Mann etwas.

Edelweiß hielt es in dem Dunst aus Zigarettenrauch und Essensgeruch fast nicht mehr aus. Ihr war heiß, ihre Wangen glühten und ihre Beine fingen immer zu zittern an, wenn Kai sie anschaute. Edelweiß wendete sich an Alex und sagte halblaut, sodass außer ihm niemand sie hören konnte: „Ich muss mal an die frische Luft!"

Alex nickte nur stumm. Edelweiß stand benommen auf und quetschte sich zur Tür, öffnete diese und eilte durch den Flur hindurch nach draußen. Auf der Terrasse standen ein paar Männer und unterhielten sich laut. Edelweiß lief um das Gebäude herum und ließ sich hinter dem Haus ins Gras fallen. Der Tau kühlte ihre Beine. Das Piepen in ihren Ohren, das durch die laute Musik und das Stimmengewirr verursacht wurde, verklang langsam und verstummte schließlich ganz. Auch ihr Kopf wurde leerer, sodass sie ihre Gedanken sortieren konnte. Aus irgendeinem ihr unerklärlichen Grund war sie völlig außer Atem. Es war mittlerweile stockdunkel. Die letzten Grillen zirpten halblaut im hohen Gras. Auf einmal huschte ein dunkler Schatten an der Hauswand vorbei. Erleichtert stöhnte Edelweiß auf, als sie erkennen konnte, dass es nur eine Katze war. Doch aus irgendeinem Grund wurde ihr Atem nicht ruhiger, im Gegenteil. Er wurde so ungleichmäßig, dass Edelweiß husten musste und fast an ihren eigenen Atemzügen erstickte. Sie kam in diesem Augenblick nicht dazu, darüber nachzudenken, warum sie so aufgeregt war. Erst später erkannte sie, dass ihre Sinne eine Vorahnung gehabt haben mussten …

Edelweiß rang verzweifelt nach Luft. In diesem Moment erkannte sie einen dunklen Schatten an der Hauswand lehnen. Jetzt blieb Edelweiß die Luft komplett weg. Sie konnte noch sehen, wie die große Gestalt sich näherte, dann fiel sie in Ohnmacht. Als sie wieder zu sich kam, lag sie neben Anne in dem Doppelbett. Es dauerte einige Zeit, bis sie sich zurechtfand. Sie hatte noch ihr Kleid an. Still blieb sie liegen und lauschte angestrengt auf Annes und Alex' Atemzüge. Im ganzen Wirtshaus war Ruhe eingekehrt. Das Dorffest schien vorbei zu sein. Im Hof bellte ein Hund und die Standuhr gab ein dumpfes Ticken von sich. Langsam kamen Edelweiß wieder Bilder in den Sinn. Eine dunkle Gestalt, die an der Hauswand lehnte und sich nach einer Weile näherte. Danach hatte sie nichts mehr mitbekommen. Warum war sie in Ohnmacht gefallen? Wegen dieser Person? … Nein, es war nicht direkt wegen der Person, dachte Edelweiß, es hatte schon die Anwesenheit der Person gereicht! Und sie konnte sich schon denken, wer der Schatten war. Kai. Aber wieso hatte sie vor seiner Anwesenheit so große Angst? Er hatte ihr nichts getan. Oder doch? Bis heute Nachmittag hatte sie ihn noch nicht einmal gekannt! Es war, als strahlte er irgendetwas aus, was Edelweiß nicht ertrug, aber was war das? Sie fand kein Wort, das es richtig beschreiben konnte. Sie war auf jeden Fall froh, dass sie in den Vormittagsstunden schon wieder weiterreisen würden. So würde sie die Vorfälle vergessen können und sich wieder auf den Sinn ihrer Reise konzentrieren. Da Edelweiß nicht mehr einschlafen konnte, ging sie zum Fenster, stieß die Läden nach draußen auf und stellte erfreut fest, dass die ersten Sonnenstrahlen schon vorsichtig über die Berghänge tasteten. Der fade Lichtstrahl ließ sie erkennen, dass die Standuhr schon sieben Uhr anzeigte. Sie beschloss, hinunterzugehen, um die Pferde startklar zu machen. Dass sie keine Schuhe trug, bemerkte sie erst, als sie über den kalten gepflasterten Hof hinüber zum Stall ging. Oder besser, das, was vom Stall noch übrig war. Doch es machte ihr nichts weiter aus. Als sie sich durch die Stalltür schob, wieherte Venus begeistert und begrüßte sie, indem sie Edelweiß mit dem Kopf an ihre Flanke schob und sich an ihrem Rücken rieb. Edelweiß lächelte und kraulte Venus an der Brust. Da Alex ihr erzählt hatte, dass sie ihren nächsten Halt an einem größeren Fluss machen wollten, putzte Edelweiß den Pferden nur grob den Staub ab. Sie war gerade dabei, Falada zu satteln, da knarzte hinter ihr die Stalltür. Sie drehte sich um, in dem Glauben, es war Alex oder Anne, doch in der Tür stand Kai.

„Darf ich reinkommen?", fragte er.

Edelweiß, die gehofft hatte, eine weitere Begegnung mit ihm würde ihr erspart bleiben, nickt nur widerwillig und wendete sich dann wieder ihrer Arbeit zu.

„Ich wollte schauen, wie es dir geht", meinte Kai, „ich habe gestern mitbekommen, wie Alex dich gefunden hat, und hab ihm geholfen, dich in euer Zimmer zu bringen."

„Danke. Mir geht es wieder gut", erwiderte Edelweiß knapp. Sie hatte schon wieder mit der Luft zu kämpfen. Eine schwere Stille drückte sich in den Raum, nur das Knarzen von Jokers Sattel war zu hören, den Edelweiß gerade von dem Balken nahm.

„Sagen Sie mal", setzte Edelweiß an, als die Stille kaum noch zu ertragen war, „wie heißt dieses Bergwerk, in dem Sie in Italien arbeiten werden?"

„Naja", Kai versuchte, sich eine Antwort zurechtzulegen. Er schien sich über die Frage zu freuen. „Wir haben in einem Bergwerk gearbeitet. Der neue Auftrag betrifft wohl eher … naja, eine Höhle."

Eine kalte Vorahnung setzte sich in Edelweiß' Kopf ab.

„Und sie heißt", fuhr Kai fort, „warte, lass mich kurz überlegen … ach ja, sie heißt Domenico-Montebello-Höhle. Ich glaube, dass das irgendwie eine Zusammenstellung der Namen der Höhlenforschungsleiter dort ist."

Edelweiß hielt mitten in der Bewegung inne. Langsam drehte sie sich zu Kai um und schaute ihn an. Konnte es denn überhaupt solche Zufälle geben? Edelweiß hatte sich die Namen der Forscher gemerkt, die ihren Eltern Konkurrenz geboten hatten. Francesco Domenico und Riccardo Montebello. Edelweiß musste nicht lange überlegen. Das konnte doch gar kein Zufall sein! Eine Höhle in Italien, die nach den beruflichen Erzfeinden ihrer Eltern benannt wurde, da sie die Forschungsleiter dort sein sollten?

„Ist irgendetwas?", fragte Kai.

„Nein!", fauchte Edelweiß, verärgert über das Grinsen, dass er schon wieder aufgesetzt hatte. Sie nahm Venus' Sattel vom Balken und legte ihn über ihren Rücken. In der Hoffnung, Kai könnte gegangen sein, schaute sie über die Schulter. Doch er stand noch am selben Fleck wie vorhin. Nur lehnte er jetzt an der Stallwand, hatte die Arme vor der Brust verschränkt und schien ihren Ärger förmlich zu genießen. Sie wollte ihn anfahren, doch aus einem ihr unerklärlichen Grund fand sie nicht den Mut dazu. Inzwischen war sie mit dem Satteln fertig.

***

„Jetzt ist schon eine Woche vergangen und sie sind immer noch spurlos verschwunden!", Isabell, die Mutter von Anne und Alex, fuhr sich verzweifelt durch die Haare, „wir können nicht länger so herumsitzen! Wir müssen etwas unternehmen!"

„Und was schlägst du vor?", Claus schüttelte den Kopf, „die drei sind jetzt seit mehr als einer Woche verschwunden und die Pferde fehlen auch. Wir haben nicht den geringsten Schimmer, wohin sie geritten sind!"

Nachdem Isabell und Claus festgestellt hatten, dass die Kinder und drei der Pferde fehlten, sind Claus und Martin sofort losgeritten und haben sie im ganzen Tal gesucht. Sie sind bis hinter den Rabensteiner See geritten.

Dass das allerdings die völlig falsche Richtung war, konnten sie schließlich schlecht ahnen … Als auch die anderen Dorfbewohner etwas von dem Verschwinden mitbekommen hatten, boten sie ihre Hilfe an. Sie suchten in noch weiter entfernten Gegenden, bis in die nächsten Täler. Doch die Kinder blieben verschwunden. Isabell hatte auch Nora, Edelweiß' Tante, durch einen Brief benachrichtigt, dass vermutlich auch Edelweiß fehlte, da Venus ebenfalls verschwunden war. Bis jetzt hatte sich Nora allerdings noch nicht bei Isabell und Martin gemeldet. Doch das wunderte im Dorf niemanden.

„Die alte Schreckschraube ist mit Sicherheit froh, das Mädchen los zu sein!"

„Ja, die denkt ja sowieso nur an sich, da oben in ihrer tollen Burg!"

Diese Gerüchte zogen sofort durch das Dorf, doch niemand konnte sagen, ob sie wirklich stimmten.

Martin stand auf. „Sie werden nicht ohne Grund fortgegangen sein."

Isabell schaute ihren Mann hoffnungsvoll an, doch er schwieg. Was sollte er schon sagen? Wo sollten sie nach Anne, Alex und Edelweiß suchen? Martin trat ans Fenster. Draußen ging soeben die Sonne auf. So, als wäre nichts gewesen. So, als würde sie das Leid, das Annes und Alex' Eltern durchmachten, nicht bemerken, stieg sie wie ein glühender Feuerball immer höher in den Himmel hinauf. Gerade, als Martin sich wieder von dem Fenster abwenden wollte, sah er eine Gestalt durch das Hoftor treten und auf ihr Haus zugehen.

„Wir bekommen Besuch", informierte er kurz und verließ den Raum. Als er hinaus an die frische Luft trat, stand Leo angriffslustig da und bellte die Gestalt an. Martin versuchte zu erkennen, wer dort stand, dies erschien ihm allerdings unmöglich, da die Kapuze eines bodenlangen Umhanges tief in das Gesicht der Fremden gezogen war.

„Leo, schluss jetzt!", befahl Martin dem Hund, der immer noch aus Leibesseele sein Haus verteidigte.

„Hallo …", begann Martin.

Endlich zog sich die Gestalt die Kapuze vom Kopf und er konnte erkennen, dass es Nora war.

„Oh", setzte Martin an, doch als er vor Verblüffung keine passenden Worte fand, fragte er: „Warum verstecken Sie sich denn so hinter Ihrem Umhang?" Gleichzeitig machte er eine einladende Geste in Richtung Haustür.

„Ich hasse es, von den Dorfbewohnern angestarrt zu werden, als wäre ich ihr Untergang. Und außerdem muss niemand wissen, dass ich hergekommen bin." Ihre Stimme klang wie immer fest und entschlossen. Martin nickte und führte Nora zu Claus und Isabell in die Stube. Edelweiß' Tante schaute niemanden an. Sie setzte sich auf einen freien Stuhl und schwieg. Nach einer bedenklichen Pause sagte sie: „Ich habe mir alles noch mal durch den Kopf gehen lassen …"

Claus lehnte sich demonstrativ in seinem Stuhl zurück und zog die Augenbrauen hoch. Nora beachtete es nicht weiter und fuhr fort: „Ehe ich gegangen bin …", sie überlegte kurz und setzte dann anders an, „mein letztes Gespräch mit meiner Nichte hat im Streit geendet …"

„Das ist ja nicht weiter verwunderlich, oder?", fragte Claus mit einem spöttischen Unterton in der Stimme.

„Claus!", Isabell warf ihm einen warnenden Blick zu.

„Jedenfalls", Nora schien Mühe zu haben, die folgenden Worte auszusprechen, „ging es um ihre Eltern."

Jetzt schwieg sogar Claus.

„Ich weiß nicht wie, aber sie hat herausgefunden, dass ihre Eltern nicht bei einem Segelunglück ums Leben gekommen sind. Sie hat zwar auf jeden Fall nicht den Beruf von Rick und Julia gewusst, doch den habe ich ihr dann gesagt." Als niemand etwas erwiderte, schloss Nora: „Ich möchte mich nicht festlegen, aber ich kann mir vorstellen, dass die Kinder mehr wissen, als ich ihnen zugetraut hätte. Wäre es nicht möglich, dass die drei wissen, dass es nicht sicher ist, ob mein Bruder und seine Frau wirklich tot sind und dass sie nun auf die wahnsinnige Idee gekommen sind, sie zu suchen?"

„Nein, völlig ausgeschlossen!", stellte Isabell klar, „das würde ich Anne niemals zutrauen."

„Vielleicht doch", überlegte Martin, „Anne und Alex haben uns auch nach Edelweiß' Eltern gefragt und sie haben die alte Hütte gefunden. Daraus lässt sich schließen, dass Edelweiß auch bei der Hütte war. Und naja, dort wurden schließlich die ganzen Sachen, die man von ihren Eltern in der Höhle gefunden hat, hingebracht. Wir haben Anne und Alex zwar ausdrücklich verboten, Edelweiß die Hütte zu zeigen, aber das soll ja gar nichts heißen."

„Du meinst, sie …", aufgebracht schaute Isabell Martin an.

„Es ist nur eine Vermutung", antwortete Nora an Martins Stelle, „aber es könnte doch durchaus sein."

Eine Stille legte sich in den Raum, die Isabell seltsamerweise guttat, sich zu beruhigen. Ihre Gedanken kamen dennoch nicht von den Kindern fort. Auch ihr eigener Körper konnte sich seit Tagen nicht entspannen, vor lauter Angst um Anne, Alex und Edelweiß. Sie schloss die Augen, bis Martin Claus fragte: „Was denkst du? Wenn es so wäre, dass sie wirklich nach Julia und Rick suchen, wo würden sie als Erstes hinreiten?"

„Puh, schwer zu sagen", Claus überlegte kurz, ehe er fortfuhr, „es kommt darauf an, was sie wissen, aber ich könnte mir vorstellen, dass sie zu der Höhle reiten. Wenn das allerdings der Fall ist, sind sie vermutlich in Gefahr."

„Vermutlich in Gefahr?", Isabell wollte aufspringen, da sich ihre Glieder allerdings zu schwach anfühlten und sie nicht unbedingt auch noch umkippen wollte, blieb sie sitzen und lehnte sich nur nach vorne, „was meinst du damit?"

„Erzähl uns doch endlich mal, was sich in dieser Höhle abgespielt hat! Immer hast du dich davor gedrückt. Aber jetzt geht es nicht um die Vergangenheit, an der wir so oder so nichts mehr ändern können. Jetzt geht es um die Kinder!" Martin legte die Hände auf Isabells Schultern.

„Ich", begann Claus mit entschiedener Stimme, „werde mich nicht dazu äußern! Was die Kinder betrifft, können wir ihnen gerne hinterher reiten. Ich kann dich zu dieser Höhle führen. Allerdings haben sie mehr als eine Woche Vorsprung und ich glaube nicht, dass wir sie noch irgendwie einholen werden."

„Ihr müsst es versuchen!", Isabell stand auf. Ihre Beine mussten sie jetzt einfach tragen! Als sie das skeptische Gesicht ihres Mannes sah, fügte sie noch hinzu: „Martin, du weißt, was für Gefahren da draußen sind. Und Anne, Alex und Edelweiß können diese nicht einschätzen … Das weißt du auch!"

Langsam nickte Martin, drehte sich schließlich zu Claus um und fragte: „Hast du das gerade ernst gemeint, dass du mich zu der Höhle führst? Würdest du das wirklich tun?"

Claus nickte entschieden. Isabell sah, wie sein Gesicht etwas blasser wurde, sagte aber aus Angst, er könnte seine Meinung doch noch ändern, nichts zu ihm.

Dafür funkte aber Nora dazwischen: „Seid ihr total übergeschnappt? Ihr könnt doch nicht so Hals über Kopf aufbrechen! Ihr wisst ja gar nicht, wie verrückt ihr seid! Bestimmt findet ihr noch nicht einmal den richtigen Weg!"

„Oh, doch. Zufällig bin ich mit Rick und Julia schon einmal zu der Höhle gewandert." Claus schüttelte verärgert den Kopf.

Nora stand auf. „Ich wollte euch eigentlich nur sagen, was ich vermute. Dass daraus gleich eine Exkursion durch die Alpen wird, konnte ich leider nicht ahnen. Falls ihr mich fragt, was ihr ja wahrscheinlich sowieso nicht tun werdet, ich halte nichts davon. Aber bitte, wenn ihr euch unbedingt umbringen wollt ..."

„Wir wollen uns nicht umbringen!", fuhr Claus sie an, „Warum bist du zu uns gekommen, wenn du sowieso nicht wolltest, dass wir die drei suchen?"

Auf diese Frage gab Nora keine Antwort. Sie zog wortlos die Kapuze ihres Umhangs wieder über den Kopf tief in das Gesicht und verließ grußlos das Zimmer. Zurück ließ sie eine entschlossene Stille und den verhallenden Klang ihrer Absätze auf dem gepflasterten Hofgrund.

***

Anne betrat den Stall. Sie hatte vermutet, dass Edelweiß hier war. Kai sah sie zuerst nicht.

„Hey, geht's dir wieder gut?", fragte Anne besorgt.

Edelweiß nickte.

„Alex bezahlt gerade", fuhr ihre Freundin fort, „wenn er fertig ist, können wir gleich weiter."

Sie half Edelweiß schweigend, die Satteltaschen an den Pferden zu befestigen. Als Edelweiß in die Richtung schaute, in der Kai zuletzt gestanden hatte, stellte sie fest, dass er weg war. Sie atmete erleichtert auf. Gemeinsam führten sie die Pferde aus dem Stall.

„Hey!", begrüßte Alex Edelweiß, als er aus dem Wirtshaus kam, „was war denn gestern los?"

Edelweiß zuckte teilnahmslos mit den Schultern. Was hätte sie auch groß sagen können? Alex hätte ihr vermutlich sowieso nicht geglaubt ... Oder vielleicht doch? Sie schob diese Überlegung energisch beiseite und sagte stattdessen: „Ich muss euch was erzählen."

„Na, dann schieß mal los!", Alex lächelte ihr aufmunternd zu.

„Nicht hier." Edelweiß sah sich um. „Wenn wir das Dorf verlassen haben, okay?"

Alex nickte und schwang sich in Jokers Sattel. Als auch Edelweiß und Anne auf ihren Pferden saßen, übernahm Alex wieder die Führung und ritt quer über den Marktplatz in Richtung Eingangstor. Anne und Edelweiß folgten ihm. Als läge ein Tuch des Schweigens über Limmersdorf, redeten die drei in dem Dorf kein Wort mehr miteinander. Erst als sie ein gutes Stück von den niedrigen Dorfmauern entfernt waren und dort in einen neuen Weg einbogen, der in die entgegengesetzte Richtung führte als der, von dem sie gekommen waren, löste sich die Stille und Edelweiß begann mit knappen Worten, um es gleich auf den Punkt zu bringen, zu erzählen: „Heute früh war Kai im Stall. Er hat mir erzählt, dass er und sein Freund zu einer Höhle namens Domenico-Montebello-Höhle wandern, wo sie ihre neue Arbeit beginnen wollen."

Im Gegensatz zu Alex begriff Anne nicht sofort, was Edelweiß damit sagen wollte. „Hä, na und?"

„Oh man, Anne", Alex schüttelte den Kopf, „das sind die Nachnamen der beiden Forscher, mit denen Edelweiß' Eltern so verfeindet waren."

„Ach so, ja …" Anne nickte.

„Glaubt ihr, dass das die Höhle ist, in der meine Eltern gearbeitet haben?"

„Kann gut sein … Wenn deine Eltern verunglückt wären oder was auch immer da los war, dann hätten die zwei italienischen Forscher die Höhle übernehmen können", stellte Alex seine Theorie auf.

Edelweiß nickte und, da sie keine Lust hatte weiter auf das Thema einzugehen, fragte sie: „Wo reiten wir heute hin? Also ich meine, was ist unser heutiges Ziel?"

„Heute werden wir nochmal in der Wildnis übernachten, genauso wie morgen und übermorgen. Aber wenn alles gut läuft, erreichen wir in vier Tagen ein größeres Dorf und danach kommt eigentlich in jedem Tal ein Dorf oder vielleicht sogar schon eine Kleinstadt."

Die nächsten Tage vergingen wie im Fluge. Bald gewöhnte sich Edelweiß sogar daran, in immer anders aussehenden Dörfern zu übernachten und diese am nächsten Tag wieder hinter sich zu lassen, so als hätte es sie nie gegeben. Als sie einmal ausnahmsweise wieder unter freiem Himmel schlafen mussten, zogen dunkle graue Wolken über den Himmel.

„Wir müssen uns mit dem Aufstellen des Zeltes beeilen", warnte Alex, „es sieht ganz nach einem Gewitter aus."

Edelweiß bemerkte jetzt erst, dass Venus ganz unruhig schnaubte und verängstigt den Kopf einzog. Als sie kurze Zeit später die Anhöhe des Berges erreichten, schlug ihnen ein eisiger Wind in die Gesichter. Er pfiff so laut, dass die Kinder sich förmlich anbrüllen mussten. Sie vereinbarten, sich hinter einer Anhöhe niederzulassen und Abstand zum Wald zu halten, um im Gewitter nicht der höchste Punkt zu sein. Anne zog das zusammengelegte Zelt aus der Satteltasche und schüttelte es gerade auf, als eine starke Windbö sie erfasste und ihr das Zelt aus der Hand reißen wollte. Anne hielt es mit aller Kraft fest, doch der Wind wurde nicht weniger. Im Gegenteil. Schließlich zerrte er so stark an dem Zelt, dass er Annes Gewicht heben konnte und diese für einen kurzen Moment über dem Boden schwebte, wobei die Zeltplane wie ein Fallschirm aussah. Alex schrie etwas, da Anne aber immer noch Mühe hatte, überhaupt noch auf dem Boden stehen zu bleiben, verstand sie ihn nicht. Der Wind wurde immer stärker und zog Anne plötzlich mit einem Ruck nach oben. Inzwischen hatte es angefangen, zu regnen. Mit einem Mal hingen die Wolken so tief in den Bergen, dass man die Täler nicht mehr sehen konnte. Alles sah aus wie von einem grauen dicken Schleier überzogen. Alex rannte zu Anne, die inzwischen höher als ihre eigene Körperlänge in der Luft schwebte. Der Wind schien sie in alle Richtungen gleichzeitig ziehen zu wollen.

„Hilf mir!", brüllte Anne gegen den Wind an, „ich …"

Der Wind, der sich langsam zu einem Sturm entwickelte, knallte ihr eine Regenwand ins Gesicht, die sie verstummen ließ. Auf einmal, kurz bevor Alex sie erreichen konnte, zog es die Zeltplane weg. Mit einer wahnsinnigen Geschwindigkeit wurde Anne an dem Zelt über die Bergebene gezogen. Alex brüllte schon wieder etwas. Vergeblich. Anne verstand ihn nicht. Nun rannte Alex ihr hinterher. Edelweiß, die bis jetzt kein Wort herausgebracht und wie erstarrt Anne angeschaut hatte, brüllte jetzt so laut sie konnte: „Lass das Zelt los, Anne! Um Gottes willen, lass das Zelt los!"

Doch auf einmal konnte sie weder Anne noch Alex sehen oder hören. Verzweifelt rief sie abwechselnd die Namen ihrer Freunde, doch niemand antwortete ihr. Nur das wilde Pfeifen des Sturmes und das Niederprasseln des Regens waren zu hören. Edelweiß nahm die drei Pferde an den Zügeln und lief in die Richtung, in die ihre Freunde verschwunden waren. Doch schon nach kurzer Zeit musste sie einsehen, dass es keinen Sinn hatte, die zwei weiter zu suchen. Sie musste warten, bis der Regen nachließ. Einige Meter neben ihr zeichnete sich im Dunst eine Felswand ab. Edelweiß ging hinüber. Schon bald fand sie eine kleine Einbuchtung, in der sie Schutz suchte. Erst als Edelweiß sich hinsetzte, bemerkte sie, wie müde sie war. Doch sie nahm sich vor, nicht einzuschlafen, um ihre Freunde zu hören, falls diese nach ihr suchen sollten. Sie zitterte am ganzen Körper. Die Kleidung klebte an ihrem Körper und die Wassertropfen rannen ihr durchs Haar. Edelweiß versuchte, sich mit aller Gewalt wach zu halten. Als sie schließlich doch einschlief, träumte sie schlecht und schreckte immer wieder in unregelmäßigen Abständen auf. Erst in den Morgenstunden fiel sie in einen ruhigen Schlaf, der sie erst zur Mittagszeit wieder verließ. Sie wachte langsam auf. Das Gewitter und der Sturm waren vorbei, doch der Regen fiel unermüdlich weiter. Einige Wiesen in den Tälern standen schon komplett unter Wasser. Doch das konnte Edelweiß gar nicht sehen. Die Wolken hingen so tief, dass man hätte denken können, sie wollten alles Leben auf der Erde erdrücken. Verzweifelt schaute Edelweiß sich um. Von ihren Freunden war noch immer nichts zu sehen. Nach kurzem Überlegen beschloss sie, ins nächste Dorf zu reiten und dort nach ihnen zu suchen.

***

„Es hat keinen Sinn mehr, Martin!", rief Claus verzweifelt, „die Kinder haben über eine Woche Vorsprung!"

„Wenn du mir endlich erzählen würdest, was damals in dieser Höhle passiert ist, könnte ich mir selbst mal ein Bild von allem machen! Aber du redest ja nie darüber! Du bist der Einzige, der weiß, was sich damals abgespielt hat, und anstatt darüber zu reden, schweigst du! Weißt du, was du Edelweiß damit antust? Kein Wunder, dass sie irgendwann auf solche Ideen kommt!"

„Mein Gott, Edelweiß war drei Jahre alt, als ihre Eltern verschwunden sind. Glaubst du ernsthaft, sie kann sich daran noch erinnern?"

Martin und Claus waren jetzt seit knapp zwei Tagen unterwegs. Sie ritten Anne, Alex und Edelweiß hinterher, um sie zu finden, ehe ihnen etwas zustieß.

„Denkst du, selbst eine Dreijährige bekommt nicht mit, wenn ihre Eltern verschwinden und nicht mehr wiederkommen?", schimpfte Martin gerade. Claus schüttelte verständnislos den Kopf und schaute in eine andere Richtung. Martin seufzte und lenkte sein Pferd hinter das von Claus, da der Wald immer dichter wurde und keinen Platz mehr für zwei Pferde nebeneinander bot. Es wurde langsam dunkel.

***

Im nächsten Tal erwartete Edelweiß kein Dorf, dafür aber ein riesiger Bauernhof. Sie staunte über dessen Größe. Der Hof von Annes und Alex' Eltern hätte locker sechsmal hineingepasst. In der Hoffnung, ihre Freunde könnten dort sein, ritt Edelweiß auf das Tor zu. Als sie auf dem Hof stand, zügelte sie unschlüssig Venus. Sie hatte mit vielen Menschen gerechnet, die angestrengt ihrer Arbeit nachgingen. Doch stattdessen erwartete sie ein Bauernhof, der wie ausgestorben in der Wildnis lag. Nicht einmal die Geräusche irgendeines Tieres waren zu hören. Ratlos schaute sie sich um. Von Weitem hatte der Hof so schön ausgesehen, von Nahem aber war er die reinste Bruchbude. Dem Haupthaus fehlte das Dach, eine komplette Stallwand war eingerissen, die anderen hatten Löcher und überall lagen Steine und Holzbretter herum, die früher vermutlich zu einer Scheune gehört hatten. Edelweiß wollte sich gerade zum Gehen abwenden, da fragte eine fremde Stimme: „Wer bist du?"

Ruckartig drehte Edelweiß sich um, konnte in dem Dunst, der durch den Hof zog, aber niemanden erkennen. Ungeduldig wiederholte die Stimme die Frage: „Wer bist du?"

„Mein Name ist Edelweiß …", erwiderte Edelweiß unschlüssig.

„Was machst du hier?"

„Ich suche meine Freunde … Wir haben uns gestern in dem Sturm verloren …" Edelweiß kniff die Augen zusammen, um endlich den Besitzer der Stimme ausfindig zu machen, doch es war zwecklos. Dann war es eine Weile still. Als Edelweiß schon dachte, es würde sich gar nichts mehr tun, trat eine Gestalt aus dem Nebel und schaute Edelweiß neugierig an. Es war ein Mädchen. Sie musste ungefähr in Edelweiß' Alter sein. Sie trug keine Schuhe und nur ein einfarbiges knielanges Kleid, das so aussah, als hätte es schon einiges mitgemacht.

„Komm mit", forderte sie Edelweiß knapp auf und drehte sich zum Gehen um. Weil Edelweiß keine Gefahr in dem Mädchen sah, folgte sie ihr. Nachdem sie ihr Pferd an einem Baum angeleint hatte, führte das Mädchen sie zum Haupthaus.

„Ich heiße übrigens Katinka", stellte das Mädchen sich vor. Geschickt sprang sie über ein paar Steine. Edelweiß begann sich schon zu fragen, wo sie sie hinführte, da bückte sich Katinka und schob zwei morsche Holzbretter zur Seite. Dahinter kam eine schmale Treppe zum Vorschein. Edelweiß überlegte, dass das früher einmal die Kellertreppe gewesen sein musste. Hinter Katinka stieg sie die schmalen Stufen hinab. Zielsicher führte die Fremde sie durch einige Kellerräume. Edelweiß staunte über die Vernetzung aus Gängen, Türen und Räumen und fragte sich, ob das hier wirklich ein Bauernhof gewesen war oder eher eine Unterkunft für die Soldaten im Zweiten Weltkrieg. Edelweiß rannte beinahe in Katinka hinein, als diese unerwartet stehen blieb. Katinka zog eine Tür auf und zeigte hinein. Edelweiß, die sich inzwischen an die Dunkelheit gewöhnt hatte, sah eine dunkle Gestalt hinter der Tür.

„Edelweiß!", Alex stürzte auf seine Freundin zu.

„Alex! Was ist mit Anne? Wo ist sie?"

Alex zog hinter sich die Tür zu und sagte: „Anne hat es mit der Zeltplane weggerissen. Ich bin ihr hinterhergerannt. Doch ehe ich sie erreichen konnte, ist sie mit voller Wucht gegen eine Felswand geprallt. Weil der Sturm immer schlimmer geworden ist, habe ich Anne getragen und einen Unterschlupf gesucht. Zufällig habe ich den Hof und damit auch Katinka gefunden. Sie hat uns hier heruntergebracht."

„Was ist mit Anne?", Edelweiß versuchte, ihre schlimmsten Befürchtungen zu verdrängen.

„Sie sagt, ihr ganzer Körper fühlt sich an, als wäre er zersprungen ...", antwortete Katinka an Alex' Stelle, „außerdem hat sie schlimmes Fieber."

Bevor Alex sie daran hindern konnte, zog Edelweiß die Tür auf und betrat die dustere Kammer. Auf einem feuchten Heuhaufen lag Anne in Alex' Jacke gehüllt. Ihre Stirn glühte förmlich, als Edelweiß sie anfasste. Anne lag steif und mit verkrampftem Gesichtsausdruck da, als würden die Schmerzen ihr selbst im Schlaf keine Ruhe lassen.

„Wir müssen einen Arzt holen!", Edelweiß drehte sich entschlossen um.

„Keine Chance!", meinte Katinka, „Kein Arzt der Welt würde hierherkommen, schon gar nicht bei dem Wetter."

Erst jetzt vernahm Edelweiß bewusst das Rauschen des Regens.

„Na gut, dann müssen wir eben zu einem Arzt gehen. Mit Anne!", schlug sie vor.

„Edelweiß", sagte Alex, „das geht nicht!"

„Warum nicht?"

„Das nächste Dorf ist gut einen Dreistundenritt von hier entfernt. Das würde Anne niemals überstehen!"

„Aber wenn sie hier in diesem feuchten Keller herumliegt, wird es doch auch nicht besser. Im Gegenteil. Wir müssen es riskieren!" Edelweiß wusste nicht, warum Alex ihr nicht weiter widersprach. Ob es daran lag, dass er ihr insgeheim doch recht geben musste? Oder daran, dass er zu schwach war, jetzt mit ihr zu streiten? Edelweiß wollte nicht länger darüber nachdenken. Sie schob ihre Arme unter Anne und hob sie mit einem kraftvollen Ruck hoch. Sie stöhnte. Anne war ein gutes Stück größer als sie. Zudem wollte sie ihr auch nicht noch mehr Schmerzen bereiten.

„Wo geht es lang?", fragte Edelweiß Katinka und ließ sich von ihr durch den Keller zum Ausgang führen. Später war es ihr ein Rätsel, wie sie es geschafft hatte, Anne durch das komplette Kellerlabyrinth zu tragen. Alex' Hilfe lehnte sie ab, selbst als sie Anne die Kellerstufen nach oben schleppte. Oben angekommen sackte Edelweiß vor Erschöpfung in sich zusammen. Auch Alex, der vor Müdigkeit kaum noch die Augen offenhalten konnte, setzte sich auf einen Stein. Katinka hob hilflos die Schultern, als Edelweiß sie bittend ansah: „Selbst wenn ich wollte, ich kann euch nicht helfen. Ich kann nicht reiten."

„Musst du auch gar nicht", sagte Edelweiß, „du müsstest Anne nur auf dem Pferd festhalten. Ich nehme Falada dann einfach an den Zügeln und führe ihn hinter mir her."

Katinka zögerte.

„Bitte", flehte Edelweiß, „Anne muss zu einem Arzt!"

„Gut", Katinka nickte langsam. Edelweiß half ihr erleichtert in Faladas Sattel und hob, zusammen mit Alex, Anne zu ihr hinauf. Nachdem auch Edelweiß und Alex in den Sätteln saßen, ritten sie los in Richtung des nächstgelegenen Dorfes und weg von dem verlassenen Hof. Das war eine der aussichtslosesten Situationen auf ihrer Reise, die Edelweiß um jeden Preis hätte rückgängig machen wollen. Wenn dies denn gegangen wäre.

***

Nora saß in ihrem großen Sessel vor dem Kamin. Das Feuer knisterte behaglich. Nora starrte in die Flammen, die alte Erinnerungen in ihr auslösten. In erster Linie musste sie an ihren Bruder und ihre Nichte denken. Warum hatte das Kind sie verlassen, ohne ihr etwas davon zu sagen? Nora wusste, wie garstig sie oft zu ihr gewesen sein musste und schämte sich mit einem Mal dafür. Als Edelweiß noch hier war, war es schon still, aber jetzt schien das Haus wie ausgestorben. Als würden die alten Gemäuer den Atem anhalten. Es hatte schon fast etwas Bedrohliches. Nora seufzte. Sie schlang ihren Morgenmantel fester um den Körper. Nach einer Weile stand sie auf, ging zu einem der Fenster, öffnete es und starrte hinaus. Wie oft hatte sie Edelweiß schon dabei erwischt, wie sie aus dem Fenster gestarrt und die frische Luft genossen hatte. Damals hatte sie das Mädchen nie verstanden. Selbst jetzt tat sie sich damit schwer. Aber sie konnte nachvollziehen, wie sie sich gefühlt haben musste. Während ihr Blick über die unendlichen Weiten der Natur schweifte, bemerkte sie ein Gefühl, das sie quälte. Es war Heimweh. Heimweh nach ihrer Nichte. Sie vermisste sie. Doch trotz dieser Last, die auf ihr lag und sie quälte, brachte sie es nicht fertig, ihren Namen auszusprechen. Noch nicht einmal denken konnte sie ihn. Die Wut, die sie seit Jahren belastete, war noch zu groß.

***

„Doktor Schrot wird sein Bestes geben, aber versprechen kann ich nichts", eine junge Frau in einem weißen Kittel zuckte hilflos mit den Schultern. Alex, Edelweiß und Katinka hatten es geschafft. Sie hatten Anne in das nächste Dorf zu einem Arzt bringen können. Sie wurde sofort in ein Behandlungszimmer gebracht. Die Kinder warteten schon seit Stunden auf den Arzt, der ihnen sofort mitteilen wollte, wie die Operation verlaufen war. Auf einer Röntgenaufnahme hatte die Krankenschwester ihnen gezeigt, dass zwei Knochen gebrochen und komplett verschoben waren und ein anderer sogar mehrfach gebrochen war. Erst als es dämmerte, kam Doktor Schrot aus dem Behandlungszimmer. Er sah erschöpft aus.

„Wir haben alle nötigen Operationen durchgeführt. Ob sie es schafft, weiß ich nicht. Sie ist sehr instabil und das Fieber ist gestiegen."

„Können wir zu ihr?"

Der Arzt schüttelte den Kopf. „Nein, sie braucht absolute Ruhe. Die Narkose hat sie sehr geschwächt."

An diesem Abend fielen Alex und Edelweiß wortwörtlich ins Bett. Doktor Schrot hatte ihnen ein Gästezimmer bei sich unter dem Dach angeboten. Auch Katinka wollte über Nacht bleiben. So legte Doktor Schrot noch notdürftig eine Matratze neben die zwei schon vorhandenen Betten. Edelweiß wunderte sich, warum der Arzt überhaupt nichts über ihre Herkunft wissen wollte. Auch wie Annes Unfall passiert war, hatte er nicht gefragt. Über diese Gedanken schlief Edelweiß ein. Wieder einmal hatte sie einen schlechten Traum. Anne und sie gingen auf einer Bergwiese spazieren. Da erreichten sie eine Felswand, die fast senkrecht ins Tal abfiel. Sie schauten in das Tal, durch das sich ein tiefgrüner Fluss schlängelte. Auf einmal bekam Anne einen groben Hieb in den Rücken und stürzte die Felswand hinunter in die Tiefe. Geschockt drehte sich Edelweiß um. Dort stand ein Mann. Edelweiß brauchte einen Moment, um zu erkennen, woher sie ihn kannte. Aus Limmersdorf. Es war Kai.

„Warum hast du das getan?!", brüllte Edelweiß. Sie krallte ihre Fingernägel in Kais Oberarme, so fest, dass es blutete. Kai packte sie an den Schultern, drehte sie um und schob sie näher auf den Abgrund zu, sodass sie hinunterblicken musste. Auf einem Vorsprung, circa fünfzig Meter unter Edelweiß, lag Anne. Um sie herum war eine Lache Blut. Doch über Anne gebeugt war eine Frau. Sie trug ein weißes Kleid, das vom Wind, ebenso wie ihr braunes Haar, hin- und hergerissen wurde. Erst als die Frau sich umdrehte und zu ihr hochblickte, erkannte Edelweiß sie. Sie war schon oft in ihren Träumen vorgekommen. Es war ihre Mutter. Sie schien Edelweiß nicht zu sehen. Jedenfalls schaute sie durch sie hindurch, als wäre sie Luft.

„Mama!", brüllte Edelweiß gegen den immer stärker werdenden Wind an. Doch die Frau hatte sich wieder Anne zugewendet. In diesem Moment gab Kai ihr auch einen Stoß und Edelweiß stürzte mit einem Schrei, der von den umliegenden Bergen widerhallte, in die Tiefe. Entsetzt schaute

Edelweiß' Mutter wieder nach oben. Nach ein paar Sekunden, die Edelweiß wie eine Ewigkeit vorkamen, landete sie neben Anne auf dem Vorsprung. Ihr Körper schien in diesem Augenblick zu zerspringen. Mit einem Ruck war Edelweiß wieder hellwach. Sie fand sich in der Diele des Arzthauses wieder. Verstört schaute sie sich um. Sie musste die Treppe hinuntergestürzt sein. Zu ihrer Überraschung hatte keiner etwas bemerkt, jedenfalls blieb alles still. Edelweiß rappelte sich auf. Ihr Körper schmerzte. Verstört ging sie zurück ins Bett.

***

„Entschuldigung", sprach Claus den Wirt des Wirtshauses in Limmersdorf an, wo er und Martin inzwischen angekommen waren, „Entschuldigung. Sind hier vor circa einer Woche drei Kinder mit Pferden vorbeigekommen? Ein Junge und zwei Mädchen?"

Der Wirt hinter der Theke legte die Stirn in Falten, während er mit einem feuchten Lappen einen Bierkrug abtrocknete. Nach einer Weile nickte er und sagte: „Ja, da waren welche da, die auf ihre Beschreibung passen könnten. Wissen Sie, in letzter Zeit kommen immer mehr Pilger und Wanderer hier vorbei. Gut fürs Geschäft, aber den Leuten, die hier wohnen, gefällt das gar nicht. Wenn sie verstehen, was ich meine?"

„Ja, ich verstehe", Claus nickte, „aber hören Sie, es ist wirklich sehr wichtig!"

„Der Junge war meiner Ansicht nach der Älteste. Helle Haare, sportlich. Das eine Mädchen hätte seine Schwester sein können, so ähnlich sahen sie sich. Na, und das andere Mädchen hatte so lange dunkelbraune Locken … Ich weiß nicht, ob Ihnen das weiterhilft. Ich habe sie auch nur flüchtig kennengelernt. An diesem Tag hatten wir Dorffest und naja …" Der Wirt gluckste fröhlich vor sich hin, während er den nächsten Krug aus dem Spülbecken nahm.

„Ja, das waren sie bestimmt!", Erleichterung machte sich in Claus breit, „wie lange waren sie hier?"

„Nur eine Nacht. Am nächsten Morgen sind sie schon in aller Hergottsfrüh aufgestanden und weitergeritten."

„Und haben sie gesagt, wohin sie reiten wollen?"

„Nein, wie gesagt, nur eine kurze Bekanntschaft …"

Claus nickte, bedankte sich und verließ das Wirtshaus wieder. Martin wartete draußen. Als Claus ihm berichtete, was er von dem Wirt erfahren hatte, entspannte sich sein Gesicht. Doch er konnte schließlich nicht ahnen, was seiner Tochter zugestoßen war …

***

Als Edelweiß am nächsten Morgen aufwachte, plätscherten immer noch unermüdlich dicke Regentropfen vom Himmel. Edelweiß sah Katinka auf ihrer Matratze sitzen. Sie flocht sich gerade einen Zopf. Alex war offensichtlich nicht im Zimmer.

„Guten Morgen!", Edelweiß versuchte, möglichst wach zu klingen, obwohl sie immer noch müde war und ihre Beine furchtbar schmerzten. Ob es an ihrem nächtlichen Sturz lag oder daran, dass sie Anne am Vortag durch den Keller geschleppt hatte, konnte Edelweiß nicht sagen.

„Guten Morgen", Katinka lächelte, „gute Nachrichten. Annes Fieber ist zurückgegangen. Sie scheint die Operation überstanden zu haben."

Erleichtert atmete Edelweiß auf.

„Aber", fügte Katinka noch hinzu, „als Alex Doktor Schrot gefragt hat, wann sie wieder aufstehen beziehungsweise reiten kann, hat er gesagt, dass ihre Knochen frühestens in drei Monaten wieder voll funktionsfähig sind."

Edelweiß nickte langsam. Sie mussten wohl die Konsequenzen akzeptieren und erst in drei Monaten weiterreiten. Im Moment zählte sowieso nur, dass es Anne besserging.

„Und du?", fragte Edelweiß, „Du wirst heute wieder nach Hause zu deiner Familie gehen, schätze ich …"

Katinka schüttelte den Kopf. Sie hatte sich wieder von Edelweiß abgewendet.

„Aber sonst machen sie sich doch Sor…", begann Edelweiß wieder, doch Katinka unterbrach sie.

„Nein, da wird sich keiner Sorgen machen." Als sie Edelweiß' fragende Blicke sah, fügte sie noch hinzu: „Meine Eltern sind tot. Sie sind bei einem Anschlag ums Leben gekommen."

Edelweiß schämte sich dafür, nicht früher darauf gekommen zu sein.

„Das tut mir leid. Und was hast du jetzt vor?", fragte sie vorsichtig.

„Wieder zurück zum alten Bauernhof", erwiderte Katinka achselzuckend. „Weißt du, ich habe dort alles, was ich zum Überleben brauche. Und es kommen sehr selten Menschen in diese Gegend. Da habe ich meine Ruhe."

Edelweiß fand, dass Katinkas Stimme ziemlich gleichgültig klang und da sie nicht wusste, was sie erwidern konnte, schwieg sie. Mit der Zeit wurde ihr die Stille jedoch unangenehm. Aber bevor sie etwas sagen konnte, fragte Katinka: „Stimmt das wirklich mit deinen Eltern? Also Alex hat mir nur im Groben erzählt, warum ihr überhaupt hier seid und …"

„Ja", Edelweiß nickte. Sie setzte sich mit einem Ruck auf, nahm ihr Kopfkissen und schüttelte es auf. In diesem Moment betrat Alex das Zimmer. Er hatte dunkle Augenringe, aber dennoch sah er so glücklich und erleichtert aus, wie schon lange nicht mehr.

„Ich denke mal, Katinka hat dir schon gesagt, wie es Anne geht?", es war viel mehr eine Feststellung als eine Frage.

„Ja", antwortete Edelweiß, „aber sie hat auch gesagt, wie lange es dauern wird, bis sie wieder laufen und reiten kann."

Alex nickte. „Aber hör mal", er setzte sich Edelweiß gegenüber auf sein Bett, „dir ist jetzt schon bewusst, dass wir ohne Anne weiter müssen …"

Edelweiß wollte sofort widersprechen, doch Alex kam ihr zuvor: „Bis Anne wieder reiten kann, ist es August, und du weißt bestimmt nicht, was es bedeutet, im Hochsommer durch Italien zu reiten."

„Nein, das weiß ich nicht", entgegnete Edelweiß, „aber ich weiß, was Anne für mich getan hat und ich will sie hier auf keinen Fall allein lassen!"

„Schau mal", redete Alex sanft auf sie ein, „es bringt Anne überhaupt nichts, wenn wir hier herumsitzen und darauf warten, dass sie wieder gesund wird. Im Gegenteil, sie wird sich selbst unter Druck setzen. Mal ganz abgesehen davon, dass sie es so will."

„Was?"

„Ja, der erste Satz, den sie zu mir gesagt hat, war: Ihr reitet aber schon weiter, oder? Ihr müsst auf keinen Fall meinetwegen hierbleiben!"

Edelweiß schwieg. Konnte sie das wirklich tun? Erst sträubte sich Anne dagegen, überhaupt mit auf diese Reise zu kommen, dann passierte ihr ein Unfall und jetzt würde sie sie auch noch allein lassen?

„Edelweiß", versuchte es Alex noch einmal, „bis wir bei dieser Höhle und wieder zurück sind, kann Anne immer noch nicht wieder laufen."

„Wie lange ist es noch bis zu der Höhle?"

„Nur noch circa zwei Tage."

Edelweiß sah ein, dass es wirklich unsinnig wäre, wenn sie und Alex hier drei Monate darauf warten würden, bis Anne wieder laufen kann.

„Okay", gab sie schließlich nach, „aber ich will vorher nochmal mit Anne sprechen."

Alex nickte und meinte: „Komm, ich zeig dir, wo sie ist."

Alex führte sie die Treppe hinunter, die Edelweiß in der letzten Nacht hinuntergestürzt war. Von der Diele, in der sie jetzt standen, gingen fünf weiße Türen ab. Auf eine von ihnen zeigte Alex. Edelweiß ging auf sie zu. Sie wusste plötzlich nicht mehr, ob sie Anne wirklich sehen wollte. Ob sie ihr böse war? Doch Edelweiß verspürte einen Blick im Rücken, der sie aufmunterte und ihr neue Energie zu geben schien. Sie hob die Hand und klopfte dreimal kräftig gegen die Tür.

„Ja?", hörte sie Annes Stimme von innen, leise und gedämpft. Entschlossen öffnete Edelweiß die Tür und trat ein. Anne sah immer noch furchtbar aus, aber immerhin schon deutlich besser als noch vor zwei Nächten. Ihr Gesicht war bleich, die Augen klein und gläsern. Ihr Haar lag wild zerzaust um sie herum. Sie steckte in einem viel zu großen schneeweißen Nachthemd. Unter der blauweiß karierten Bettdecke vermutete Edelweiß einige Verbände.

„Hallo. Schön, dass du gekommen bist!", Anne brachte ein Lächeln zustande.

Edelweiß' anfängliche Angst, Anne könnte sie jetzt für alles verantwortlich machen, war wie weggeblasen.

„Wie geht's dir?"

„Kommt drauf an, wie man es betrachten möchte."

„Tut es arg weh?", fragte Edelweiß genauer.

„Nein, eigentlich nicht. Das Blödeste ist, dass ich mich nicht bewegen kann. Den ganzen Tag in derselben Position liegen bleiben … da wird man wahnsinnig!"

„Tja, junges Fräulein", Doktor Schrot betrat das Zimmer durch die angelehnte Tür, „ich weiß zwar nicht, wie du das angestellt hast, es geht mich ja auch nichts an, aber irgendwie wirst du schon selbst daran schuld sein." Er lächelte offen und Edelweiß staunte, wie jung der Arzt auf einmal aussah. Am Vorabend, nach Annes Operation, hatte er wesentlich älter ausgesehen. Jetzt schätzte Edelweiß ihn auf höchstens Mitte dreißig. Ein paar seiner kurzen braunen Haare fielen ihm in die Stirn. Er hatte dieselbe Augenfarbe wie Edelweiß. Seine Nase passte perfekt in sein Gesicht und seine freundlichen Züge erinnerten Edelweiß ein bisschen an die von Martin, Annes und Alex' Vater. Trotz allem waren seine Augen wachsam. Ihnen schien nichts zu entgehen.

„Ja, ich bin schon irgendwie schuld daran, aber trotzdem nervt es!"

Doktor Schrot schmunzelte. „Alexander hat gesagt, dass ihr weiterreiten würdet, wenn Anne und ich einverstanden wären. Das bin ich, Hauptsache, ihr macht es Anne nicht nach."

„Wenn ich jetzt könnte, würde ich Ihnen einen gewaltigen Hieb in die Rippen verpassen, aber das ist ja leider nicht möglich ..." Anne schnaubte verächtlich.

Edelweiß musste lachen. Auch Anne und der Arzt grinsten.

„Naja, wenn es Ihnen keine Umstände macht, dass Anne die nächsten drei Monate bei Ihnen ist? Und dazu kommt noch, dass wir Ihnen nicht viel als Entschädigung zahlen können, weil wir ..."

„Entschädigung? Ihr braucht mir deshalb doch nichts zu zahlen! Anne kann hierbleiben, bis sie wieder gesund ist oder ihr zurückkommt. Unser Gästezimmer ist sowieso immer leer, wieso sollte ich nicht kurzfristig eine Krankenstation daraus machen?", neckte Doktor Schrot Anne, die schon wieder wehrlos schimpfte, bis Edelweiß, der Arzt und sie selbst in Gelächter ausbrachen.

***

Isabell, die sich in ihrer Küche, in der sie jetzt schon seit gut einer Woche geknickt ihren Tag verbrachte, so untätig vorkam, machte sich auf den Weg zur Burg Rabenstein. Sie rechnete zwar nicht damit, dass Nora sie hereinließ, aber einen Versuch war es wert. Isabell wurde wahnsinnig, wenn sie den ganzen Tag nur vor sich her starrte und darauf wartete, dass die Ereignisse auf sie zukamen. Im Dorf war wie immer heftiges Treiben. Die Marktfrauen schrien ihre Ware aus, ein Drehorgelspieler, den Isabell nie zuvor gesehen hatte, stand bei dem Brunnen am Marktplatz und drehte an der Kurbel seines Instrumentes, und die Menschen kauften ein, wie Touristen in Venedig Masken oder in Brüssel Spitzen kaufen würden. Isabell schob sich durch die Menge.

„Hallo Isabell! Ich habe dich ja schon lange nicht mehr gesehen. Wie geht es dir?", sprach sie eine Frauenstimme von hinten an.

„Oh, hallo Gabi!", Isabell drehte sich schwungvoll zu ihrer Freundin herum, „mir geht es den Umständen entsprechend, und dir?"

Glücklich lächelte Gabi. Isabell schaute sie verwundert an, bis ihr Blick auf Gabis Bauch fiel, der schon leicht nach vorne gewölbt war.

„Du", setzte Isabell an, „bekommst noch ein Kind?"

„Ja", Gabi nickte und legte schützend die Hände auf ihren Bauch.

„Herzlichen Glückwunsch!", gratulierte Isabell.

„Na, noch ist das Kind nicht da", winkte Gabi ab.

„Wann soll es denn kommen?"

„Im Herbst."

„Und wie geht es deinen anderen Kindern? Wie alt sind die zwei jetzt?"

„Zehn und dreizehn. Aber lass uns doch zu mir nach Hause gehen und ein bisschen plaudern. Wäre doch nett, oder?"

Froh, endlich wieder Abwechslung zu bekommen, nickte Isabell und folgte ihrer Freundin quer über den Marktplatz, durch ein paar Straßen und in einen Innenhof. Gabis Familie wohnte in einem Reihenhaus. Blumenkästen mit Geranien hingen vor den Fensterbrettern. Die grünen Fensterläden und die Tür waren farblich aufeinander abgestimmt und hoben sich gut von der schneeweißen Hauswand ab. Gabi sperrte die Tür auf, führte Isabell durch einen kleinen Flur, eine schmale Treppe hinauf und hinein in ein Zimmer, das das Schlafzimmer war. Isabell wusste, wo ihre Freundin sie hinführte. Auf einen Balkon, auf dem sie noch vor ein paar Jahren fast täglich zusammengesessen, gelacht und sich unterhalten hatten. Der Balkon war gerade so groß, dass zwei Stühle hinauspassten. Das Geländer stellte eine Rosenranke aus Schmiedeeisen dar. Die Aussicht bot eine traumhafte Landschaft mit unzähligen Weiden, auf denen Kühe, Schafe, Ziegen und Pferde friedlich grasten. Weit dahinter ragte die sogenannte Eiserne Wand auf, eine riesige Felswand, die im rechten Winkel ins Tal hinabfiel. Da auch nur die Dorfbewohner von Rabenstein von diesem atemberaubenden Berg wussten, der so viel Können und Geschick forderte, um ihn erklimmen zu können, haben bis jetzt nur sehr wenige die Eiserne Wand bis zu ihrem

Gipfel bestiegen. Zwei von ihnen waren Rick und Julia, Edelweiß' Eltern. Sofort kehrte die Traurigkeit in Isabells Bewusstsein zurück. Sie setzte sich neben Gabi in einen der Stühle und schaute eine Weile einem gelben Schmetterling zu, der von einer Geranienblüte zur nächsten flatterte und den Nektar aus deren Inneren heraussaugte, bis sie bemerkte, dass ihre Freundin sie beobachtete. Sie erwiderte ihren Blick, als Gabi sagte: „Das mit deinen Kindern … ich habe davon im Dorf gehört. Das tut mir so wahnsinnig leid."

Isabell wusste, dass sie es ernst meinte, dennoch fragte sie in einem harten Ton, den sie im Nachhinein bereute: „Können wir über etwas anderes reden?"

Gabi schaute sie erschrocken an, dann nickte sie bedrückt.

„Tut mir leid!", sagte Isabell, „ehrlich!"

Wieder nickte Gabi und setzte ihren Blick irgendwo in der Ferne fest. Isabell wusste, was sie dachte. Sie selbst hatte sich verändert. Ihre Freundin hatte recht, auch wenn Isabell es nicht wahrhaben wollte. Das plötzliche Verschwinden ihrer Kinder, so als wären sie nie dagewesen, hatte ihr eine tiefe Wunde ins Herz gerissen, die sie vermutlich für immer ertragen musste. Doch daran wollte Isabell nicht denken. Jetzt noch nicht.

***

Alex, Edelweiß und Katinka verließen die Arztpraxis, nachdem sie sich bei Doktor Schrot und Anne verabschiedet hatten. Edelweiß hatte die ganze Zeit ein ungutes Gefühl dabei gehabt, Anne einfach allein zurückzulassen, doch die Tatsachen, wie Doktor Schrot sich um Anne kümmerte und ihre Freundin es selbst so wollte, hatten sie wieder bekräftigt. Als Doktor Schrot das Krankenzimmer wieder verlassen hatte, unterhielten sich Edelweiß und Anne ausgiebig. In dem Gespräch musste Anne ihre Freundin fast überreden, sie allein zu lassen und weiter nach ihren Eltern zu suchen.

„Also dann, tschüss", sagte Katinka gerade.

„Wo willst du denn hin?", fragte Alex erstaunt.

„Na, zurück zum Bauernhof."

„Da willst du wirklich wieder hin?"

„Bleibt mir ja nichts anderes übrig", meinte Katinka achselzuckend.

„Doch", mischte sich Edelweiß jetzt ein, „du könntest mit uns weiterreiten. Jetzt, wo Anne ausfällt, hätten wir ja ein Pferd frei und Verstärkung können wir auch gut brauchen."

Alex nickte, doch Katinka merkte zweifelnd an: „Ich kann ja noch nicht mal reiten."

„Ach, das lernst du ganz schnell", meinte Alex, „es ist auch nur ein Vorschlag. Wenn du nicht willst, musst du nicht. Aber ist das nicht allemal besser, als in irgendeinem feuchten Keller rumzusitzen?"

Katinka musste lächeln. „Da hast du auch wieder recht."

Edelweiß wusste nicht, warum, aber sie verspürte plötzlich sehr stark den Wunsch, dass Katinka mit ihnen kommt. Sie fand, dass es zu dritt immer noch sicherer war, die Alpen zu überqueren, als zu zweit. Außerdem hatte Katinka dadurch, dass sie schon seit Jahren in der Wildnis lebte, einen guten Instinkt für die Natur und kannte sich mit den Gefahren in den Bergen aus. Katinka schien sich über das Angebot auch zu freuen und willigte lächelnd ein. Und schon ehe sie den nächsten Berggipfel erreicht hatten, konnte sie relativ sicher im Schritt und Trab reiten.

„Für Galopp", sagte Alex, „ist es jetzt noch zu früh. Sind wir mal froh, dass du schon traben kannst. Heute Abend wird dir sowieso erst einmal alles wehtun."

Alex' Prophezeiung erfüllte sich. Am Abend kam Katinka fast nicht mehr aus dem Sattel, geschweige denn konnte sie danach noch stehen. Da sie nun kein Zelt mehr besaßen, mussten sie unter freiem Himmel schlafen. Sie suchten sich am Rand eines Waldes ein geschütztes Plätzchen, an dem sie drei Decken ausbreiteten, in die sie sich schließlich einrollten. Der Regen hatte schon am Morgen aufgehört und im Laufe des Tages hatte sich sogar die Sonne gezeigt. Jetzt war eine sternenklare Nacht. Edelweiß musste an Anne denken. Sie hätte sich jetzt mit einem Büchlein und einem Bleistift auf die Wiese gesetzt und den kompletten Sternenhimmel abgezeichnet, die Sternbilder markiert und die Sterne beschriftet. Sie hätte sich bis zur Dämmerung an den Sternen sattgesehen und sich die unglaublichsten Lebensformen ausgedacht, die in anderen Galaxien leben könnten. Über diese Gedanken schlief Edelweiß ein.

***

Isabell ging die kurvenreiche Kiesstraße zur Burg Rabenstein hinauf. Sie hatte mit ihrer Freundin ein verbissenes Gespräch geführt. Gabi schien verletzt zu sein, dass Isabell nicht mit ihr über das Verschwinden ihrer Kinder reden wollte. Irgendwann hatte Isabell dann behauptet, sie müsse noch dringend etwas erledigen, und hatte sich schnell und flüchtig verabschiedet. Es war bereits später Nachmittag. Die Sonne blinzelte kurze Zeit hinter den Wolken hervor, sodass alles für ein paar Minuten in warmes frühlingshaftes Licht getaucht war. Isabell war schon ganz außer Atem, als die dicke Mauer auftauchte, die die Burg früher vor Feinden und anderen ungeladenen Gästen schützen sollte. Sie trat durch das offene Tor und ging eine lange Allee entlang, die direkt zu dem Hauseingang führte. Isabell war noch nie hier gewesen und schaute sich deshalb neugierig um. Der große Garten, eigentlich war es schon eher ein Park, war gepflegt. Der Rasen war gemäht und die Kieswege wiesen keine Unebenheiten auf. In gleichmäßigen Abständen säumten weiße Bänke die Wege, auf denen, wie Isabell vermutete, nie jemand saß. In den Blumenbeeten, die ebenso systematisch angeordnet waren, wiegten sich die Osterglocken, Krokusse und Stiefmütterchen leicht im Wind. Anne und Alex hatten ihr oft von dem verwilderten Hintergarten erzählt, in dem sie sich manchmal heimlich mit Edelweiß getroffen hatten. Wenn ihre Erzählungen stimmten, war der Vordergarten das absolute Gegenteil. Links, weit hinter dem Park, lagen die Überreste des eingestürzten Teils der Burg. Inzwischen hatte Isabell die breite Treppe erreicht, die zum Haupthaus hinaufführte. Früher, so erzählte man sich jedenfalls im Dorf, als die ersten Menschen nach dem Krieg in die Burg gezogen waren, wurde einiges wieder neu aufgebaut und renoviert. Anstatt der Freitreppe soll dort ein Vorbau gewesen sein, in dem immer mindestens sechs Wachposten platziert gewesen waren. Als dieser Vorbau zerstört wurde, wurde offensichtlich eher an den optischen Aspekt gedacht und eine breite schmuckvolle Treppe, die zum Eingangsportal hinaufführte, gebaut. Als Isabell die Haustür erreichte und den bronzefarbenen Klingelknopf betätigte, öffnete lange Zeit niemand. Sie wollte schon kehrt machen, da vernahm sie hinter der Tür schnelle ungleichmäßige Schritte. Sekunden später wurde die Tür aufgezogen und eine junge Frau stand ihr gegenüber. Sie hatte blonde hochgesteckte Haare. Über das feigenfarbene Kleid hatte sie eine weiße Schürze gebunden, die sich farblich gut abhob.

„Ja bitte?", fragte die Frau. Sie schien außer Atem zu sein.

„Ich möchte mit Frau Rabenstein sprechen", brachte Isabell es gleich auf den Punkt, „ist sie zu Hause?"

Die Frau stöhnte leise auf: „Seit einer Woche hat sie nicht mehr die Burg verlassen. Reden tut sie auch kaum noch. Obwohl, sie war eigentlich noch nie ein Freund von langen Sätzen."

Eine kurze Pause entstand, in der Isabell auf die Stimmen der zahlreichen Vögel achtete, die unermüdlich ihre Lieder vom anstehenden Hochsommer sangen.

„Unter welchem Namen darf ich Sie anmelden?", fragte die junge Frau.

Isabell schaute an ihr vorbei, doch sie konnte nicht viel im Inneren des Hauses erkennen.

„Isabell", antwortete sie.

Die Frau schaute sie an, als wäre sie völlig übergeschnappt.

„Reichardt", fügte Isabell schnell noch hinzu, „Isabell Reichardt."

Das Hausmädchen nickte, ließ sie in eine Art Eingangshalle treten, bat sie, hier zu warten, und verschwand durch eine offenstehende Tür. Neugierig schaute Isabell sich um. Von der Decke hing ein riesiger Kronleuchter. Ein großer roter Teppich bedeckte fast den kompletten Steinboden und die Wände waren mit Bildern in goldenen Rahmen und Regalen, in denen unter anderem Bücher und zahlreiche Pokale standen, geschmückt. Isabell zog wahllos ein Buch aus dem Regal, das ihr am nächsten stand, und las den Aufdruck. Die schönsten Landschaften Österreichs. Das Buch musste älter sein, da die Seiten schon spröde waren und der Einband sich schon halb vom Buch gelöst hatte. Isabell schlug eine Seite auf, auf der ein Berg zu sehen war, der so hoch war, dass sogar im Sommer Schnee auf seinem Gipfel lag. Jedenfalls vermutete Isabell, dass es Sommer war, da auf den Wiesen im Vordergrund Wiesenschaumkraut und Löwenzahn in voller Pracht blühten. Auch ein paar Mohnblumen stachen hier und da aus dem saftigen Grün der Almwiesen heraus. Im Tal, zu Füßen des Berges, lag ein dunkelblauer See, an dessen Ufer die schemenhaften Umrisse von Dörfern zu erkennen waren. Kein einziges Wölkchen war am Himmel zu sehen, dafür aber ein braunmelierter Adler, der im Gleitflug ein paar Hundert Meter vor dem Berg die Sonne zu genießen schien. Unter der Zeichnung stand in handgeschriebenen Buchstaben: Dachsteingebirge Nord, Hallstätter See, Salzkammergut, Bild Adolf Jansen. Auf der anderen Seite war die Gegend noch genauer beschrieben.

„Ich habe diese Bücher seit Jahren nicht mehr in der Hand gehalten, geschweige denn gelesen", hörte Isabell plötzlich eine Stimme hinter sich. Blitzartig stellte sie das Buch zurück ins Regal und drehte sich ebenso schnell um. Vor ihr stand Nora. Ehe Isabell einfiel, was sie hätte sagen können, kam Edelweiß' Tante ihr schon zuvor: „Was führt Sie zu mir?"

Isabell erschrak. Plötzlich wusste sie nicht mehr, was sie bei Nora wollte. Panisch versuchte sie, irgendetwas zu sagen: „Also erstmal können Sie mich ruhig Isabell nennen. Und … ich wollte nicht so untätig herumsitzen. Ich habe mich furchtbar allein gefühlt und hab gedacht, dass es Ihnen vielleicht genauso geht und …"

„Nein", unterbrach Nora sie schroff, „ich fühle mich alles andere als allein. Ich genieße die Ruhe und denke nicht, dass ich irgendeine Art von Unterstützung brauche."

Isabell sah die Härte in Noras Augen, doch zum ersten Mal konnte sie hinter dieser Fassade auch ein anderes Gefühl erkennen. Angst. Angst um Edelweiß. Angst, ihre Nichte verlieren zu können. Nora, die Isabells forschenden Blick bemerkt hatte, wendete ihr Gesicht ab.

∗∗∗

In den folgenden Tagen, in denen es kein einziges Mal regnete, unterhielten sich die Kinder viel. Edelweiß erzählte von ihren Eltern und allem, was sie über sie herausgefunden hatten, Alex von Rabenstein, seiner Schwester und wo sie schon überall vorbeigeritten waren, und auch Katinka vertraute sich immer mehr den beiden an. So erfuhren Edelweiß und Alex, dass Katinka, als sie mit sieben Jahren ihre Eltern verloren hatte, in Städten und Dörfern gebettelt und die Nächte meist mit anderen Obdachlosen unter Brücken verbracht hatte. Bis sie mit ungefähr neun Jahren den verlassenen Bauernhof gefunden und diesen zu ihrem neuen Zuhause gemacht hatte.

„Hast du keine Verwandten, die dich aufgenommen hätten?", fragte Alex einmal.

„Meine Großmutter und mein älterer Bruder sind bei dem Anschlag ums Leben gekommen. Ich habe mal etwas von Verwandtschaft in Neuseeland gehört, aber die wissen bestimmt nicht einmal, dass ich überhaupt existiere“, erwiderte Katinka darauf.

Die nächsten Tage vergingen wie im Fluge. Da Katinka gut mit Falada zurechtkam, konnten die drei auch manchmal traben. Sie kamen jetzt immer häufiger an Städten vorbei, doch sie mieden diese, so gut es ging, da sie die Hektik in den Straßen und das Chaos in den Innenstädten nicht leiden konnten. Edelweiß bewunderte Alex, der sich, obwohl er noch nie hier gewesen war, überall auskannte und sie mithilfe einer Karte, die sein Großvater gezeichnet hatte, durch die Alpen und schließlich über die österreichisch-italienische Grenze führte.

„Willkommen in Italien!“, rief er an einem Abend, an dem die Sonne schon hinter dem Horizont zu verschwinden drohte. Edelweiß stiegen vor Freude Tränen in die Augen. Sie fiel Alex um den Hals. Sie hatten es tatsächlich geschafft! Sie waren in Italien! Was hätte Edelweiß jetzt darum gegeben, dass Anne bei ihnen sein konnte. Sie vermisste ihre Freundin in diesem Moment so stark, dass es sie im Brustkorb schmerzte. Sie schaute hinauf in den Himmel, wie sie es meistens tat, wenn sie an Anne dachte. Obwohl es noch recht hell war, war der Mond schon zu sehen, der fast schon wieder seine volle Größe erreicht hatte.

***

Anne weinte still vor sich hin. Wieso war ihr auch dieser Unfall passiert? Sie konnte sich noch immer nicht bewegen und ihre Nerven lagen blank. Den ganzen Tag im Bett herumzuliegen, war für niemanden etwas. Sie konnte noch nicht einmal lesen, da sie das Buch nicht halten konnte. Das Einzige, was sie durfte und konnte, war Radio zu hören. Aber wer hörte schon gerne zehn Stunden lang irgendwelche nervigen Lieder oder immer dieselbe Stimme eines Moderators, der die Nachrichten brachte und die Lieder ankündigte? Anne jedenfalls nicht. Das Einzige, was sie von ihrer nicht enden wollenden Einsamkeit ablenkte, waren ihre Gedanken. Die Gedanken an ihren Bruder und an Edelweiß. Hatten sie ihre Eltern inzwischen gefunden? Oder, was Anne eher vermutete, hatten sie die Nachricht erhalten, dass sie bei einem Steinschlag oder Ähnlichem ums Leben gekommen waren? Zu gerne hätte Anne ihre Freundin dann im Arm gehalten und getröstet. Doch das konnte sie nicht tun. Sie konnte gar nichts tun. Anne fühlte sich so unnütz wie noch niemals zuvor.

***

Nora hatte Isabell in eines der zahlreichen Kaminzimmer geführt. Innerlich war sie froh, dass Isabell gekommen war. Für einen Abend hatte sie Abwechslung. Martins Frau lenkte die Gesprächsthemen geschickt um Edelweiß und ihre eigenen Kinder herum, sodass Nora kein einziges Mal an ihre Nichte denken musste. Erst als die Wanduhr elfmal schlug und Isabell im Begriff war, zu gehen, kamen die unglücklichen Gedanken zurück.

„Warte", sagte Nora, als Isabell schon aufgestanden war. Annes und Alex' Mutter ließ sich wieder in den Ledersessel zurücksinken und schaute Nora erwartungsvoll an.

„Ich und Rick", begann Edelweiß' Tante, unschlüssig, was sie überhaupt sagen wollte, „wir sind bei unseren Eltern in der Burg Rabenstein aufgewachsen. Damals war es noch die größte Burg im Salzkammergut. Erst nach der Zerstörung des Ostflügels … wurde das Dorf mit seiner zerfallenen Burg vergessen, was den Dorfbewohnern natürlich nicht unrecht war … nie wieder Touristen, die die Burg besichtigen wollen …", Nora schaute verträumt, als wäre ihr dies selbst ganz recht, „naja, jedenfalls hatten wir eine schöne Kindheit und haben uns fast nie gestritten. Fast so, als wären wir Freunde." Nora starrte in die Flammen. „Obwohl wir genau im Zweiten Weltkrieg aufgewachsen sind, haben wir hier kaum etwas von den Schießereien mitbekommen. Keiner im Dorf hat sich für den Krieg interessiert, bis …" Nora stiegen die Tränen in die Augen, „bis eben eine Bombe auf unsere Burg abgeschmissen wurde. Wie gesagt, wurde dabei der komplette Ostflügel zerstört und unter seinen Trümmern unsere Mutter begraben …"

Nora schluchzte und Isabell hielt die Luft an. Es war das erste Mal, dass sie Edelweiß' Tante weinen sah.

„Als der Krieg dann ein Jahr später zu Ende war", fuhr Nora fort, „wollte mein Vater den Ostflügel nicht wiederaufbauen lassen. Meine Mutter wurde auf dem Dorffriedhof begraben. Seitdem ging es im Leben meines Vaters steil bergab. Er hat kaum noch geredet. Er hatte den wichtigsten Menschen in seinem Leben verloren … Seit ihrem Tod haben Rick und ich uns noch fester aneinandergeklammert, bis wir beide mit der Schule fertig waren. Dann haben wir einen Urlaub mit unserem Vater in Deutschland gemacht. Dort hat mein Bruder dann Julia kennengelernt", Noras Stimme klang herablassend und spöttisch, „von einem Tag auf den nächsten hat Rick sich nicht mehr für mich interessiert. Er hat sein eigenes Leben begonnen. Unsere gute geschwisterliche Beziehung war damit beendet. Er vertraute sich mir nicht mehr an. Das Wirtschaftsstudium, für das unser Vater mich und Rick eingeschrieben hatte, hängte er an den Nagel. Stattdessen hat er dasselbe Studium wie Julia machen und später mit ihr zusammenarbeiten wollen …" Nora stand auf und trat zum Kamin hinüber. „Das hat unserem Vater natürlich überhaupt nicht gefallen. Sie haben monatelang miteinander gestritten, über Julia, über Ricks Zukunftspläne, über unsere Familie … bis Vater ihn aus der Burg rausgeworfen hat. Er solle sich hier nicht mehr blicken lassen, hat er gerufen. So liest man es doch immer in Büchern. Aber bevor er gegangen ist, hat Rick sich bei mir entschuldigt. Er hat gemeint, er würde auf jeden Fall wiederkommen. Aber er kam nicht wieder zurück. Ich habe mein Wirtschaftsstudium hinter mich gebracht. Mein Vater ist krank geworden. Die Kriegszeit, in der er für zwei Jahre fortmusste, um unser Heimatland zu verteidigen, hat ihn ausgenommen wie einen Fisch. Er litt an vielen Krankheiten und starb bald. Er hinterließ ein Testament, in dem er mir allein seinen kompletten Besitz vererbt hat. Und dann, im Jahr nach Vaters Tod, kam Rick mit Julia zurück. Ich war so glücklich, meinen Bruder wiederzusehen, dass ich ihnen angeboten habe, mit mir in der Burg zu wohnen, bis sie sich selbst ein Haus gebaut haben. Denn unser Vater hat in seinem Testament auch geschrieben, dass er nicht will, dass sein Sohn je wieder ganz in die Burg einzieht. Klingt hart, aber ihn hat es sehr mitgenommen, auch noch seinen Sohn zu verlieren. Und das wegen einer Frau, die er nicht einmal richtig kennengelernt hatte. Und dann haben sich Rick und seine Frau die Hütte am Berghang gebaut und sind dort eingezogen. Julia hat bemerkt, dass ich sie nicht recht leiden kann und ist mir aus dem Weg gegangen. Wir hatten nur noch durch Rick das Vergnügen, uns ab und an zu sehen", Nora lachte bitter. Die Ironie in ihrer Stimme war nicht zu überhören. „Irgendwann haben sie dann Claus kennengelernt", fuhr Edelweiß' Tante fort. „Der ist dann, als sie sich angefreundet haben, auch nach Rabenstein gezogen. Wenn es für die drei keinen Auftrag gab, haben sie sich, wie kleine Kinder, in den Bergen durch eigene kleine Forschungen die Zeit vertrieben … Ich habe gemerkt, dass ich Rick immer mehr aus den Augen verliere und er mich auch. Euch haben sie ja dann auch noch näher gekannt. Was will ich da schon? Eine blöde ältere Schwester?", Nora strich mit der flachen Hand über die kühlen Fliesen des Ofens.

„So war es nicht. Rick …", versuchte Isabell Rick in Schutz zu nehmen, doch Nora unterbrach sie zornig.

„Hör mir doch auf! Meine Eltern sind früh gestorben, Rick hat sich ein neues Leben aufgebaut und ich?! Ich durfte schauen, wo ich bleibe! Aber ich blöde Kuh habe ihm immer wieder verziehen! Nach all seinen Reisen in andere Länder, selbst nach der Venezuelareise! Kannst du dir das vorstellen? Zwei Jahre Ungewissheit, ob dein Bruder noch lebt? Und dann auch noch so weit weg! Amerika!", Noras Stimme wurde wieder ruhiger, „aber ich habe mich immer gefreut, als er zurückgekommen ist. Als Julia mit meiner Nichte schwanger wurde, wurde meine Wut auf sie nur noch größer. Sie hat mir nicht nur Rick weggenommen, sie hat dafür gesorgt, dass seine ganze Aufmerksamkeit jetzt nur noch ihr und ihrem Kind galt. Julia wollte die Kleine so nennen wie die erste Blume, die Rick ihr geschenkt hatte …"

„Edelweiß", murmelte Isabell.

Nora nickte. „Ich habe den Namen gehasst, schon allein aus dem Grund, dass Julia ihn ausgewählt hatte. Ich habe mir geschworen, ihn nie in den Mund zu nehmen … Als Rick, Claus und Julia zu einem Auftrag nach Italien gerufen wurden, habe ich mich von Rick dazu überreden lassen, auf meine Nichte aufzupassen. Für meinen Bruder habe ich es getan, für niemanden sonst. Aber irgendwann musste er ja kommen. Der Abschied für immer. Dass es dieses Mal war, habe ich natürlich erst im Nachhinein erfahren …" Noras Hand zitterte. Sie fuhr sich unruhig durch das Haar. „Naja, und dann, als sie in Italien waren, habe ich wieder gewartet. Dieses Mal allerdings nicht nur ich. Meine Nichte hat auch auf die Rückkehr ihrer Eltern gehofft. Nach zwei Jahren kam dann Claus zurück. Allein. Er hat irgendetwas davon erzählt, dass Julia und Rick nie mehr zurückkommen würden. Mehr nicht. Nicht, was passiert ist. Nicht, warum er zurückgekommen ist. Gar nichts. Als ich gemerkt habe, dass aus ihm, aus welchen Gründen auch immer, nichts herauszukriegen war, habe ich mich in die

Burg immer mehr zurückgezogen und dort vor mich her getrauert. Um Rick … Meine Nichte musste ich jetzt wohl oder übel behalten. Ich habe ihr verboten, Claus weiterhin zu sehen, doch sie hat sich nicht daran gehalten. Irgendwann habe ich aufgegeben, auf sie einzureden. Ich habe ihr die Lüge mit dem Segelunglück erzählt, sodass sie zumindest eine Erklärung hatte. Dass sie die Geschichte nicht für immer glauben würde, war mir eigentlich klar. Aber was hätte ich sonst sagen sollen? Über die Jahre hinweg habe ich langsam alles vergessen und hinter mir lassen können. Doch dann, als meine Nichte die ganzen alten Geschichten aufgedeckt hat, sind die alten Wutgefühle wieder zurückgekommen."

Nach einer Weile stand Isabell auf und verließ das Zimmer. Nora schaute ihr hinterher. Warum tröstete Isabell sie nicht? Tun das nicht gute Freundinnen? Wir sind keine Freundinnen, schoss es Nora durch den Kopf. Vielleicht hatte Martins Frau sie nur falsch verstanden oder sie will Nora nicht verstehen. Edelweiß' Tante hätte in diesem Moment mit jedem Menschen auf der Erde ihr Leben getauscht. Obwohl sie lange Zeit allein gewohnt hatte, fühlte sie sich jetzt schrecklich einsam. Zum ersten Mal seit langer, langer Zeit hielt sie ihre Tränen nicht zurück. Sie weinte all ihren Kummer aus sich heraus, bis keine Träne mehr kommen wollte. Irgendwann in den frühen Morgenstunden schlief sie in ihrem Sessel vor dem Kamin ein.

***

„Da vorne ist es!", verkündete Alex und zeigt auf ein Loch, das in der Felswand am gegenüberliegenden Berg zu erkennen war. Edelweiß wusste in diesem Moment nicht, was sie fühlen sollte. Freude, ihr Ziel erreicht zu haben. Angst vor der Wahrheit. Oder Erschöpfung nach der so langen Reise. Sie ließ sich einfach von ihren Gefühlen überrumpeln. Als sie gegen Nachmittag einen Weg erreichten, an dem ein Schild stand, auf dem die Worte „Achtung! Unbefugten ist das Betreten des Sperrgebietes streng verboten!" geschrieben waren, brannte die Sonne unerbittlich auf sie herab. Sie ignorierten die Warnung und schlugen den Weg ein. Zehn Minuten später machte der Weg einen Bogen, hinter dem ein kirchturmhoher Spalt in der Felswand klaffte. Weiter links war noch ein Loch, das allerdings künstlich angelegt und von Menschenhand geschaffen wurde.

Dort wurde vermutlich alles, was in der Höhle abgebaut und gewonnen wurde, heraustransportiert.

„Und du bist dir sicher, dass das hier wirklich die Höhle ist?", vergewisserte sich Edelweiß.

„Ja", kam es schlicht und ohne Begründung von Alex zurück.

Ehe Edelweiß ein weiteres Wort sagen konnte, war hinter ihr die grobe Stimme eines Mannes zu hören: „Hey! Was macht ihr da?! Seid ihr wahnsinnig?"

Alex, Edelweiß und Katinka fuhren herum. Sie schauten einem muskulösen Mann in die Augen. Über seiner sonnengebräunten Haut trug er eine kurze Hose und ein graues Unterhemd, auf dem sich Schweißränder abzeichneten.

„Wir ...", begann Edelweiß zögernd, „wir haben uns verirrt ..."

Alex ärgerte sich über die Lüge seiner Freundin, und ehe der fremde Mann etwas erwidern konnte, verbesserte er sie: „Nein, wir haben uns nicht verirrt ... Wir ..."

Der Fremde schaute ihn skeptisch an.

„Wir haben die Höhle gesucht, um ... um einen Arbeiter dieses Bergwerkes zu sprechen."

Ein Seitenblick auf Edelweiß verriet ihm, dass er seine Worte falsch gewählt hatte, doch es war schon zu spät. Da der Mann nicht auf seine Worte einging, fuhr Alex fort: „Kennen Sie einen Rick Rabenstein?"

Alex bemerkte, wie Edelweiß neben ihm zusammenzuckte, als sie den Namen ihres Vaters hörte. Der Mann allerdings schien jetzt Interesse zu zeigen.

„Woher kennt ihr diesen Mann?", fragte er mit leiser, aber bestimmter Stimme.

Alex zögerte. „Er ... er ist sozusagen ein näherer Verwandter von uns ..."

Edelweiß spannte ihren ganzen Körper an. Sie merke, dass sich das Gespräch in eine falsche Richtung entwickelte.

„Woher kennt ihr diesen Mann?", fragte der Fremde wieder, „er hatte seit zehn Jahren keinen Kontakt mehr zur Außenwelt und du willst mir erzählen, dass er ein näherer Verwandter von euch ist?"

„Er lebt?!", platzte es aus Edelweiß heraus.

Der Mann zog die Augenbrauen hoch. „Ich dachte, ihr wolltet ihn sprechen? Aber wenn ihr davon ausgeht, dass er noch nicht einmal mehr lebt ..."

„Bitte", versuchte Alex, mit der Skepsis des Mannes klarzukommen, „es ist uns wirklich sehr wichtig!"

„Ach ja?", fragte der Fremde gleichgültig, „ihr könnt ihn leider nicht sprechen."

„Warum?", Edelweiß fuhr zusammen.

„Ich bin nicht eure Auskunft!", fuhr der Mann sie an, „und außerdem … als nähere Verwandte solltet ihr eigentlich wissen, was Rick Rabenstein für einen Beruf hat."

Alex fiel kein durchschlagendes Argument mehr ein und Edelweiß, die sich viel zu oft verplappert hatte, hielt lieber den Mund.

„Er forscht in den unentdeckten Teilen der Höhle …", sagte der fremde Mann nach einer Weile, „er hat schon großartige Entdeckungen gemacht. Doch keiner versteht ihn. Es heißt, dass er noch eine Familie hat, und das Forschen in solchen Höhlen ist lebensgefährlich!" Der Mann zeigte hinter sich.

Als die drei Kinder nichts erwiderten, fuhr er fort: „Ich selbst habe ihn noch nie gesehen. Es gehen Gerüchte um, dass er seit Jahren nicht mehr ans Tageslicht gekommen ist. Er soll das alles freiwillig machen. Das behauptet jedenfalls unser Chef, doch das glaubt hier fast niemand mehr. Die meisten denken, er wird erpresst …"

Hinter Edelweiß, Alex und Katinka kam auf Schienen scheppernd ein Wagen aus dem Höhlenloch gefahren, der mit Salzsteinen beladen war. Stöhnend eilten Männer herbei, um den Wagen zu entladen und seinen Inhalt in den Anhänger eines Geländewagens zu hieven.

„Ist es unmöglich, einmal kurz mit ihm zu reden?", fragte Edelweiß, „wir können auch warten … zur Not mehrere Tage!"

„Nein. Unser Chef will nicht, dass er überhaupt mit jemandem redet. Er hat, wie gesagt, sogar schon vermieden, dass er in die Nähe anderer Leute kommt."

„Wer ist überhaupt Ihr Chef?", Alex hatte eine böse Vorahnung.

„Francesco Domenico ist der Chef und sein, naja, Stellvertreter und Partner ist Riccardo Montebello. Kennt ihr die beiden zufällig?"

„Nein", stellte Edelweiß schnell klar.

„Also ist es unmöglich, an Rick Rabenstein heranzukommen?", fragte Alex, ohne auf Edelweiß vorschnelle Antwort einzugehen.

„Total unmöglich! Ich wüsste noch nicht einmal, wo er gerade forscht. Die Höhlengänge ziehen sich ja kilometerweit unter die Erde." Der Fremde zuckte entschuldigend mit den Achseln. Ehe er sich abwandte, sagte er noch: „Macht, dass ihr hier verschwindet, sonst kommt ihr in richtige Schwierigkeiten!"

Ohne auf die Warnung einzugehen, fragte Alex: „Und kennen Sie eine Julia Rabenstein?"

Der Mann zögerte kurz, drehte sich dann um und antwortete: „Es heißt, sie wäre die Frau von Rick Rabenstein … Sie soll in Venedig arbeiten, zu Hause bei meinem Chef. Sie ist seine Dienerin …" Der Arbeiter wandte sich wieder ab und verschwand im Wald.

Als längere Zeit niemand etwas sagte, fasste Katinka alles noch einmal ungläubig zusammen: „Also dein Vater arbeitet irgendwo kilometertief in einer Höhle, wo er seit Jahren kein Tageslicht mehr zu sehen bekommen hat und deine Mutter ist Dienerin bei dem Höhlenbesitzer?!"

Edelweiß schaute sie langsam an. „Erpressung!", stieß sie hervor, „sie werden erpresst!"

„Was?", Alex deutete seinen Freundinnen an, wieder in die Richtung zurückzureiten, aus der sie gekommen waren, um nicht noch länger so auffällig vor der Höhle herumzustehen.

Edelweiß trieb Venus mit den Fersen an und sagte: „Meine Eltern haben als erste Forscher in der Höhle gearbeitet. Die zwei italienischen Forscher durften nicht dort arbeiten, obwohl sie es vermutlich gerne getan hätten. Jetzt sind sie die Chefs der Höhle und meine Eltern müssen getrennt für sie arbeiten …"

„Wie soll das zusammenpassen?", fragte Katinka.

„Keine Ahnung … Ich könnte mir vorstellen, dass die zwei Italiener die Höhle aus lauter Wut, dass meine Eltern als Forscher bevorzugt wurden, beschlagnahmt haben. Und damit meine Eltern niemandem etwas davon erzählen können, wurden sie getrennt und müssen für die jetzigen Höhlenbesitzer arbeiten. Und damit sie auch wirklich alles tun, was von ihnen verlangt wird, wird meinem Vater gesagt, dass, wenn er nicht gehorcht, meiner Mutter etwas zustößt. Naja, und umgekehrt …"

Katinka schaute Alex besorgt an. Dieser erwiderte ihren Blick und sagte zuversichtlich zu Edelweiß: „Ja, so könnte es gewesen sein …"

„Aber was wollen wir jetzt machen? Edelweiß' Vater in der Höhle suchen?", fragte Katinka zweifelnd.

Alex schüttelte den Kopf: „Wir würden nicht unentdeckt in die Höhle hineinkommen … Außerdem wäre es Selbstmord. Die Höhle hat vermutlich so viele Gänge, dass wir uns gnadenlos darin verlaufen würden."

„Wir müssen nach Venedig!", flüsterte Edelweiß.

„Was?"

„Wir müssen nach Venedig!", wiederholte Edelweiß etwas lauter.

„Aber wie stellst du dir das denn vor?", Alex schüttelte den Kopf, „das geht nicht, Edelweiß! Und das weißt du genau!"

„Meine Eltern leben! Nach zehn Jahren habe ich erfahren, dass sie am Leben sind!", rief Edelweiß. „Das kann ich jetzt nicht einfach so wegstecken! Und wie es scheint, ist es unmöglich, an meinen Vater heranzukommen. Also will ich wenigstens zu meiner Mutter! Ich kann jetzt nicht nach Hause zurückgehen mit dem Wissen, dass mein Vater allein, völlig abgeschieden von der Außenwelt und dem Tageslicht seit zehn Jahren tief unter der Erde in einer Höhle forscht! … Alex, ich muss nach Venedig!" Edelweiß kämpfte gegen ein paar Tränen an, die ihr trotz ihres Widerwillens über die Wangen rollten. Als ihr Freund nichts erwiderte, meinte Edelweiß: „Du hast mich bis hierher geführt. Und dafür bin ich dir dankbar … Und … Und wenn du nach Rabenstein zurückmöchtest, halte ich dich nicht auf, aber ich muss meine Mutter suchen! Versteh das doch, Alex!"

Alex zügelte Joker. Sie waren mittlerweile wieder bei dem Verbotsschild angekommen.

„Ich verstehe dich", meinte er, „aber ich will Anne nicht so lange allein lassen …"

„Du kannst zu ihr zurückgehen! Ich schaffe das allein!"

Alex schüttelte den Kopf: „Nein, das kannst du nicht allein schaffen!"

Ehe Edelweiß ihm widersprechen konnte, mischte sich Katinka ein: „Ich bin übrigens auch noch da. Ich könnte Edelweiß begleiten."

Edelweiß nickte bekräftigend, doch Alex war immer noch nicht überzeugt. „Wie wollt ihr Venedig denn finden?", fragte er herausfordernd, „ihr würdet euch verlaufen. Ich bin der Einzige von uns, der sich in dieser Gegend auskennt." Er sagte es ohne Überheblichkeit, sodass Edelweiß ihm innerlich zustimmen musste. Alex war zwar noch nie hier gewesen, doch durch die Karten seines Großvaters kannte er sich wirklich gut aus.

„Und wenn ich zu Anne zurückreite und du mit Edelweiß nach Venedig weiterreist?", schlug Katinka vor.

Alex dachte nach und fragte: „Weißt du denn den Weg zu Anne noch?"

„Na klar, das Dorf finde ich schon wieder!"

„Und das würdest du wirklich machen?"

„Sicher!"

Alex nickte langsam: „Okay, ich werde dich nach Venedig begleiten!"

Edelweiß fiel Alex um den Hals, so gut, wie es auf den Pferden möglich war. Alex genoss die Umarmung und schloss für einen Moment die Augen. Katinka, die das bemerkte, grinste leise in sich hinein.

„Also dann, viel Glück!", sagte sie und wendete Falada, indem sie ihm sanft die Fersen in den Bauch drückte und an einem der Zügelenden zog.

„Dir auch viel Glück!", erwiderte Edelweiß, „und danke!"

Katinka nickte lächelnd und trieb ihr Pferd an. Trabend verschwand Edelweiß' und Alex' Freundin im Wald.

***

„Seit fast zwei Wochen sind wir jetzt unterwegs und haben sie immer noch nicht eingeholt!", beklagte Martin sich bei Claus.

„Das hätte dir von vornherein klar sein müssen", erwiderte dieser achselzuckend. In jedem Dorf, das Claus und Martin bereits durchritten haben, haben sie sich nach Anne, Alex und Edelweiß erkundigt. In jedem dieser Dörfer wusste niemand etwas von den drei Kindern. Doch das sollte sich bald ändern ... Vor ein paar Stunden waren sie an einem riesigen leer stehenden Bauernhof vorbeigeritten.

„Seit diesem ... diesem Limmersdorf hat sich ihre Spur in Luft aufgelöst!", jammerte Martin wieder.

„Das liegt daran, dass in kleinen Dörfern jeder jeden kennt und Besucher auffallen, was man von größeren Dörfern oder Gaststätten nicht gerade behaupten kann", antwortete Claus leicht genervt.

„Ihnen ist bestimmt etwas passiert", schimpfte Martin weiter, ohne auf Claus' Worte einzugehen, „ich kenne doch Anne und ihre wilden Ideen!"

Annes Vater blickte Claus herausfordernd an, doch der hatte keine Lust mehr, mit ihm zu diskutieren, und schaute demonstrativ in eine andere

Richtung. Am späten Nachmittag erreichten sie ein weiteres Dorf, in dem eine fröhliche Stimmung herrschte. Es war ein Markt aufgebaut, auf dem allerlei Dinge verkauft wurden: Stoffe und Gewürze aus den verschiedensten Ländern, Kaffee und Kakao, handgeschreinerte Möbel, Seifen mit den unterschiedlichsten Düften und noch vieles mehr. Zwei hübsch gekleidete Frauen lösten sich aus der Menschenmenge, die auf dem Marktplatz um die Stände stand, heraus und liefen in die Richtung, in der Claus und Martin standen.

„Entschuldigung", sprach Claus sie an.

Die beiden Frauen schauten erstaunt zu ihm hinauf, da er immer noch auf seinem Pferd saß. Das wurde Claus bewusst und er schwang sich elegant aus dem Sattel heraus. Er fragte: „Wissen Sie zufällig, ob hier vor ungefähr einer Woche drei Kinder auf Pferden vorbeigekommen sind?"

Martin hörte Claus fast gar nicht mehr zu. Seit Tagen fragte er in jedem Dorf dasselbe und es kam immer die gleiche unbefriedigende Antwort. Doch heute nicht.

„Naja", begann eine der Frauen, die ein feigenfarbenes Tuch um das Haar geschlungen hatte, „unser Dorfarzt hat etwas von vier Kindern erzählt … Die eine soll schwer verletzt gewesen sein. Er wollte sie bei sich behalten. Die drei anderen sind weiter geritten … Das jedenfalls hat er erzählt."

Martin wurde hellhörig.

„Aber warum vier Kinder?", fragte Claus zweifelnd.

Die Frau zuckte mit den Schultern: „Am besten, Sie fragen ihn selbst." Ehe sie weitergingen, erklärten die Frauen Claus den Weg zu dem Arzt. Annes Vater und Claus fanden das Haus, ohne lange danach suchen zu müssen. Martin drückte auf die Klingel und kurze Zeit später öffnete ein gut aussehender Mann, der einen weißen Kittel trug, die Tür.

„Ja bitte?", fragte er freundlich und schaute die beiden interessiert an.

„Hallo. Sind hier vor ungefähr einer Woche drei oder …", Claus zögerte, „vier Kinder vorbeigekommen, die drei Pferde dabeihatten?"

Die Miene des Arztes veränderte sich schlagartig: „Ja, wieso?"

Martin stöhnte erleichtert auf. Claus, der noch nicht sicher war, ob es wirklich die Kinder waren, die sie meinten, fragte nach: „Heißen drei von ihnen zufällig Anne, Alex und Edelweiß?"

Der Arzt wurde skeptisch: „Ja, aber was wollen sie überhaupt von mir?"

„Uns wurde gesagt, dass die drei hier vor circa einer Woche vorbeigekommen sind und dass eine schwer verletzt war, stimmt das?"

„Ja", antwortete der Arzt eintönig.

„Wer von den dreien war das?", das war Martins Stimme.

„Anne."

„Was?!"

„Die Kleine heißt Anne."

„Jaja, ich habe sie schon verstanden, aber wo ist sie? Wie geht es ihr jetzt? Um Himmels willen, sagen Sie doch was!"

„Hören Sie mal", begann der Arzt ruhig, „ich weiß noch nicht einmal, wer Sie überhaupt sind, und Sie kommen hier an und fragen mich über meine Patienten aus!" Der Mann machte Anstalten, die Tür wieder zu schließen, doch ehe er das tun konnte, sagte Martin: „Ich bin Annes Vater!"

Der Arzt zögerte und fragte: „Woher soll ich wissen, dass sie mir keine Lügengeschichten auftischen?"

„Wieso sollten wir das denn bitte tun?", empörte sich Claus, „und wenn sie uns nicht glauben wollen, fragen Sie Anne doch einfach selbst!"

Der Mann nickte langsam und ließ Claus und Martin schließlich eintreten. Er führte die beiden durch eine helle Diele zu einer Tür, an der er vorsichtig anklopfte. Ein dumpfes „Ja" war von innen zu hören und der Arzt öffnete die Tür. Ehe er etwas sagen konnte, sah Anne, wer hinter ihm stand und rief: „Papa!"

Martin drängte sich an dem Arzt vorbei und eilte zu dem Krankenbett, in dem seine Tochter lag. Vorsichtig nahm er sie in die Arme und drückte sie fest an sich.

„Anne! Anne", immer wieder flüsterte Martin den Namen seiner Tochter.

„Wo zum Teufel ist Edelweiß?", störte Claus die Umarmung.

„Nachdem jetzt eine gute Woche vergangen ist ...", Anne tat, als würde sie überlegen, und versuchte, möglichst viel Ironie in ihre Stimme zu legen, „schätze ich, dass sie mittlerweile die Höhle erreicht haben und Edelweiß ihren Eltern in den Armen liegt!"

Claus schnaubte verächtlich: „Niemals ... niemals wird sie wieder in den Armen ihrer Eltern liegen können!"

„Und kannst mir auch mal verraten, warum?"

„Sie sind tot!"

„Ach, seit wann gibst du so genaue Antworten?", Anne zitterte am ganzen Körper und sie war froh, wenigstens ihre Stimme fest und überzeugend klingen lassen zu können.

„Jetzt hör mir mal zu, ich …"

„Hey!", unterbrach ihn jetzt die Stimme des Arztes. Auch Martin warf Claus einen warnenden Blick zu, doch Anne ließ sich nicht von dem Streit ablenken.

„Warum hast du Edelweiß nicht längst erzählt, was vor zehn Jahren bei dieser Höhle vorgefallen ist? Warum hast du so ein blödes Geheimnis daraus gemacht?!"

Claus schwieg und Anne sah ihm an, dass er etwas auf dem Herzen hatte, aber sich nicht überwinden konnte, es zu sagen. Was konnte es bloß sein? Was bedrückte Claus seit mehr als zehn Jahren? Warum war er nicht bereit, seine Erlebnisse mit jemand anderem zu teilen? Niedergeschlagen wandte Claus sich ab und verließ das Zimmer. Ein Schwung von Mitleid überkam Anne plötzlich.

„Claus!", rief Anne ihm hinterher, „Claus! Es tut mir leid! Das war nicht so gemeint!"

„Ach, lass ihn", meinte Martin, „der kriegt sich schon wieder ein."

Anne nickte und schmiegte sich wieder an den angenehm warmen Oberkörper ihres Vaters. Bis es draußen dämmerte, blieben die beiden aneinander geschmiegt liegen und genossen die gegenseitige Anwesenheit. Erst als Martin es nicht mehr aushielt und seine Tochter nach Alex fragte, löste sich Anne aus der Umarmung und seufzte laut. Claus wusste nicht, wie lange er an der Krankenzimmertür gestanden und Annes Erzählung gelauscht hatte. Sie erzählte ihrem Vater ihre Reise bis ins kleinste Detail. Erst als Anne verstummte, schaute Claus auf seine Armbanduhr. Es war vier Uhr morgens. Er wunderte sich, warum Martin nichts auf Annes Geschichte erwiderte und klopfte vorsichtig an die Tür. Annes Stimme war von innen zu hören und Claus trat ein. Er wusste, dass man ihm ansah, dass er gelauscht hatte, und schämte sich dafür. Er setzte sich auf einen freien Stuhl an Annes Bett und wartete. Anne wollte, dass er ihr endlich eine Erklärung ablieferte. Claus wusste das, doch was sollte er ihr erzählen? Sie würde nicht verstehen, warum er nicht eher mit der Wahrheit herausgerückt war … Oder? Claus befand sich in einer verzwickten Lage und ihm war bewusst, dass er nicht länger schweigen konnte.

***

Der Morgen dämmerte. Edelweiß schlief noch in ihre Decke eingewickelt. Alex, der schon seit Stunden nicht mehr schlafen konnte, betrachtete sie von der Seite. Wie immer erinnerte ihn ihr Anblick an den einer Katze. Der Drang, ihr die Haare aus dem Gesicht zu streifen, war groß. Er streckte die Hand nach ihr aus und hielt mitten in der Bewegung inne. Alex hatte ein Geräusch gehört. Angestrengt lauschte er. Da! Da war es schon wieder! Alex fuhr herum. Venus und Jocker wieherten und tänzelten nervös auf einer Stelle. Er stand auf und ging zu ihnen hinüber.

„Hey, Joker, was ist denn los?", versuchte er, sein Pferd zu beruhigen. Alex schaute zu den nächstgelegenen Büschen, wo es leise raschelte. Er trat auf die Sträucher zu und sah das rotbraune Fell, das dort umherschlich.

„Shhhhhh!", mit einer ausladenden Handbewegung trat Alex noch näher an die Büsche heran und versuchte, den Fuchs, der dort lauerte, zu verjagen. „Shhhhhh!", machte er noch einmal und zog einen Ast weg. Entgeistert schaute der Fuchs ihn an. Sekunden später machte er einen Satz und verschwand eingeschüchtert im Wald. Alex ging zu den Pferden zurück und klopfte Joker beruhigend auf die Schulter. Um sich die Zeit zu vertreiben, wollte er an einer nahe gelegenen Felswand etwas klettern.

Im Unterbewusstsein vernahm Edelweiß Schritte. Sie schlug die Augen auf und sah Alex neben sich seine Decke zusammenlegen. Als er bemerkte, dass sie wach war, meinte er: „Ich habe eine Überraschung für dich."

Neugierig schaute Edelweiß ihn an.

„Sie ist allerdings dort oben", fuhr er fort und zeigte die Felswand hinauf, die er vor zwei Stunden erklommen hatte, „wärst du bereit, mit mir darauf zu klettern?"

Edelweiß nickte, musste aber über Alex poetische Ausdrucksweise schmunzeln. Sie folgte ihrem Freund zu der Felswand. Sie war sehr steil, hatte aber genug Vorsprünge und Spalten, um sicher daran zu klettern. Während sie sich hinter Alex an dem rauen Felsen hinaufzog, fragte sie sich, was er wohl für eine Überraschung für sie hatte. Nach einer guten halben

Stunde erreichte Alex den Gipfel. Er half seiner Freundin hinauf, und noch ehe Edelweiß etwas sagen konnte, hielt er ihr die Hände vor die Augen. Er führte sie vorsichtig ein Stück weit von der Felswand weg und ließ langsam seine Hände von Edelweiß' Gesicht gleiten. Das, was das Mädchen jetzt sah, nahm ihr den Atem. Vor ihr lag ein glasklarer Bergsee, der so glatt wie ein Spiegel war. An seinen Ufern standen Steinböcke und lagen herrliche Blumenwiesen. Die unterschiedlichsten Pflanzen wuchsen hier, Dolomiten-glockenblumen, Alpensteinkraut, Alpenmohn, Glockenblumen, Veilchen, Gletscherhahnenfuß, Enzian, Alpenklee, Primeln und noch viele weitere, die Edelweiß teilweise gar nicht kannte. Hinter all dem erstreckten sich die unendlichen Weiten der Alpen. Die nächsten Berge spiegelten sich im See. Über all der Pracht spannte sich der hellblaue Himmel, der von roten und gelben Streifen der Morgensonne durchzogen war. Am Himmel stieß ein Adler seinen gellenden Schrei aus und einige Steinböcke zuckten erschrocken zusammen. Das helle Zwitschern der Vögel und das Rauschen des Windes waren zu hören. Als ein Steinbock das Wasser des Sees mit dem Maul be-rührte, um etwas zu trinken, gingen kleine Wellen davon aus, breiteten sich rasch über den ganzen See aus und brachten das Spiegelbild zum Erzittern. Erst als Alex sie darauf aufmerksam machte, sah Edelweiß, welche Pflanze auf einer felsigen Ebene links von ihr wuchs. Es war die Blume, bei der sie, wenn sie sie sah, immer eine Gänsehaut bekam. Die Blume, bei der ihr die schönsten, aber auch die hässlichsten Momente ihres Lebens durch den Kopf gingen. Die Pflanze, der sie vermutlich ihren Namen verdankte: Edelweiß. Das Mädchen hatte sie noch nicht oft zu sehen bekommen und genoss den Anblick dieser seltenen Blume jedes Mal aufs Neue. Edelweiß trat an den See heran, bückte sich und senkte vorsichtig die Hand ins Wasser. Wie sie vermutet hatte, war es eiskalt. Alex setzte sich hinter ihr auf einen Stein und wartete geduldig ab, wie seine Freundin das traumhafte Bild auf sich wirken ließ. Als Edelweiß sich sattgesehen hatte, sagte sie: „Das ist der schönste Ort, an dem ich je gewesen bin. Danke!"

Alex lächelte und stand auf. „Wir müssen weiter", sagte er, „die Sonne ist inzwischen schon aufgegangen."

Erst jetzt wurde Edelweiß bewusst, dass sie mindestens eine Stunde an dem Bergsee gestanden hatten. Schweigend nickte sie. Der Abstieg war etwas schwerer als der Aufstieg, doch er war trotzdem schnell geschafft. Als sie wieder festen Boden unter den Füßen hatten, fragte Edelweiß: „Wie lange ist es bis nach Venedig?"

„Wenn wir gut vorankommen ... vielleicht sechs oder sieben Tage, mehr auf jeden Fall nicht."

Edelweiß nickte zufrieden. Sie hatte sich ein neues Ziel gesetzt und sie wusste, dass sie dieses erreichen würde.

***

Allein. Schon wieder war Katinka allein. Bevor sie Edelweiß, Alex und Anne kennengelernt hatte, war sie auch allein gewesen. Ihr ganzes Leben lang war sie von Einsamkeit umgeben. Aber die Freude, dass Edelweiß und Alex ihr vertrauten, dass sie zu Anne zurückreiten würde, stärkte sie. Obwohl sie nichts über sie wussten, hatten sie ihr Annes Pferd Falada überlassen. Die meisten Menschen machten einen großen Bogen um obdachlose Kinder, doch bei ihren neuen Freunden hatte sie sogar das Gefühl, gebraucht zu werden. Sie hatte Menschen gefunden, die sie unterstützen und ihr helfen. Und das war nicht nur eine Vermutung oder irgendein Bauchgefühl. Katinka wusste, dass Edelweiß und Alex sie während der letzten Tage liebgewonnen und ins Herz geschlossen hatten. Das Wissen, dass jemand bei ihrer Abwesenheit an sie dachte und sich fragte, wie es ihr wohl geht, hielt sie in dieser frischen Julinacht warm. Sie lag zusammengerollt unter einem Baum und schaute den Mond an. Ob Edelweiß und Alex ihn jetzt wohl auch sahen? Ob sie überhaupt nachts schliefen? Zu gerne würde sie jetzt bei ihnen sein. Aber sie hatte ihnen versprochen, zu Anne zurückzureiten. Und das würde sie auch machen. Ihre neuen Freunde sollten sich auf sie verlassen können! Ein kühler Wind ließ Katinka frösteln und sie zog die Beine näher an ihren Oberkörper heran. Sie wusste nicht, ob sie in dieser Nacht noch einschlafen würde, aber sie konnte mit Sicherheit sagen, dass vor wenigen Tagen ein neuer Lebensabschnitt für sie begonnen hatte. Ein sehr glücklicher Lebensabschnitt, dessen volle Länge Katinka genießen wollte. Sie schloss die Augen und konzentrierte sich auf das Rauschen des Windes in den Bäumen und das vereinzelte Zirpen der Grillen, das von einer nahe gelegenen Lichtung kam.

***

Alex hatte sich inzwischen an den Reisealltag gewöhnt. Sie standen relativ früh auf, ritten, bis es dunkel wurde, und schliefen bis zum nächsten Morgen. Vor einigen Wochen noch hatte er davon geträumt, einmal eine Reise seines Großvaters zu machen. Jetzt durfte er bis nach Venedig reiten. Und das auch noch mit seiner besten Freundin. Doch trotz der ganzen Reisetagebücher seines Großvaters, in denen sämtliche Gegenden genauestens beschrieben waren, war er über diese komplett neue, ihm unbekannte Landschaft, die er gestern in der Ferne gesehen hatte und durch die sie jetzt hindurchritten, erstaunt. Anstatt Berge, Wälder, Felswände und Seen sah er nun Felder, Wiesen, Weiden, große Dörfer und breite Flüsse, die sich durch die Landschaft schlängelten. Die Häuser bestanden, anders als in den Bergen, aus Ziegelsteinen und besaßen sehr flache Dächer. Vor jedem Fenster war ein Fensterladen angebracht, der, wie Alex schnell herausfand, aufgrund der Hitze um die Mittagszeit geschlossen wurde. Das Wetter hatte sich auch mit einem Mal geändert. Im Flachland gibt es kaum Schatten, der vor großer Hitze und der Sonne schützt. So wirkte alles noch viel heißer und Alex und Edelweiß machte das Wetter sehr zu schaffen. Nach zwei Tagen schon beschlossen sie, tagsüber zu schlafen und nachts zu reiten. Alex und Edelweiß unterhielten sich jetzt auch viel weniger. Zur Sicherheit ritten sie auch im Schritt. Als sie sich in der Morgendämmerung mal wieder schlafen legen wollten, starrte Edelweiß auf einen Punkt in der Ferne. Alex folgte ihrem Blick und konnte, weit hinten am Horizont, einen langen blauen Streifen ausmachen.

„Das Meer!", flüsterte er und Edelweiß nickte. In der nächsten Nacht kamen sie gut voran. Nach wenigen Stunden hörten sie schon das Rauschen des Wassers. Bald stach ihnen auch ein salziger Geruch in die Nase und, als die Sonne das nächste Mal aufging, sah Alex mit Erstaunen, dass sie nicht mehr weit von dem Meer entfernt waren. Ohne sich zu unterhalten, ritten sie in den warmen Morgen hinein. Alex konnte spüren, dass Joker aufgeregt war. Für ihn war dieses große Wasser auch neu. Bald hatten sie den Strand erreicht. Alex und Edelweiß stiegen von den Pferden und gingen zum Wasser. Atemberaubende Bilder taten sich vor ihnen auf. Das Meer, das bis zum Horizont reichte, hatte neben seiner blauen Farbe auch noch orange und rote Streifen von der Morgensonne erhalten, die dort aufging, wo das Meer zu verschwinden schien. Auf dem großen Wasser glitten einige Segelboote mit schneeweißen Segeln und die Luft was so klar, dass Alex, als er zurückschaute, die Umrisse der Alpen erkennen konnte. Edelweiß zog ihre Schuhe aus und rannte dem Meer entgegen. Als sie wieder stehen blieb, umspülten die Wellen, die sanft an Land rollten, schon ihre Füße. Edelweiß bückte sich und ließ eine Fingerspitze durchs Wasser gleiten. Zögerlich nahm sie sie in den Mund, als wollte sie testen, ob das Meer wirklich salzig ist. Alex trat neben sie. Er hatte ebenfalls seine Schuhe ausgezogen.

„Und? Haben wir die Zeit, eine kleine Runde baden zu gehen?", fragte er.

Edelweiß nickte glücklich, zog sich bis auf die Unterwäsche aus und lief in die Wellen. Sie ließ sich bäuchlings ins Wasser fallen, tauchte unter und ließ sich von den Wellen mitziehen. Als sie wiederauftauchte, war auch Alex bereits im Wasser. Überglücklich stieß Edelweiß einen Schrei aus. Wie zwei junge Rehe tollten die beiden in den Wellen. Erst als sie ein Hundebellen vernahmen, schauten sie zum Strand zurück. In sicherer Entfernung von ihren Pferden stand ein kleiner Hund, der verspielt mit dem Schwanz wedelte und angriffslustig bellte. Venus und Joker sahen ihn verdutzt an. Offensichtlich wussten sie nicht, was sie mit so einer halben Portion von Hund anfangen sollten. Alex musste grinsen. Zusammen mit Edelweiß schwamm er ans Ufer und lief zu den Pferden hinüber. Ehe er sich dem Hund nähern konnte, hörte er wütende Schreie. Er drehte sich um und sah, wie ein Junge den Strand entlang gelaufen kam.

„Calimero, kommst du wohl her!", rief er, außer sich vor Zorn.

Der Hund huschte verängstigt hinter Alex' Beine und schaute vorsichtig zu dem Jungen hinüber.

„Calimero!", rief der Junge jetzt wieder. Inzwischen hatte er Alex und Edelweiß erreicht. „Es tut mir wirklich leid", sagte er jetzt mit einem genervten Unterton zu den beiden, ohne sie wirklich anzuschauen, „Calimero! Du sollst endlich kommen. Wirst du wohl hören!"

„Hallo …", versuchte Edelweiß vorsichtig, ihn anzusprechen. Jetzt schaute der Junge auf und betrachtete Edelweiß und Alex.

„Wie heißt du denn?", fragte Edelweiß.

Endlich zeigte der Fremde Interesse. „Antonio", antwortete er, „und ihr?"

„Ich bin Alex und das ist Edelweiß", sagte Alex.

Edelweiß machte sich auf einen Kommentar zu ihrem Namen bereit, doch es kam keiner. Antonio schaute sie nur neugierig an. Alex schätzte, dass er mindestens zwei Jahre älter war als er. Jedenfalls deuteten seine Körpergröße und seine Statur darauf hin.

„Wo kommt ihr her?", fragte der Junge weiter, „ich meine, ihr seht nicht so aus, als würdet ihr aus Italien kommen."

Alex ärgerte sich über den Kommentar, doch Edelweiß lächelte: „Aus Österreich."

„Und du?", fragte Alex.

„Aus Burano."

„Burano?", Alex zog die Augenbrauen hoch, „und was machst du dann hier?"

Antonio seufzte: „Mein Vater ist Tierarzt. Wir haben heute zwei Pferde hierhergebracht. Vor vier Tagen haben wir sie bekommen. Sie mussten operiert werden. Aber jetzt geht es ihnen wieder gut."

Edelweiß musste schmunzeln. Ihr fiel auf, dass Antonio kein großer Freund von Nebensätzen war.

„Und ihr?", fragte der Junge jetzt, „was macht ihr hier?"

„Wir sind auf dem Weg nach Venedig", meinte Alex, „um ... um Verwandte zu besuchen."

„Oh je, da habt ihr aber noch eine große Strecke vor euch!"

Alex nickte. Kurze Zeit schwiegen alle drei, bis Antonio plötzlich etwas einzufallen schien. „Der Pferdetransporter!", rief er, „wir haben die Pferde hierhergebracht. Jetzt ist ja theoretisch Platz für eure Pferde. Wenn ihr wollt, kann ich meinen Vater fragen, ob es ihm recht wäre, wenn ihr mitfahren würdet."

Begeistert nickte Alex, doch Edelweiß verstand die Kommunikation der beiden nicht.

„Burano", erklärte Alex ihr, „ist eine Insel, die in der Nähe von Venedig liegt."

„Ahh!", machte Edelweiß und verstand.

„Kommt am besten gleich mit!", sagte Antonio und fügte lächelnd noch hinzu: „Auch du, Calimero!" Der Hund bemerkte, dass der Junge nicht mehr ganz so sauer war, und kam vorsichtig hinter Alex' Bein hervor. Er und Edelweiß kleideten sich wieder an.

„Gehört der Hund dir?"

„Ja, ich habe ihn auch gern, aber manchmal treibt er mich in den Wahnsinn. Bei jeder günstigen Gelegenheit reißt er aus und ich darf ihn wieder suchen."

„Warum begleitest du deinen Vater überhaupt bei seiner Arbeit?", erkundigte sich Edelweiß.

„Weißt du, bei uns auf Burano ist tagsüber so gut wie nie etwas los. Die Fischer fahren raus aufs Meer und die anderen Leute bleiben wegen der Hitze lieber in ihren Häusern. Da ist es schon spannender, meinen Vater aufs Festland zu begleiten."

Edelweiß nickte verständnisvoll. Hinter ein paar hohen Bäumen tauchte bald ein weißes Bauernhaus auf.

„Das ist eine Fattoria", erklärte Antonio, „ein italienischer Bauernhof, auf dem auch Wein angebaut wird." Er zeigte zu großen Feldern, wo schon die ersten Weintrauben an den Reben hingen. Antonio entschuldigte sich kurz und verschwand in der Hofeinfahrt. Minuten später kam er mit einem groß gewachsenen Mann wieder heraus.

„Mein Vater", erklärte er, „und das hier sind Alex und Edelweiß."

Der Mann lächelte: „Einen schönen Namen hast du."

„Danke!", Edelweiß war über das Lob erfreut.

„Ihr dürft mich Marco nennen", fuhr der Vater von Antonio fort, „ich schätze, wir werden jetzt ein paar Stunden miteinander verbringen."

Edelweiß mochte den Humor des Mannes sofort. Das Pferdeeinladen verlief nicht so schnell, wie der Tierarzt es sich vorgestellt hatte.

„Eure Pferde haben noch nie einen Pferdetransporter gesehen, oder?", stöhnte er, während er mit sanfter Gewalt an Venus' Zügeln zog.

„Nein", gab Alex entschuldigend zu.

„Das merkt man", Marco grinste und gab Edelweiß' Pferd einen Klaps. Venus, die nicht damit gerechnet hatte, wieherte empört und ließ sich schließlich in den Transporter ziehen. Als auch Joker verladen war, stiegen sie ins Auto ein. Alex und Edelweiß nahmen auf der Rückbank Platz. Marco startete den Wagen und fuhr los. Fasziniert schaute Edelweiß der schnell vorbeiziehenden Landschaft hinterher, sodass sie nicht bemerkte, wie Antonio sie beobachtete. Aus dem Autoradio drang eine ruhige Musik und Alex und der Arzt begannen bald ein Gespräch über das Leben in der Lagune. Nach über zwei Stunden, die Edelweiß wie wenige Sekunden vorkamen, fuhr Antonios Vater von der Landstraße ab und bog in eine Allee ein, an der zu beiden Seiten alte Kastanienbäume standen. Schon bald tauchte ein kleiner Hafen auf, in dem Fischer-, Motor- und Segelboote lagen. Alex konnte ein Ortsschild erkennen, auf dem Caorle stand.

„Hier machen wir eine kleine Pause", erklärte Marco und verringerte sein

Tempo, da hinter der nächsten Kurve das Städtchen auftauchte. Im Schritt-
tempo rollte der Wagen durch die engen Straßen und hielt schließlich wenige
Meter vor der Promenade entfernt an.

„Wollt ihr ein Eis?", fragte Marco beim Aussteigen.

Alex und Edelweiß hatten erst einmal in ihrem Leben Eis gegessen. Einmal durften sie und Anne mit Isabell nach Salzburg fahren, wo Alex' Mutter
ihnen ein Eis gekauft hatte. In Rabenstein gab es so etwas wie Eisdielen gar
nicht. Fröhlich nickten die beiden.

„Welche Sorte?"

In Salzburg hatte Isabell ihnen einfach eine Sorte mitgebracht. Verdutzt
schauten Alex und Edelweiß sich an. Zögerlich antwortete Edelweiß: „Wir
lassen uns überraschen!" Marco schmunzelte und lief über die gepflasterte
Straße zu einer Eisdiele. Edelweiß ging zu einem Geländer, wo nur wenige
Meter unter ihr das Meer an die Felsen schlug. Sie stieg auf die erste Sprosse
des Geländers und blickte auf das Meer hinaus. Es schien genauso unendlich
zu sein wie die Berge. Antonio trat hinter Edelweiß und legte seine Hände
neben sie auf das Geländer: „Vorsicht! Fall mir da nicht rein."

Edelweiß drehte sich um und lächelte.

„Es sind schon viele Seefahrer ums Leben gekommen. Die Gewalt des
Meeres ist unberechenbar", meinte Antonio und Edelweiß nickte. Sie hatte
davon gehört. Alex schaute wieder zu der Eisdiele hinüber, an deren Theke
immer noch Marco stand. Irgendetwas drückte Alex am Hals, doch als er
hinfasste, konnte er nichts spüren. Es war eher ein Druck, der von innen
ausging und der ihm beinahe die Luft nahm. Er erinnerte sich an ein Gespräch, das er mit Anne geführt hatte. Sie hatte gefragt: „Sag mal, bist du
jetzt eigentlich in Edelweiß verliebt?" Damals hatte Alex das für eine völlig
dämliche Frage gehalten. „Nein!", hatte er sie angefaucht und seitdem hatte
Anne ihn nie mehr danach gefragt. Seit ein paar Tagen war er sich allerdings nicht mehr sicher, ob er immer noch dieselbe Antwort geben würde.
Alex wusste nicht, wie es sich anfühlt, verliebt zu sein. Aber er wusste, dass
er Edelweiß sehr gern hatte und dass es ihm in der Brust schmerzte, wenn
er sah, dass sie sich so gut mit Antonio verstand. Alex versuchte, über die
Unterhaltung der beiden hinweg zu hören, schaffte es aber nicht.

„Ich bin schon gespannt, wie es bei dir zu Hause auf Burano aussieht!",
sagte Edelweiß gerade.

„Du weißt schon, wo das eigentliche Ziel unserer Reise ist", Alex trat zu seiner Freundin und Antonio heran, „und wir sollten so schnell wie möglich dort ankommen. Das weißt du auch."

Edelweiß schaute ihn erstaunt an. Jetzt erst wurde ihm bewusst, wie bescheuert sein Auftritt war, und wendete sich wieder ab. Hinter ihm hörte er Antonio leise auflachen. Trotz des erfrischenden Eises, das Marco schließlich brachte, wurde der Druck in seinem Hals nicht weniger. Als er es aber schaffte, sich auf den süßen Geschmack von Himbeeren und Vanille zu konzentrieren, beruhigte er sich etwas. Eine halbe Stunde später saßen sie wieder im Auto und fuhren den Rest der Strecke.

***

Isabell saß in ihrer Küche vor dem Kachelofen, aus dem das vertraute Knistern der Flammen drang. Zu ihren Füßen lag Leo, der im Schlaf leise Schnarchgeräusche von sich gab. Hatte sie richtig reagiert? War es richtig gewesen, nach Noras Erklärung einfach aufzustehen und sie allein zu lassen? Seit einiger Zeit zerbrach sich Isabell den Kopf, ob sie richtig gehandelt hatte. Aber was hätte sie sonst tun können? Ihr war nichts eingefallen, was sie hätte erwidern können. Isabell war eigentlich froh, dass Nora endlich erzählt hatte, was sie gegen Julia hatte. Doch jetzt hat sie sie einfach sitzen gelassen! Nora hatte vermutlich jemanden gesucht, der sie versteht und dem sie endlich, nach all den Jahren, ihr Herz ausschütten konnte, und jetzt wurde sie von ihr so enttäuscht. Isabell knabberte unschlüssig an ihrem Fingernagel. Sie konnte gut nachvollziehen, wie Edelweiß' Tante sich jetzt fühlen musste. Isabell schaute aus dem Fenster. Der Himmel war wolkenverhangen, doch es regnete nicht. Ein kühler Wind brachte die Blätter der Bäume zum Rascheln. Isabell seufzte. Dann stand sie auf, legte sich einen haselnussbraunen Umhang um, nahm Leo an die Leine und verließ das Gestüt. Ein zweites Mal in kurzer Zeit machte sie sich auf den Weg zur Burg Rabenstein.

***

Endlich! Endlich sah Edelweiß wieder das Meer vor sich. Während der Fahrt hatte sie es nur selten oder in der Ferne gesehen. Marco hatte auf einem

Parkplatz geparkt, der ihm gehörte, und hatte Alex, sie und seinen Sohn zu einem Hafen geführt, an dem nur die Leute ihr Boot anlegen durften, die in Venedig oder in anderen Städten in der Lagune lebten. Über einen Steg, der unter ihren Füßen leise knarzte, gelangten sie zu einem Motorboot. Marco hatte Edelweiß und Alex angeboten, dass sie über Nacht bei ihnen bleiben durften, um am nächsten Morgen gut ausgeschlafen in Venedig anzukommen. Edelweiß war von der Idee begeistert und hatte zugestimmt. Sie stiegen ein und Antonios Vater startete den Motor. Geschickt lenkte er sein Boot aus dem Hafen auf das offene Meer hinaus. Edelweiß saß ganz vorne am Bug. Sie genoss die zärtliche Wärme der Abendsonne und den Fahrtwind, der ihre Locken nach hinten wehte. Sie musste an Venus denken, die jetzt, da sie ja unmöglich mit nach Burano konnte, in einem Stall bei Marcos Tierarztpraxis stand. Edelweiß überlegte weiter, ob Katinka inzwischen Anne erreicht hatte. Wie ging es Alex' Schwester überhaupt? Ob ihre Tante und Claus sie vermissten? Und was ist mit Alex los seit diesem kleinen Hafenstädtchen Caorle? Viele Fragen wurmten sie, aber eine einzige konnte sie nicht verdrängen. Befand sich ihre Mutter wirklich in Venedig? In der Stadt, in der sie morgen nach ihr suchen würde? Edelweiß konnte sich, wie so oft, die Antwort nicht geben. Gerade fuhr ein kleines Schiff vorbei, auf dem verschwitzte und müde Touristen standen und mit ihren Kameras einmalige Aufnahmen von der Lagune machten. Edelweiß genoss die Bootsfahrt, trotzdem war sie viel zu schnell vorbei. Als die Insel, die, wie es schien, nur aus Häusern bestand, näherrückte, reduzierte Marco die Geschwindigkeit. Nachdem sie in einen Kanal hineingefahren waren, blieb Edelweiß vor lauter Staunen der Mund offenstehen. Die neuen Bilder, die sie zu sehen bekam, faszinierten sie. Zu beiden Seiten des Kanals waren Boote angebunden, die durch die Wellen leicht schaukelten. Die Häuser waren klein und eng aneinandergebaut, wobei jedes von ihnen eine andere Farbe besaß: apfelgrün, sonnengelb, beerenrot, anthrazit, vanillegelb, haselnussbraun, weinrot, orange, weiß und noch einige andere Farben. Jedes Haus zierte eine schmale Tür und Fensterläden. Vor den meisten Fenstern waren Blumenkästen angebracht, in denen die schönsten Pflanzen blühten, die die Häuser noch zierlicher wirken ließen. Die Wege zu beiden Seiten der Kanäle waren glatt und die Brücken, unter denen Marcos Boot hindurchfuhr, waren so niedrig, dass Edelweiß Angst hatte, sich den Kopf anzuschlagen.

Antonios Vater bog in einen noch engeren Seitenkanal ab, in dem er aufpassen musste, dass er kein anderes Boot streifte. Edelweiß wunderte sich über die vielen Geschäfte, in deren Schaufenster alle möglichen Dinge aus Spitze gezeigt wurden.

Antonio erklärte ihr: „Burano ist für seine Spitze sehr bekannt. Die Leute kommen nicht hierher, weil Burano so nah an Venedig liegt oder weil wir so schöne Häuschen haben. Nein, sie kommen wegen unserer Spitze. Meine Großmutter fertigt auch Spitze an. Ich habe ihr mal dabei zugeschaut. Das hat vielleicht kompliziert ausgesehen!"

Edelweiß nickte. Sie konnte sich vorstellen, dass es eine schwierige Arbeit sein musste. Endlich hielt Marco an der Seite eines Kanals an. Antonio sprang aus dem Boot und vertaute es mit Seilen an zwei Holzpfählen, die aus dem Wasser ragten. Dann half er Edelweiß und Alex ans Ufer. Marco stieg ebenfalls aus dem Boot und trat zu einem nahe gelegenen Haus. Es war ebenso aufgebaut wie die anderen, war feigenfarben und besaß braune Fensterläden. Antonios Vater sperrte die Haustür auf und ließ seine Gäste eintreten. Sofort kam Edelweiß eine angenehm kühle Luft entgegen. Die Innenwände des Hauses waren weiß gestrichen und eine steile Treppe führte hinauf in den ersten Stock. Antonio führte sie zuerst in eine kleine Küche, in die nur das Nötigste hineinpasste. Im Nebenzimmer war eine Essecke. Im angrenzenden Wohnzimmer standen eine bequeme Ledercouch und ein Schrank aus wuchtigem dunklen Holz. An der Wand hingen schöne Bilder von Burano und auf einem kleinen Tischchen lag eine zierliche Spitzentischdecke, die von feinen Blumenmustern am Rand geschmückt wurde. Antonio führte sie die Treppe hinauf in das Zimmer seines Vaters. Unter einer schrägen Wand stand ein Bett, vor dem ein hellgrauer Teppich lag. An einer anderen Wand hingen ein Regal und einige Bilder von seinem Sohn. Ein Schrank stand am Fußende des Bettes. Antonios Zimmer war fast genauso eingerichtet. In einer Ecke des Raumes stand eine Geige in einem Ständer.

„Du spielst ein Instrument?", fragte Edelweiß beeindruckt.

Antonio nickte: „Schon seit ich vier Jahre alt bin."

„Spielst du uns mal was vor?"

„Von mir aus gerne!" Antonio nahm seine Geige und den Bogen, klemmte das Instrument vorsichtig zwischen Kopf und Schulter, setzte den Bogen an die Saiten und begann, eine lustige Melodie zu spielen. Dabei bewegte er sich elegant und Edelweiß kam es so vor, als würde der Bogen von selbst über die Saiten gleiten, so sicher war sich Antonio beim Spielen.

Als er fertig war, klatschte Edelweiß begeistert: „Das war wunderschön! Du hast Talent!"

„Willst du auch mal?", fragte Antonio und streckte ihr Geige und Bogen hin. Edelweiß nickte und nahm das Instrument entgegen. Ehe Antonio ihr etwas erklären konnte, begann Edelweiß, ein Lied zu spielen. Es war eine schwerfällige und taktvolle Melodie. Edelweiß bemerkte die entgeisterten Blicke ihres neuen Freundes und musste lächeln.

„Du willst mir aber nicht erzählen, dass du nicht Geige spielen kannst?", meinte Antonio sofort, als Edelweiß den letzten Ton verklingen ließ.

Edelweiß schüttelte den Kopf: „Ich kann nicht Geige spielen, geschweige denn Noten lesen. Immer, als es mir bei uns zu Hause auf der Burg zu langweilig wurde, habe ich die Zimmer erkundet, die ich noch nicht gekannt habe. Dabei bin ich mal auf ein Musikzimmer gestoßen, in dem auch eine Geige lag. Dort habe ich mir das Instrument selbst beigebracht. Ich kann auch nur dieses eine Lied. Das habe ich mir ausgedacht. Wie gesagt, ich kann keine Noten lesen …"

„Das Lied ist wunderschön", murmelte Antonio, „für meinen Geschmack zwar etwas zu traurig …"

Edelweiß senkte den Kopf. Antonio sollte nicht sehen, dass sie Tränen in den Augen hatte.

„Aber", fügte ihr Freund noch hinzu, „die Melodie hat bestimmt eine Bedeutung für dich."

Edelweiß schaute ihn erstaunt an.

„Jeder Komponist packt Emotionen in seine Lieder. Man hört sofort heraus, wie er sich gefühlt haben muss", fuhr Antonio fort, „du zum Beispiel warst sehr traurig, als du dein Stück geschrieben hast …"

Edelweiß war verblüfft. Woher wusste Antonio nur, was sie dachte? Das Lied war entstanden, als Edelweiß elf Jahre alt war. In dieser Zeit hatte sie ihre Eltern aus einem ihr unerklärlichen Grund besonders stark vermisst. Sie hatte sich plötzlich allein gefühlt und, wie Antonio es ausgedrückt hatte, ihre ganzen Gefühle in ein Lied gepackt. Edelweiß schaute sich um. Sie stellte fest, dass Alex nicht mehr da war.

„Wo ist Alex?"

„Keine Ahnung, vielleicht ist er runtergegangen …", meinte Antonio gleichgültig, doch Edelweiß schob sich an ihm vorbei und rannte, so gut es ging, die steile Treppe hinunter. Sie fand Alex in der Küche bei Marco. Er saß auf einem Hocker und unterhielt sich mit Antonios Vater. Auf seinem Schoß lag Calimero, Antonios Hund, und ließ sich zwischen den Ohren kraulen.

„Und ihr wollt Verwandte in Venedig besuchen?", fragte Marco gerade.

„Ja."

„Und wie heißen die, wenn ich fragen darf?"

Alex warf Edelweiß, die in der Türe stand, einen hilfesuchenden Blick zu. Diese zuckte mit den Schultern, da ihr keine Ausrede einfiel.

So versuchte es Alex mit einem Teil der Wahrheit: „Francesco Domenico …"

Marco hielt in der Bewegung inne: „Francesco Domenico?"

„Kennen Sie den?"

„Wer kennt den nicht? Francesco Domenico ist einer der reichsten Männer in der ganzen Lagune. Wenn nicht sogar in ganz Italien."

Edelweiß schaute zu, wie Marco Nudeln in einen Kochtopf schüttete.

„Dann seid ihr sicher zu dem Ball eingeladen?", fragte Marco weiter.

„Ball?", Edelweiß sah ihn fragend an.

„Naja, der Ball, den er morgen gibt! Einmal im Monat lädt er seine Verwandten und Bekannten ein."

„Davon wissen wir gar nichts! Vielleicht wollte er uns überraschen!", log Alex und versuchte, dabei verblüfft zu klingen.

„Oh, dann habe ich ihm jetzt seine Überraschung verdorben."

„Nein, nein, das ist schon okay!", meinte Alex und zwinkerte seiner Freundin zu. Das war die perfekte Gelegenheit, um unauffällig in Francesco Domenicos Haus zu gelangen und nach Edelweiß' Mutter zu suchen. Edelweiß lächelte Alex an. Endlich war er wieder normal und nicht mehr so still wie in den letzten Stunden. Der Abend kam näher. Nach dem Abendessen, das Edelweiß besonders gut schmeckte, stellte Marco zwei Liegen in dem Zimmer seines Sohnes auf. Den Rest des Abends saßen sie gemütlich im Wohnzimmer zusammen, bis Edelweiß vor Müdigkeit die Augen kaum noch offenhalten konnte. Als sie schließlich auf ihrer Liege lag und einschlief, hatte sie einen Traum: Sie tanzte mit einem Mann durch einen großen Saal. Außer ihnen war niemand im Zimmer. Der Mann kam ihr bekannt vor, doch sie konnte nicht sagen, wer es war. Plötzlich stoppte der Mann den

Tanz und schaute in eine Richtung. Edelweiß folgte seinem Blick und sah eine Frau zu einer breiten Tür hereinkommen. Sie trug ein weißes Kleid, das im Windzug wehte. Sie hatte etwas in der Hand, doch Edelweiß konnte nicht erkennen, was es war. Die Frau, die, wie Edelweiß entsetzt bemerkte, ihre Mutter war, ging auf den Mann zu, mit dem sie bis vor Kurzem getanzt hatte, und gab ihm das, was sie in der Hand hielt. Jetzt erkannte Edelweiß, dass es ein Brief war. Die Frau wandte sich nun zu Edelweiß und sagte: „Katinka ist tot. Sie ist auf dem Weg zu Anne von einem umgestürzten Baum getroffen worden." „Nein! Katinka! Das kann nicht sein! Es tut mir leid! Es tut mir so unendlich leid!", rief Edelweiß entsetzt. Auf einmal legte sich ihr eine Hand auf die Schulter und eine Stimme sagte: „Edelweiß, wach auf! Edelweiß!" Edelweiß fuhr herum: „Ich schlafe doch gar nicht!" „Edelweiß!", redete die Stimme weiter auf sie ein. Edelweiß kniff die Augen zusammen und riss sie wieder auf. Plötzlich befand sie sich woanders. Es war dunkel um sie herum, nur eine kleine Kerze flackerte unruhig auf. Sie schaute Alex ins Gesicht.

„Edelweiß!", ihr Freund seufzte erleichtert, „du hast geträumt."

Edelweiß nickte verschlafen. Sie hoffte so sehr, dass es wirklich ein Traum war und nicht die Realität, die sich in ihren Schlaf gesponnen hatte. Sie fasste sich an die Stirn. Sie war schweißgebadet. Ihre Hände zitterten. Aus Angst, sie könnte noch einmal träumen, versuchte Edelweiß, sich wach zu halten, doch ihre Müdigkeit war zu groß. Als sie dann doch wieder einnickte, blieben ihr allerdings ihre bösen Träume erspart.

***

Katinkas Rücken schmerzte und ihre Beine taten ihr weh. Sie war müde. Seit Tagen hatte sie nur selten geschlafen, um so bald wie möglich zu Anne zu kommen. Die größte Strecke hatte sie im Trab zurückgelegt und Pausen hatte sie sich und Falada nur gegönnt, um zu trinken oder zu essen. Doch es hatte sich gelohnt. Zwei Tage früher, als sie es geplant hatte, erreichte sie das Dorf, in dem Doktor Schrot lebte. Kurze Zeit, nachdem sie an seiner Haustür geklingelt hatte, öffnet der Arzt.

„Oh, hallo Katinka!", rief er erfreut.

Katinka lächelte erstaunt. Nicht viele Leute konnten sich ihren Namen merken, noch dazu nach einer so kurzen Bekanntschaft.

„Wo sind Alex und Edelweiß?", fragte Doktor Schrot.

„Kann ich … vielleicht erst mal zu Anne?", fragte Katinka vorsichtig.

„Klar!", der Arzt ließ sie eintreten und führte sie zu Annes Zimmer.

Als Katinka eintrat, musste sie feststellen, dass zwei fremde Männer an Annes Bett saßen.

„Katinka!", begrüßte Anne sie erfreut, „das hier ist mein Vater und das …" Anne schaute Claus zögernd an, ehe sie fortfuhr: „Das ist ein guter Bekannter von uns."

Claus konnte sich ein Lächeln nicht verkneifen. Freundlich gab er Katinka die Hand.

„Das ist Katinka", fuhr Anne fort, „wir haben sie auf der Reise kennengelernt."

Katinka gab auch Annes Vater die Hand und ihr fielen sofort die dunklen liebevollen Augen auf, mit denen Martin sie offen ansah. Katinka bemerkte, dass Anne versuchte, sich zu beherrschen, doch schließlich platzte es aus ihr heraus: „Wo sind Alex und Edelweiß?"

„In Venedig", sagte Katinka, ohne sich große Erklärungen zu überlegen.

„In Venedig?!", entfuhr es Claus.

Katinka nickte. Sie setzte sich auf den Bettrand und begann, all ihre Erlebnisse mit Alex und Edelweiß zu schildern, die sie von dem Dorf, in dem sie sich jetzt befand, bis zu der Höhle gemacht hatte.

***

Alex, Edelweiß und Antonio waren früh aufgestanden, um die erste Fähre, die von Burano nach Venedig fuhr, zu nehmen. Marco hatte ihnen viel Spaß gewünscht. Jetzt standen sie auf der Fähre. Da in der Lagune um diese Zeit kaum Boote unterwegs waren, war das Meer noch glatt wie ein Spiegel. Nur vor dem Bug der Fähre teilte sich das Wasser leise und kleine Wellen wurden in alle Richtungen davongedrückt. In der klaren Morgenluft konnte Edelweiß bald die Umrisse von Venedig erkennen. Die Sonne verfärbte einzelne Schleierwolken am Himmel schon rot und kündigte somit an, dass es nicht mehr lange dauerte, bis sie aufging. Als die einzelnen Häuser von Venedig zu erkennen waren, kamen der Fähre ein paar Fischerboote entgegen, die einen frischen Fang machen wollten, bevor sie ihn auf einem Markt verkauften. Bald fuhren sie in den Canal Grande ein und die Fähre hielt an einem überdachten Anlegesteg. Antonio, Alex und Edelweiß kletterten von Bord und Edelweiß schaute sich neugierig um. Im Gegensatz zu Burano waren die Häuser hoch gebaut und sie fragte sich, wie diese ganze Pracht auf Holzpfählen stehen konnte. Viele Leute waren schon geschäftig unterwegs und bereiteten sich auf die Ankunft von Touristengruppen vor. Ehe sie sich weiter umschauen konnte, fragte Antonio: „Soll ich euch etwas von der Stadt zeigen?"

Edelweiß sah Alex fragend an. Stumm nickte dieser und drehte sich von ihr weg. Schon wieder war ihr Freund so schweigsam. Edelweiß nahm sich vor, Alex bei einer passenden Gelegenheit darauf anzusprechen. Lächelnd wandte sie sich Antonio zu und bejahte sein Angebot. Antonio führte sie am Canal Grande entlang auf den Markusplatz. Hier war kaum etwas los. Außer den Geräuschen der Cafébesitzer, die Stühle und Bänke am Rand des Platzes aufbauten, lag eine friedliche Stille in der Luft. Links von ihnen lag der Markusdom mit all seinen prunkvollen und feinen Verzierungen, den steinernen Figuren, die mit Gold überzogen waren, und den lateinischen Inschriften. Edelweiß schaute sich weiter um und entdeckte eine große Uhr an der Hauswand eines weiteren Gebäudes. Sie war in drei Ringe unterteilt. Der äußerste Ring war weiß und mit den römischen Ziffern von eins bis 24 versehen, die die 24 Stunden eines Tages darstellen sollten. Der mittlere Ring, der einen Grauton besaß, war von den zwölf Sternzeichen in einem glitzernden Gold geschmückt. Einer der zwei Zeiger war eine blaue Kugel, der andere eine goldene Sonne. Der innere Kreis, an dem die Zeiger befestigt waren, war tiefblau und von goldenen Punkten übersät, was, wie Antonio ihr mit Freude erklärte, die Mondphasen darstellen sollte.

„Die Uhr wurde von einem Vater und seinem Sohn erbaut …", erzählte Marcos Sohn, „danach wurden beiden die Augen ausgestochen, um sicherzugehen, dass sie nie mehr so eine Uhr bauen konnten und die in Venedig die einzige ihrer Art bleibt."

Edelweiß war innerlich erschüttert von der tragischen Geschichte, aber gleichzeitig beeindruckt von der Kunst und der Arbeit, die in der Uhr steckten.

„Kommt mit!", forderte Antonio Alex und Edelweiß nach einer Weile auf, „ich zeige euch die Rialtobrücke."

Sie folgten dem Canal Grande, bis sie die gigantische Brücke vor sich hatten. Edelweiß wusste, dass sie lange Zeit die einzige Brücke war, die über den Canal Grande führte. Das hatte Antonio schon gestern erzählt. Das Bauwerk war immer noch schneeweiß, als hätte es die Zeit, die seit seiner Erbauung vergangen waren, nicht bemerkt. Unterhalb der Brücke schaukelten schwarze Gondeln zwischen Holzpfählen, an denen sie parkten und auf Gäste warteten. Am Ufer stand eine Gruppe von Gondolieren, die sich angeregt unterhielten. Alle trugen die gleiche Tracht und waren von der Sonne gebräunt. Antonio fasste Edelweiß vorsichtig am Arm und führte sie auf die Brücke. Edelweiß konnte den ganzen Kanal entlangblicken, bis dorthin, wo er eine Biegung machte. Die Häuser zu seinen Ufern waren hoch und eng aneinandergebaut. Sie wirkten alle alt und festlich zugleich. Zu beiden Seiten des Kanals war kaum ein Fleckchen, an dem keine Boote oder Gondeln angebunden waren. Die wenigen Motorboote, die schon unterwegs waren, ließen ein brummendes Geräusch ertönen und hinterließen kleine Wellen, die die Gondeln und Boote am Ufer zum Schaukeln brachten. Der Himmel hinter all der Pracht war glasklar und blau. Es versprach, ein unglaublich heißer Tag zu werden, denn die Sonne hatte so früh schon eine außerordentliche Kraft.

„Ich wusste gar nicht, dass es hier Geschäfte auf der Brücke gibt!", ertönte auf einmal Alex' Stimme hinter Edelweiß.

Antonio lächelte und folgte Alex in eines der Geschäfte, das hinter einer Mauer lag und so von vorne gar nicht gesehen werden konnte. Edelweiß lief ihnen hinterher. Der Laden, den sie betraten, war klein, hatte aber eine hohe Decke, zu der sich Bücherregale hinaufrankten. Hinter einem schmalen Tisch stand eine junge Frau, die ihre Kunden freundlich begrüßte. In den Regalen waren alle möglichen Arten von Ledereinbänden säuberlich nebeneinander gereiht. In allen Längen und Breiten gab es sie zu kaufen. Viele der Einbände waren schwarz oder braun, andere waren rotbraun oder dunkelblau gefärbt. Einige hatten Messingverschlüsse, die an der einen Seite eine Öse und an der anderen einen Haken besaßen. Aber die meisten hatten einen einfachen Lederriemen, der als Verschluss diente. Der kräftige Geruch nach Leder hing in der Luft. Er zog trotz der offenstehenden Tür nicht aus dem Laden heraus. Eine kleine Treppe am Ende des länglichen Ladens führte zu einem zweiten Stockwerk. Neben den Ledereinbänden wurden auch Füller verkauft. Als die Verkäuferin bemerkte, wie Edelweiß diese näher betrachtete, erklärte sie: „Die Füller werden von Hand hergestellt. Und zwar drüben auf Murano."

Fasziniert betrachtete Edelweiß die zierlichen Stifte. Jeder von ihnen war irgendwie anders. Es gab unterschiedliche Formen. Viele waren mit einem Muster verziert, das aus Glasstückchen bestand. Die Federn waren ebenfalls aus Glas. Nach einer Weile entdeckte Edelweiß einen Ständer neben den Füllern, der mit Armbändern und Ketten aus Leder behangen war. Edelweiß nahm eines der Armbänder von dem Ständer. Es war sehr steif und trug Venedig in goldenen Buchstaben als Aufschrift. Links von der Aufschrift war die Rialtobrücke, rechts davon eine Maske abgebildet. Beides war ebenfalls golden. Antonio schaute gerade zu ihr hinüber. Er hielt einen fuchsroten Lederumschlag in der Hand. Alex hatte den Laden schon wieder verlassen. Er wartete vor der Tür. Edelweiß überlegte, dass es vermutlich eine gute Gelegenheit wäre, Alex auf seine Schweigsamkeit anzusprechen. Unsicher trat sie aus dem Laden heraus und blickte Alex prüfend an.

„Du …", begann Edelweiß, unschlüssig, was sie überhaupt sagen sollte, „du bist in letzter Zeit so komisch … Ist irgendwas, was du mir sagen willst?"

Alex schaute sie zögernd an.

„Du weißt ja, dass wir über alles reden können", fuhr Edelweiß fort.

Plötzlich kam Alex sich richtig dumm vor. Was war es nur für ein blöder Grund, warum er so angespannt war? Edelweiß würde vermutlich nie darauf kommen, dass er eifersüchtig auf Antonio war! Aber was Alex sich auch einredete, der Druck in seinem Hals und die Anspannung in seinen Armen blieben. Er fühlte sich wie eine Raubkatze, die zum Sprung ansetzte, um sich auf ihre Beute zu stürzen. Alex kam sich so lächerlich vor wie noch nie und schüttelte den Kopf: „Mir geht es gut, Edelweiß. Ich … ich finde es nur so unglaublich, dass wir es tatsächlich geschafft haben. Venedig zu erreichen, meine ich …"

Edelweiß nickte. Sie schien auf Alex' Lüge hereinzufallen. Er war froh, dass er die Sache so einfach vom Tisch gefegt hatte. Gerade kam Antonio zu ihnen heraus.

„Soll ich euch jetzt das Haus von Francesco Domenico zeigen?", fragte er, „oder wisst ihr schon, wo es ist?"

„Nein, … zeig es uns!", antwortete Edelweiß, „aber woher weißt du, wo es ist?"

„Das weiß so gut wie jeder in der Lagune. Naja, das Haus des reichsten Mannes in Venedig ist ja auch nicht zu übersehen!"

Antonio führte sie weiter am Canal Grande entlang bis zu einem aus der Menge der Gebäude hervorstechenden Haus. Es war so weiß wie eine Schäfchenwolke an einem Sommertag in den Alpen. Es grenzte nicht wie alle anderen Häuser an das Nachbargebäude, sondern stand von einem Garten umgeben vor dem Kanal. Der Garten, von dem Edelweiß nicht viel sehen konnte, wirkte gepflegt. Der Rasen hatte eine saftige grüne Farbe und schien frisch gemäht zu sein. Eine hohe, makellos geschnittene Hecke ließ Edelweiß allerdings nicht viel mehr erkennen.

„So, jetzt wisst ihr auf jeden Fall, wo Francesco Domenico wohnt", meinte Antonio, doch Edelweiß hörte ihm gar nicht zu. Der Gedanke daran, dass ihre Mutter in diesem Haus, vor dem sie gerade standen, seit Jahren eingesperrt sein sollte, machte sie wütend. Während dieser italienische Forscher ein Leben in Saus und Braus führte, musste ihre Mutter seine Dienerin spielen und ihr Vater wurde dazu gezwungen, in einer Höhle viele Kilometer unter der Erde zu forschen. Edelweiß ballte die Hände zu Fäusten. Alex hatte sie die ganze Zeit beobachtet und legte jetzt die Hand auf ihre Schulter. So, dass Antonio es nicht verstehen konnte, flüsterte er ihr zu: „Wir werden deine Mutter finden. Und uns an Francesco Domenico rächen, aber noch nicht jetzt, Edelweiß. Erst heute Abend …" Er ließ die Worte wirken und fuhr fort: „Lass uns keine Aufmerksamkeit erregen. Wir dürfen noch nicht auffallen … Jetzt noch nicht."

Edelweiß nickte. Alex hatte recht. Sie mussten bis heute Abend warten, bis der Ball stattfand und sie in der Menge von Leuten, die Francesco Domenico eingeladen hatte, nicht mehr auffallen würden. Edelweiß wandte dem Haus den Rücken zu. In diesem Moment fiel ihr Blick auf eine Anschlagtafel, an der ein Plakat hing, das zu dem Ball bei dem Forscher einlud. Edelweiß überflog die in Großbuchstaben geschriebenen Zeilen und schaute Alex alarmiert an: „Es ist ein Maskenball!"

„Ja, und?", Alex verstand Edelweiß' Aufregung nicht.

„Wir haben gar keine Masken!"

Ehe Alex etwas erwidern konnte, mischte sich Antonio ein: „Wenn in

Venedig ein Ball stattfindet, dann ein Maskenball. Schließlich ist die Stadt ja bekannt für ihre Masken. Aber es ist kein Problem, an so eine Maske heranzukommen. Unser Nachbar auf Burano sammelt sie. Wenn ich ihn frage, ob ihr für einen Ball zwei von ihnen ausleihen könnt, sagt er bestimmt nicht Nein."

Edelweiß nickte. Die Sonne war höher gestiegen. Die Schläge einer nicht weit entfernten Kirchturmuhr verrieten ihr, dass es elf Uhr war. Die Hitze, die Edelweiß nicht gewohnt war, machte ihr zu schaffen, und sie willigte erleichtert ein, als Antonio sie und Alex nach einer Pause in einem Café fragte. Sie liefen noch einige Meter am Canal Grande entlang, bevor sie einem Nebenkanal folgten. Zielsicher führte Antonio sie durch einige Gässchen und über ein paar schmale Brücken. Bei einem Café auf einem kleinen Platz machte er halt.

„Hier war ich schon oft mit meinem Vater", erklärte er.

Edelweiß schaute sich um. An einer Seite des Platzes führte ein Kanal vorbei, auf dem gerade eine Gondel entlangfuhr. Über dem Kanal waren reihenweise Wäscheleinen von einem Fenster zum nächsten gespannt, auf denen helle Laken in der Sommerhitze trockneten. Vor vielen Fenstern waren Blumenkästen angebracht, in denen bunte Blumen den Platz zum Strahlen brachten. Alex, Edelweiß und Antonio setzten sich an einen Tisch vor dem Café. Als eine Bedienung erschien, bestellten sie sich etwas Kühles zu trinken. Schweigend warteten sie, bis ihnen ihre Getränke gebracht wurden.

∗∗∗

„Frau Rabenstein wünscht Ihren Besuch nicht", wies das Hausmädchen, das Isabell bei ihrem letzten Besuch auf der Burg auch schon die Tür geöffnet hatte, sie jetzt ab.

„Aber ich muss zu ihr! Es ist wirklich dringend!", versuchte Isabell die junge Frau zu überreden.

Diese schüttelte nur mit dem Kopf: „Es tut mir wirklich leid." Sie schloss die Tür vor Isabells Nase.

„Na toll!", unschlüssig schaute Annes Mutter Leo an, der empört zurückguckte, „was machen wir jetzt?" Leo starrte an der Burgmauer empor zu einem Fenster, das offenstand. Isabell folgte seinem Blick und erkannte Nora hinter dem Fenster. Als Nora bemerkte, dass Isabell zu ihr hochschaute, wich sie zurück.

„Warum wollen Sie meinen Besuch denn nicht?"

Nora antwortete nicht. Isabell schüttelte den Kopf. Sie kam sich vor wie ein kleines Kind beim Verstecken spielen.

„Ich wusste letztens einfach nicht, was ich hätte sagen können. Nehmen Sie mir meine Reaktion nicht übel. Ich hätte nicht aufstehen und einfach gehen dürfen! Das war dumm von mir. Aber lassen Sie mich doch mit Ihnen reden!"

Immer noch kam keine Reaktion. Edelweiß' Tante erschien noch nicht einmal am Fenster. Niedergeschlagen wandte Isabell der Burg den Rücken zu und wollte schon gehen, als hinter ihr die Tür aufging. Das Hausmädchen von vorhin stand im Türrahmen und sagte: „Frau Rabenstein hat es sich doch anders überlegt. Sie werden erwartet."

Isabell lächelte und trat ein. Sie wurde zu dem Zimmer geführt, in dem sie sich schon das letzte Mal mit Nora unterhalten hatte. Als sie die Tür öffnete, sah sie Edelweiß' Tante in einem der zwei Sessel vor dem Kamin sitzen. Das Feuer knisterte behaglich. Isabell schloss die Tür hinter sich und setzte sich in den anderen kalkfarbenen Sessel neben Nora.

„Und? Was wollen Sie mit mir reden?", fragte diese mit ausdruckslosem Gesicht.

„Ich …", setzte Isabell zögernd an, „ich wollte mich bei Ihnen entschuldigen."

„Das haben Sie ja bereits getan!"

„Und … und ich wollte Ihnen sagen, dass ich Sie sehr gut verstehen kann!"

Nora schaute auf. Lange blickte sie Isabell in die Augen, ehe sie wieder das Gespräch aufnahm: „Wie können Sie es nur schaffen, so stark zu bleiben? … Ihre Kinder sind von einem Tag auf den nächsten spurlos verschwunden und Ihr Mann ist ihnen Hals über Kopf hinterher geritten. Seit Wochen haben Sie von allen nichts, aber auch gar nichts gehört und trotzdem kümmern Sie sich zuerst um andere Menschen. Sie müssen doch Gefühle für das Geschehene in den letzten Wochen zeigen! Ich dachte immer, ich wäre stark und zeige selten oder fast nie meinen Mitmenschen, was ich empfinde. Das einzige Mal, als ich mich wirklich getraut hatte, war, als ich meinen Bruder verloren habe … Und das war … nur mein Bruder. Bei Ihnen sind es Ihr Mann und Ihre Kinder!

Wie können Sie sich nur so dafür interessieren, mit mir, einer Frau, die Sie fast nicht kennen, keinen Streit zu haben, während Ihre ganze Familie irgendwo in den Alpen ist und Sie keine Ahnung haben, ob sie überhaupt noch leben?"

„Oh …", Isabell überlegte eine Weile, um sich die richtigen Worte zurechtzulegen, „ich trauere in mich hinein. Ich will meine Mitmenschen mit meinen Sorgen nicht belasten. Sie wollen nicht wissen, wie viele Tränen ich abends im Bett vergieße, aus Sorge, meinem Mann und meinen Kindern könnte etwas passiert sein. Das bekommen Sie bloß nicht so mit. Und … und was Rick, also Ihren Bruder, angeht, glaube ich, dass Sie ihn ebenso lieben wie ich meinen Mann und meine Kinder und dass Sie deshalb so um ihn getrauert haben, als … als Sie ihn verloren haben. Es kommt nicht darauf an, in welchem Familienverhältnis man zu einer Person steht, sondern, wie sehr man sie braucht. Sie brauchen Ihren Bruder genauso wie ich Martin und die Kinder."

Eine angenehme Stille trat ein. Das Kaminfeuer knisterte gerade unruhig in einem Luftzug. Nora hatte bemerkt, dass es Isabell immer noch schwerfiel, sie in den Angelegenheiten mit Rick zu verstehen, aber sie gab sich sichtlich Mühe und ihre Worte taten gut. Es kommt darauf an, wie sehr man eine Person braucht … Oh ja, sie hatte ihn gebraucht, sogar sehr, doch er hatte sie einfach sitzen gelassen, sich nicht mehr für sie interessiert. Und das alles wegen dieser Frau. Julia! Nora konnte sie immer noch nicht leiden und sie war sich sicher, dass sie es auch niemals tun würde.

„Darf ich dir ein Glas Wein anbieten? Tee oder Wasser?", versuchte Edelweiß' Tante geschickt, das Thema zu wechseln, da es für sie immer noch nicht selbstverständlich war, mit jemandem über ihre Probleme zu reden.

„Vielleicht einen Tee", nahm Isabell das Angebot nickend an.

Nora stand auf und zog an einer dünnen Messingkette, die neben der Tür baumelte. Das Ende der Kette war mit einer kleinen Klingel verbunden, die hohe, aber laute Töne erklingen ließ, als Nora an der Kette zog. Kurze Zeit später erschien das Dienstmädchen in der Tür.

„Sie wünschen?", fragte sie höflich, und erst jetzt fiel Isabell auf, dass das Dienstmädchen und Nora in einer noch sehr altmodischen Sprache miteinander redeten. Annes Mutter kam sich eine Weile wie eine Hofdame in einem Königsschloss im Mittelalter vor.

„Bring uns bitte Tee", forderte Nora die junge Frau auf.

116

Als Bianca wieder verschwunden war, nahm Edelweiß' Tante das Gespräch wieder auf. Allerdings schien sie das Thema mit Rick nicht mehr ansprechen zu wollen und Isabell akzeptierte das. Und im Laufe dieses Abends machte sie die Erkenntnis, dass alles, was die Dorfbewohner über Nora erzählt hatten, gelogen war.

***

Edelweiß hatte gerade geduscht. Sie hatten noch einige Stunden in Venedig verbracht, bis sie ihre Füße keinen Meter mehr tragen wollten und ihnen der Schweiß, der von der Stirn herunterrann, in die Augen lief. Antonio hatte ihnen noch ein paar Kirchen gezeigt und sie waren ziellos durch die schmalen Gässchen Venedigs geirrt, bis sie lachend feststellten, dass sie eben die ganze Stadt durchquert hatten. Edelweiß zog gerade ein wunderschön aussehendes Kleid an, als Alex an die Tür klopfte und eintrat. Voller Bewunderung betrachtete er Edelweiß in ihrem saphirblauen Kleid, das an den langen Ärmeln und am Kragen mit hellblauer Spitze verziert war. Das Kleid reichte Edelweiß bis zu den Füßen und der Rock, der ab der Hüfte begann, raschelte leise, als sie den Saum mit den Handflächen glättete.

„Du siehst fantastisch aus!", merkte er ehrlich an und trat zu seiner Freundin.

„Danke, du aber auch!"

Alex trug dieselbe Kleidung wie in Limmersdorf. Eine dunkle Stoffhose und ein blaukariertes Hemd. Alex setzte gerade an, noch etwas zu sagen, wurde daran aber von Antonio gehindert, der unangemeldet ins Zimmer platzte.

„Unser Nachbar hat mir tatsächlich die zwei Masken geliehen. Ich hoffe … Wow!", Antonio unterbrach sich selbst, als er Edelweiß sah, „du … du siehst ja fabelhaft aus!"

Edelweiß lächelte: „Das habe ich gerade schon einmal zu hören bekommen."

Antonio hörte ihr allerdings gar nicht zu. Er zeigte Edelweiß eine der beiden Masken, die er in der Hand hielt.

„Sie passt sogar zu deinem Kleid."

Edelweiß musste ihm recht geben. Die Maske, die das Gesicht einer Katze darstellte, besaß eine neptunähnliche Farbe. An den Rändern war sie mit einer silbernen Linie geschmückt und um die schmalen Augen waren tiefblaue zierliche Ringe aufgemalt. Die Lippen der Maske hatten dieselbe Farbe wie die Augenumrandung und die Schnurrhaare bestanden aus feinen Linien. Die zierlichen Ohren, die am oberen Ende der Maske perfekt platziert waren, besaßen auch eine Silberumrandung. Um die Maske vor dem Gesicht anbringen zu können, konnte man sie mit zwei blauen Bändern am Hinterkopf zusammenbinden. Alex' Maske war schlichter. Zudem war sie irgendwie männlicher geschnitten und grün lackiert. Außer goldenen Augenumrandungen und goldenen Verzierungen an beiden Wangen und der Stirn war sie ziemlich unauffällig.

„Jetzt sollten wir aber langsam mal los", meinte Alex und lief vorsichtig die steile Treppe hinunter. Edelweiß wollte ihm folgen, wurde aber von Antonio am Arm zurückgehalten.

„Hier, das ist für dich!", sagte er und fischte ein beiges Schächtelchen aus seiner Hosentasche. Edelweiß öffnete es. Sie erkannte, trotz des spärlichen Lichtes, dass es das Lederarmband beinhaltete, das sie in dem Laden auf der Rialtobrücke so schön fand.

„Du hast gesehen, dass ich es angeschaut habe!", rief sie aus und war verblüfft über die Aufmerksamkeit ihres italienischen Freundes. Als dieser nichts erwiderte, sagte sie: „Es ist wunderschön! Danke."

Antonio legte ihr das Armband um, machte den Verschluss zu und flüsterte: „Schön, dass es dir gefällt!"

„Edelweiß!", ertönte Alex ungeduldiges Rufen von unten, „um sechs Uhr fährt die letzte Fähre von Burano nach Venedig. Wenn wir die nicht kriegen, bleibt uns nichts anderes übrig als zu schwimmen!"

Edelweiß hörte Marcos offenes Lachen von unten und wie er meinte: „Oh, ich glaube, dass solltet ihr lieber nicht ausprobieren. Wobei, die Wassertemperatur würde es sogar zulassen …"

Edelweiß musste schmunzeln.

„Danke!", wisperte sie Antonio noch einmal zu und lief dann die Treppe hinunter. Zusammen mit Alex verließ sie das Haus. Vorher lächelte sie Marco noch einmal dankbar zu. Mit der Fähre fuhren sie dieses Mal nicht nur bis dorthin, wo der Canal Grande begann, sondern weiter in das Herz Venedigs hinein. An der dem Haus von Francesco Domenico am nächsten gelegenen Anlegestelle gingen die zwei Freunde von Bord. Kurz vor dem schmiedeeisernen Eingangstor, das im Gegensatz zu heute Morgen offenstand, meinte Alex: „Jetzt ist es wohl Zeit für die Masken."

Gegenseitig banden sie sich diese um den Kopf.

„Haben wir eigentlich auch irgendeinen Plan, wie wir meine Mutter da rausholen?", fragte Edelweiß.

„Falls sie überhaupt da drinnen ist", wollte Alex schon sagen, doch er hatte nicht vor, seine Freundin und sich selbst zu beunruhigen. Stattdessen antwortete er: „In Büchern haben die Helden meistens einen Plan, an den sie sich dann doch nicht halten können, weil irgendetwas dazwischenkommt oder nicht eingeplant war. Deshalb schlage ich vor, dass wir diesen Part einfach überspringen!"

Edelweiß' Mundwinkel zuckten amüsiert. Der Vergleich mit einer Romanfigur kam ihr irgendwie albern vor, doch sie schob diesen Gedanken schnell beiseite, als sie den geschotterten Weg Richtung Haus hinaufgingen.

„Mach dich etwas größer", flüsterte Alex Edelweiß noch schnell zu, ehe er an einem Türsteher vorbei das Haus betrat. In der mittelgroßen Eingangshalle befanden sich schon viele Gäste, die Anzüge oder Kleider und Masken trugen. Alle unterhielten sich angeregt oder lachten. Edelweiß und Alex begannen, sich umzusehen. Sie wurden allerdings bald von einem Diener unterbrochen, der die Gäste aufforderte, ihm in den Ballsaal zu folgen. Während Edelweiß und Alex sich den anderen Gästen anschlossen, kam Edelweiß sich irgendwie so vor wie in der Burg Rabenstein. Das Haus war so riesig und sie fühlte sich, ebenso wie im Haus ihrer Tante, klein und verloren. Als sie den Ballsaal betraten, klappte zuerst Edelweiß' Unterkiefer nach unten. Das Zimmer, falls man es überhaupt noch so nennen konnte, war viel größer, als es von außen ausgesehen hatte. Es war mindestens doppelt so groß wie der unbenutzte Ballsaal der Burg Rabenstein. Der Boden war mit roten Teppichen ausgelegt und die weißen Wände mit Bildern geschmückt. In einer Ecke des Saals auf einer Erhöhung standen vier Musikanten, die auf ihren Instrumenten klassische Lieder spielten. Edelweiß erinnerte das alles an Bücher aus der Bibliothek ihrer Tante, in denen es um alte Burgen und Schlösser im Mittelalter und andere Zeitepochen ging. Dort fanden auch oft derartig klassische Bälle statt. Es tanzte im Moment noch fast keiner zu der Musik. Die meisten Leute unterhielten sich oder tranken Wein und Champagner aus glänzenden Kristallgläsern. Edelweiß schaute sich verzweifelt um.

„Siehst du irgendwo eine Dienerin oder ein Hausmädchen?", fragte sie Alex.

Der schüttelte den Kopf und legte den Arm auf Edelweiß Schulter: „Wir finden sie schon noch. Du wirst noch früh genug in ihren Armen liegen, glaub mir!"

Alex wusste selbst nicht, ob er damit nicht eher sich selbst trösten wollte. Was hätte er jetzt darum gegeben, zu wissen, ob Edelweiß' Mutter in diesem Haus war oder nicht. Sie hatten sich auf das Wort eines ihnen völlig unbekannten Bergarbeiters verlassen. Was, wenn er sie angelogen hatte? Was, wenn sie den ganzen Weg völlig umsonst bewältigt hatten? Alex wollte nicht daran denken. Er spürte, wie Edelweiß sich neben ihm entspannte. Wenigstens ihr schenkten seine Worte Vertrauen und Zuversicht. Gerade hörten die Musikanten auf zu spielen. Alle Leute drehten sich Richtung Tür. Alex und Edelweiß taten es ihnen gleich. Bald betraten ein Mann und eine Frau den Saal und blieben vor den Gästen stehen. Die Frau hatte braune gelockte Haare, die normalerweise etwas länger als schulterlang waren, jetzt aber zu einer schönen Frisur hochgesteckt waren. Sie war dünn und hatte ein hübsches Gesicht. Sie trug ein Taillen betonendes rosenholzfarbenes Kleid, das ihr bis zu den Knöcheln reichte. Ihre ohnehin große Statur wurde von eleganten Absatzschuhen unterstrichen. Der Mann war etwas älter als die Frau. Doch trotz der hohen Stirn, die er hatte, sah er noch jung aus. Der Haarkranz, den er noch besaß, war dunkelbraun und seine Schädeldecke glänzte in dem hellen feierlichen Licht. Der vornehme Anzug, den er trug, betonte seine sportliche Figur. Ebenso wie die Frau war er sehr groß. Edelweiß fiel auf, dass er für seine Körpergröße einen etwas zu kleinen Kopf hatte und seine Ohren leicht abstanden. Dennoch sah er gut aus und machte einen majestätischen Eindruck. Edelweiß musste feststellen, dass seine warme offene Stimme zu ihm passte, als er sagte: „Herzlich willkommen in meinem Haus! Ich bin froh, dass Sie alle da sind, und hoffe, dass wir einen schönen Abend zusammen verbringen werden!"

Edelweiß' Mine veränderte sich schlagartig. Hatte dieser Mann gerade gesagt: herzlich willkommen in MEINEM Haus? Sollte das heißen, dass dieser Mann, der einen so sympathischen Eindruck machte, Francesco Domenico sein sollte? Plötzlich war Edelweiß sich gar nicht mehr sicher, was sie denken sollte. Vielleicht war all das, was sie mit ihren Freunden in Erfahrung gebracht hatte, ein Irrtum! Vielleicht sind ihre Eltern durch irgendein schweres Unglück in der Höhle gestorben und die italienischen Forscher haben einfach nur rechtmäßig ihren Platz eingenommen. Vielleicht gab es nur zufällig einen Forscher tief unten in der Höhle, der dort freiwillig forschte und denselben Namen hatte wie ihr Vater … Doch das war wohl eher unwahrscheinlich. Oder? Auf einmal wurde Edelweiß bewusst, mit welchem Risikofaktor sie nach Venedig gekommen sind. Falls ihre Mutter noch leben sollte, warum sollte Francesco Domenico sie dann hier gefangen halten? Was sprang für ihn dabei heraus? Nur, dass ihr Vater gezwungen wird, in der Höhle zu arbeiten? Da wäre es doch einfacher gewesen, sie einfach freizulassen, oder? Und falls er das getan haben sollte, konnte ihre Mutter sonst wo sein! Aber warum ist sie dann nicht nach Rabenstein zurückgekommen? Edelweiß' Gedanken drehten sich im Kreis. Alex, der ebenso verwirrt schaute, schien es genauso zu gehen. Edelweiß versuchte, sich wieder auf ihre Umgebung zu konzentrieren. Sie schnappte einzelne Unterhaltungsfetzen zwischen einem jungen Mädchen und ihrer Mutter auf.

„… sind wir heute überhaupt da?" Das Kind klang ziemlich quengelig.

„Francesco ist ein guter Bekannter von mir. Er hat in der Höhle, die er besitzt, einen weiteren Gang graben lassen, der von Edelsteinen nur so vollgestopft ist. Das bedeutet für ihn gute Geschäfte. Für ihn ist dieser Ball wichtig, schließlich hat er etwas zu feiern. Also benimm dich!", erwiderte die Mutter.

Edelweiß wäre gerne zu den beiden hinübergegangen und hätte zu dem Kind „Während der Bekannte deiner Mutter schön Geld verdient, darf mein Vater vermutlich viele Kilometer unter der Erde die Gänge mit der bloßen Hand graben, in denen dann diese Schätze gefunden werden!" gesagt. Doch sie riss sich zusammen und hörte weiter dem Gespräch zu.

„Und warum tragen die Gastgeber keine Masken?", fragte das Mädchen gerade.

„Das ist so Tradition! Die Gastgeber verbergen grundsätzlich ihre Gesichter hinter keiner Maske."

„Und warum nicht?"

„Naja, das Gesicht der Gastgeber kennen ja sowieso schon alle Gäste. Außerdem zählt es nicht als höflich, als Gastgeber sein Gesicht zu verstecken."

Er versteckt es aber gerade vor mir und Alex, dachte Edelweiß, sein wahres Gesicht hat er uns noch nicht gezeigt.

„Und wer ist die Frau, die die ganze Zeit bei diesem Francesco Domenico steht?", fragte das Kind weiter.

„Das ist seine Lebensgefährtin. Soweit ich weiß, sind sie noch nicht verheiratet, haben es aber bald vor."

Edelweiß erschrak leicht, als Alex sie antippte.

„Ist sie das?", fragte er. Edelweiß schaute in die Richtung, in die Alex zeigte. Dort wischte gerade ein Hausmädchen einen Tisch ab. Edelweiß zuckte mit den Schultern. Sie erschreckte es selbst, dass sie nicht wusste, wie ihre eigene Mutter aussah.

„Aber wir können sie fragen, ob deine Mutter hier arbeitet", meinte Alex und ging zielstrebig zu dem Hausmädchen hinüber. Ehe er sie erreichen konnte, überlegte er es sich anders: „Warten wir lieber, bis sie wieder geht, und folgen ihr dann. Es kommt nicht gut, sich in der Öffentlichkeit mit fremden Hausmädchen zu unterhalten."

Edelweiß nickte. Die Frau wischte noch einige Tische ab, räumte ein paar Gläser auf ein Tablett und verließ dann rasch den Saal. Alex und Edelweiß folgten ihr unauffällig, aber nicht unauffällig genug. Francesco Domenico hatte sie gesehen … Edelweiß und Alex folgten der Frau lautlos den Gang entlang. Als diese hinter einer Tür verschwand, zögerten die Kinder eine Weile.

„Sollen wir?", fragte Edelweiß.

Alex überlegte kurz, doch dann zog er entschlossen die Tür auf und betrat den Raum dahinter. Er befand sich in der Küche. Mit dem Rücken zu ihm stand das Hausmädchen an der Theke und spülte dort gerade ein paar Gläser ab.

„Entschuldigung ...", sagte Alex vorsichtig.

Die Frau fuhr herum. „Wie … wie kann ich Ihnen helfen?", fragte sie zögerlich.

„Wie heißen Sie denn?"

„Maria …"

„Und weiter?"

Das Hausmädchen wurde skeptisch: „Wieso fragen Sie?"

Edelweiß wurde klar, dass die Frau ja gar nicht sehen konnte, wer sich hinter den Masken verbarg.

„Sie sollen keine Fragen stellen!", sagte Alex mit bestimmter Stimme, „wie ist Ihr Nachname?"

„Steiner …", antwortete die Frau nach einer Weile. Alex brauchte einen Moment, bis ihm einfiel, wo er den Namen schon einmal gelesen hatte. In dem Tagebuch von Julia Rabenstein, Edelweiß' Mutter! Sie hatte geschrieben, dass sie, ihr Mann und Claus in der Höhle Verstärkung brauchten, da diese noch größer war, als es vermutet wurde. Zuerst wurde an die italienischen Forscher gedacht, aber als diese seltsamerweise ablehnten, wurden Forscher aus Deutschland eingesetzt. Und zwar Hannes und Maria Steiner! Auch Edelweiß schien es jetzt wieder einzufallen.

„Kennen Sie zufällig eine Julia Rabenstein?", fragte Alex, etwas zu hinterhältig für Edelweiß' Geschmack.

Entsetzt schaute Maria Steiner ihn an. „Woher …", begann sie entgeistert, wurde aber von Alex unterbrochen.

„Wo ist sie?", fragte Alex.

„Ich … ich …", stotterte die Frau.

„Spucken Sie es schon aus!", fuhr Alex sie an.

Doch ehe Edelweiß ihn auf seinen groben Ton aufmerksam machen konnte, ertönte hinter ihr eine Stimme: „Ist hier alles in Ordnung?"

Edelweiß zog den Kopf ein. Sie ahnte, dass Francesco Domenico hinter ihr stand. Verzweifelt suchte sie nach einer Ausrede, aber wie immer kam Alex ihr zuvor: „Wir suchen nach einem Bad, damit meine Freundin sich frisch machen kann, aber Ihr Hausmädchen ist offensichtlich nicht in der Lage, uns das zu sagen!"

Alex wusste, dass das gerade alles andere als fair Maria gegenüber war, allerdings schien der Gastgeber die Geschichte zu schlucken.

Francesco schaute Maria warnend an, dann wandte er sich seinen Gästen zu: „Es tut mir leid … Maria ist recht stur. Nicht wahr, Maria?" Die Worte des Forschers klangen hasserfüllt. Das Hausmädchen zuckte beim Klang der bösartigen Stimme zusammen.

„Folgen Sie mir", sagte er wieder zu Edelweiß und Alex und führte sie aus der Küche hinaus. „Es tut mir sehr leid", entschuldigte sich Francesco Domenico noch einmal, „ich habe anscheinend noch nicht einmal ein Hausmädchen, das ihnen die einfachsten Dinge sagen kann."

Zuerst dachte Edelweiß daran, dass das eine Art Anspielung sein sollte. Vielleicht hatte er dem kurzen Gespräch zwischen Alex und Maria gelauscht und ahnte jetzt, dass sie von der Höhle und den vorherigen Forschern wussten. Doch Edelweiß hatte solch eine Glaubhaftigkeit und Ehrlichkeit aus seiner Stimme herausgehört, dass sie ihm dann doch glaubte.

„Hier können Sie sich frisch machen", meinte der Mann und stieß eine Tür auf, die zu einem großen Badezimmer führte.

„Sind Sie zum ersten Mal bei mir?", fragte Francesco noch.

Schon wieder überkam Edelweiß ein Panikgefühl.

„Ja, wir kommen aus Rom und wollten Sie schon ewig mal kennenlernen. Naja, und da ist so ein Ball ja die perfekte Gelegenheit", Alex konnte erschreckend gut lügen. Mit einem Ausdruck von Skepsis schaute Francesco ihn an. Er schien zu hören, dass Alex noch keine erwachsene Stimme hatte, aber zum Glück hielt sein Anstand ihn zurück, Edelweiß und Alex weiter auszufragen. Er lächelte den beiden noch einmal zu, dann ging er in die Richtung zurück, aus der sie gekommen waren. Alex schloss erleichtert die Tür und Edelweiß ließ sich auf eine gefliese korallenfarbene Bank gleiten, die das ohnehin schon gut ausgestattete Bad noch eindrucksvoller wirken ließ.

Edelweiß nahm sich die Maske ab und stöhnte: „Das war knapp! Denkst du, er hat was gehört?"

„Ich glaube nicht und wenn ja, dann wäre er ein verdammt guter Lügner!"

„So wie du", scherzte Edelweiß und schubste ihn freundschaftlich gegen die Schulter. Alex grinste und setzte sich zu ihr auf die Bank.

„Deine Mutter ist bestimmt hier", sagte er nach einer Weile, „jedenfalls hat sich das bei Maria Steiner so angehört."

Edelweiß überlegte. „Dann wird die also auch hier festgehalten und ihr Mann dann vermutlich in der Höhle ..."

„Vermutlich", stimmte Alex seiner Freundin zu. Er hatte jetzt nicht die Lust, zu überlegen, wo sämtliche Forscher abgeblieben waren. Außerdem brauchte er seinen Atem wahrscheinlich noch, um sich, Edelweiß, ihre Mutter und jetzt auch noch Frau Steiner aus diesem Haus zu befreien. Entschlossen stand Alex auf: „Ich gehe jetzt noch einmal in die Küche. Du wartest kurz hier und folgst mir dann, aber in sicherem Abstand. Dann stellst du dich unauffällig neben die Küchentür und passt auf, dass niemand kommt."

Ehe Edelweiß protestieren konnte, um Alex den Plan wieder auszureden, war dieser auch schon zur Tür hinaus. Sie stellte sich an die angelehnte Tür und lauschte auf seine Schritte, die sich schnell entfernten. Edelweiß schlüpfte aus dem Badezimmer heraus. Auf Zehenspitzen lief sie den Gang zurück. Wie Alex es ihr gesagt hatte, stellte sie sich neben die Küchentür. Sie konnte die Stimmen, die von der Küche hinausdrangen, gut verstehen.

„Sie kennen Julia Rabenstein, nicht wahr?", sagte Alex gerade.

„Was willst du von mir?", fragte Maria Steiner. Die Angst in ihrer Stimme war nicht zu überhören.

„Ich will, dass sie mir sagen, wo ich Julia Rabenstein finde." Alex schien etwas bemerkt zu haben, denn seine Stimme klang auf einmal in ganz bestimmter Weise anders. Edelweiß vergaß ihren Wachposten. Sie ging näher an die Küchentür heran und lauschte angestrengt.

„Was kann ich tun, damit Sie mir sagen, wo sie ist?", fragte Alex mit leicht hinterhältiger Stimme.

„Warum willst du das wissen?", wiederholte sich Maria und wurde immer nervöser.

***

Alex hatte einen schmalen Schatten in einer der hinteren Ecken der Küche entdeckt. Er vermutete, dass es Julia, Edelweiß' Mutter, war. Aber warum zeigte sie sich nicht? Warum waren die beiden Forscherinnen so vorsichtig? Alex überlegte, was er weiter sagen sollte. Schließlich beschloss er, es auf den Punkt zu bringen: „Fragen Sie Julia Rabenstein, ob sie eine Isabell Reichardt kennt ..."

Alex wusste noch zu gut, wie Edelweiß' Mutter in ihrem Tagebuch darüber geschrieben hatte, wie gut sie mit seiner Mutter befreundet war. Alex schielte wieder zu der Ecke hinüber, aus der sich jetzt der Schatten löste. Eine Frau trat in das spärliche Licht einer Lampe und schaute Alex mit offener Miene an. Alex musste feststellen, dass zwischen seiner Freundin und ihrer Mutter eine erschreckende Ähnlichkeit bestand. Das Gesicht, das ihn immer wieder an das einer Katze erinnerte, die dunklen braunen Locken und der ehrliche Blick.

„Wer bist du?", fragte Julia mit sanfter Stimme.

Alex zögerte keinen Moment, die Wahrheit zu sagen: „Alex, Isabells Sohn ..."

„Alex", wiederholte Julia, „oh Gott, ich habe dich in Erinnerung, da warst du fünf Jahre alt und ... Was machst du hier?"

„Ich bin gekommen, um euch", er warf Maria einen kurzen Blick zu, „um euch zu befreien … Ihr werdet erpresst, hierzubleiben, indem euch gesagt wird, dass Rick sonst etwas passiert, oder?"

Julia nickte. Alex merkte, dass es ihr unverständlich war, woher er das wusste.

„Aber auch, wenn ihr flüchten würdet, würde Rick nichts angetan werden", fuhr Alex fort.

„Warum?", fragte Edelweiß' Mutter verwirrt.

„Weil Rick nach unentdeckten Höhlengängen forschen muss und … naja, wenn er weg wäre oder verletzt oder was auch immer, dann hätten sie ja keinen mehr, der diese lebensgefährliche Arbeit tief unter der Erde erledigen würde."

„Diese Schweine!", zischte Julia und schaute zu Maria hinüber. „Wie …", setzte Edelweiß' Mutter zu einer neuen Frage an, doch sie wurde von Alex unterbrochen.

„Ich kann alles erklären, wenn wir hier erst einmal raus sind. Gibt es einen Fluchtweg aus diesem Haus?"

***

Edelweiß wollte gerade die Küchentür öffnen, um endlich ihre Mutter sehen zu können, da legte jemand seine Hand auf ihre Schulter. Edelweiß unterdrückte einen Schrei und fuhr herum.

„Was machen Sie denn schon wieder hier?", fragte Francesco Domenico sie mit einem skeptischen Unterton.

„Ich … ich …", Edelweiß' Gedanken drehten sich im Kreis. Sie schaffte es nicht, einen normalen Satz zu formulieren, also schwieg sie. In diesem Moment wurde ihr klar, dass sie in ihrem Gestotter nicht an ihre noch nicht erwachsen klingende Stimme gedacht hatte. Auch Francesco schien das bemerkt zu haben. Entschlossen griff er nach Edelweiß' Maske und schob sie ihr vom Gesicht. Das Entsetzen, dass sich auf seinem Gesicht breitmachte, lag allerdings nicht daran, dass sie noch ein Kind war, sondern daran, dass er in Edelweiß ihre Mutter erkannte. Er schien sie für einen Moment auch für Julia zu halten, bis ihm wieder Edelweiß' Alter einfiel, das vor allem ihre Stimme und ihre Körpergröße unterstrichen. Francesco brachte im ersten Moment keinen Ton hervor. Die wenigen Sekunden seiner Verblüffung nutzte Edelweiß. Sie schob sich an ihm vorbei und lief. Sie rannte, so schnell sie konnte, den Gang entlang.

„Hey, warte!", brüllte Francesco ihr hinterher.

Edelweiß drehte sich im Rennen um. Der Forscher lief ihr hinterher. Edelweiß hatte ihre Maske wieder aufgesetzt. Sie überlegte gehetzt, wo sie sich verstecken konnte. Entschlossen lief sie in Richtung Ballsaal …

***

„Edelweiß!", entfuhr es Alex, als er Francescos Schrei gehört hatte. Er eilte zur Tür, stieß sie auf und schaute den Gang entlang. Er konnte weder den Forscher noch seine Freundin irgendwo sehen.

„Edelweiß?", fragte Julia verblüfft, „ist sie … ist sie auch hier?"

Alex nickte: „Hört zu, ich muss jetzt Edelweiß finden. Wie kommt man aus diesem Haus raus?"

„Im Keller", antwortete Maria, als Edelweiß' Mutter nichts auf seine Frage erwiderte, „Im Keller gibt es eine Zufahrt für Boote und Gondeln. So sind heute auch wieder einige Gäste hier angekommen. Bei einem Ball ist die Zufahrt eigentlich die ganze Nacht offen …"

„Gut", meinte Alex erfreut, „ihr zeigt mir den Weg in den Keller, dann versteckt ihr euch dort unten und ich suche Edelweiß und komme mit ihr nach, okay?"

Benommen nickte Julia. Sie konnte immer noch nicht fassen, dass ihre Tochter ganz in der Nähe war. Seit zehn Jahren hatte sie sogar am Tag davon geträumt, Edelweiß wenigstens noch einmal sehen zu können, und jetzt war sie auf einmal so nah …

***

Es war mittlerweile später Abend. Nora und Isabell saßen gerade über dem dritten Kännchen Tee. Annes Mutter hörte das Pfeifen des Windes, der um die Burg rauschte. Im Kamin war inzwischen nur noch Glut. Nora hatte gerade zwei Fenster geöffnet und eine angenehm kühle Luft schob sich ins Zimmer.

Als Isabell sich zum Gehen erhob, meinte Edelweiß' Tante: „Wenn du möchtest, kannst du hier übernachten."

„Wirklich?", fragte Isabell erleichtert nach. Sie hatte keine Lust, mitten in der Nacht noch nach Hause laufen zu müssen.

„Und was ist mit Leo?"

„Ach, der kann von mir aus hier liegen bleiben."

Leo hatte es sich vor dem Kamin gemütlich gemacht und war eingenickt. Jetzt sah man nur noch, wie sich sein Rücken gleichmäßig auf und ab bewegte, und hörte ein leises Schnarchgeräusch. Isabell lächelte fürsorglich und folgte Nora schließlich auf den Flur hinaus. Edelweiß' Tante führte sie die cremefarbene Marmortreppe hinauf in den ersten Stock. Von dort aus ging es einige Gänge entlang, die größtenteils in das warme Licht eleganter Lüster getaucht waren. Am Ende eines Ganges öffnete Nora eine Tür, hinter der sich eine steile Wendeltreppe befand.

„Da oben wirst du alles vorfinden, was du brauchst. Frühstück gibt es um halb neun … Eine Dienerin wird dich abholen", sagte sie.

Isabell nickte und lief neugierig die Treppe hinauf. Oben empfing sie hinter einer weiteren Tür ein geräumiges Turmzimmer. Neben einem großen Bett, das mit burgundfarbener Bettwäsche bezogen war, stand ein wuchtiger Schrank aus dunklem Holz. Isabell ging zu dem einzigen Fenster des Zimmers, öffnete es und bekam vor lauter Staunen den Mund nicht mehr zu. Die Aussicht, die sich ihr bot, war atemberaubend. Der Vollmond tauchte die Landschaft in ein silbernes Licht. Unter ihr lag friedlich das Dorf. In den meisten Häusern brannte noch Licht, doch es lag eine große Stille in der Luft, die nur von dem Rauschen des Windes unterbrochen wurde. Isabell wusste nicht, wie lange sie am Fenster gestanden und beobachtet hatte, wie ein Licht nach dem anderen in Rabenstein erlosch. Sie hatte auf jeden Fall noch nicht einmal den Weg vom Fenster ins Bett geschafft, denn als sie am nächsten Morgen von den Strahlen der Morgensonne geweckt wurde, saß sie auf einem Stuhl, den Kopf auf das Fensterbrett gelegt.

✳✳✳

Alex hastete den Gang entlang, zurück in Richtung Ballsaal. Julia und Maria hatten ihm eine zweiflügelige Tür in der Nähe des Haupteingangs gezeigt, die unter das Haus zu den Gondeln führte. Es war nicht einfach gewesen, Edelweiß' Mutter zu beruhigen. Alex verstand, dass sie aufgeregt war, doch sie musste sich jetzt einfach zusammenreißen. Als Alex den großen Saal betrat, schlug ihm eine Wand aus Stimmengewirr, dem Duft nach Wein und Sekt und überhitzter Luft entgegen. Hektisch hielt er nach Edelweiß Ausschau. Die Musikanten spielten gerade einen Wiener Walzer. Einige Männer und Frauen in teuren Anzügen und Kleidern tanzten schon elegant über den Steinboden, auf dessen harter Oberfläche die Absätze nur so klapperten. Draußen war es inzwischen schon stockdunkel. Ein Dienstmädchen hastete mit einem Tablett benutztem Geschirr an ihm vorbei. Alex erschrak, als er nur wenige Schritte neben sich Francesco Domenico erblickte, der sich suchend im Saal umschaute. Er hatte Edelweiß aus den Augen verloren, dachte Alex erleichtert. Im selben Moment bemerkte der Forscher ihn. Er wollte schon auf Alex zu gehen, da schob sich eine füllige hellhaarige Frau vor Francesco und sprach ihn auf Italienisch an. Alex konnte kein Wort verstehen, dennoch war das Schmeicheln in ihrer Stimme kaum zu überhören. Die Frau trug ein salbeifarbenes Kleid, das einen guten Kontrast zu ihrem strohblonden Haar bildete. Um ihren Hals lag eine dicke Goldkette, an der als Anhänger ein tiefgrüner Stein hing. Alex vermutete dahinter einen Smaragd. Ihr ebenfalls grüngehaltener Lidschatten war ebenso exakt aufgetragen wie der ziegelrote Nagellack und der Lippenstift. Francesco antwortete der Frau auf Italienisch. Seine Stimme klang ein wenig zornig, was auch die Frau bemerkte. Sie hielt einen der Ober an, die mit Tabletts durch den Saal gingen, auf denen Gläser mit Sekt und Orangensaft standen, und schnappte sich zwei Gläser mit Sekt. Das eine drückte sie ihrem Gastgeber mit einem weiteren italienischen Satz in die Hand und stieß lachend mit ihm an. Alex musste schmunzeln. Er sah, wie sich Susanne, die Lebensgefährtin des Forschers, näherte. Auch Francesco bemerkte es und drehte sich kurz zu ihr hin, sodass er zu Alex mit dem Rücken stand. Das nutzte dieser aus und mischte sich unauffällig unter die Leute, die um die Tanzfläche herumstanden und sich angeregt unterhielten. Wo war seine Freundin nur? Alex schob sich durch die vielen Menschen hindurch und hielt immer wieder nach Edelweiß Ausschau. Die Ober hatten die großen verglasten Flügeltüren geöffnet, die auf eine breite Terrasse und in den Garten des Hauses führten. Einige Gäste befanden sich auf der Terrasse, die von großen specksteinfarbenen Blumentöpfen eingerahmt war, in denen roter und weißer Oleander in voller Pracht blühte. Alex nahm die Silhouetten zweier großer Bäume im Garten wahr, die sich schwarz vom Sternenhimmel abhoben.

„Psst!"

Alex fuhr herum.

„Alex!"

Er schlich hinüber zu einer Reihe von Blumenkästen, hinter der er Edelweiß' Stimme gehört hatte. Alex glitt unauffällig um einen Oleander herum und entdeckte seine Freundin nicht weit entfernt zwischen den Blumenkästen kauern. Im selben Moment schob sich der fast volle Mond hinter ein paar harmlosen Schäfchenwolken hervor und tauchte den Garten in ein kaltes Licht. Edelweiß' Haar schimmerte silbern und ihre Augen glänzten im Mondlicht. Ihre langen Wimpern warfen spitze Schatten auf ihre Wangen. Wieder einmal wünschte Alex sich nichts sehnlicher, als seine Freundin einmal in den Arm nehmen zu können, aus welchem Grund auch immer. Ihm war sehr schnell klargeworden, dass sich aus der unzertrennlichen Freundschaft mit Edelweiß für ihn während der Reise Liebe entwickelt hatte. Alex zuckte jetzt noch zusammen bei dem Gedanken daran, dass er sich gefreut hatte, als er die Nachricht bekommen hatte, dass seine Schwester nach ihrem Sturz von der Felswand nicht in der Lage war, weiterzureiten, und sie diese Schwierigkeit allein bewältigen mussten. Als dann sogar Katinka sich von ihnen trennen musste, konnte Alex sein Glück kaum fassen. Er war mit Edelweiß allein! Doch immer wieder bezweifelte er, dass seine Gefühle für Edelweiß von ihr auch erwidert wurden. Alex war bewusst, dass er gut zwei Jahre älter war als sie, aber ihm war nicht entgangen, dass aus seiner einstigen Spielgefährtin schon eine junge Frau geworden war.

„Francesco Domenico hat mir die Maske abgenommen und die Ähnlichkeit mit meiner Mutter erkannt!", erzählte Edelweiß gerade.

„Er hat dich aus den Augen verloren", beruhigte Alex sie.

„Wo sind meine Mutter und Maria?"

„Die warten in einem Keller, der eine Verbindung zu einem Kanal hat. Dort sind heute auch viele Gäste angekommen."

„Und wie kommen wir ungesehen in diesen Keller?", Edelweiß hörte sich plötzlich müde und ausgelaugt an.

„Ach, das wird bei diesem Haufen an Leuten eine Leichtigkeit werden!", erwiderte Alex zuversichtlich, obwohl er sich selbst nicht wirklich sicher war. Edelweiß schwieg. Alex überlegte krampfhaft, was er noch sagen könnte, ihm fielen aber nicht die passenden Worte ein.

***

Nora saß schon am Frühstückstisch, als Isabell von Bianca ins Zimmer geführt wurde. Martins Frau sah an diesem Morgen ausgeruht aus. Seit langer Zeit hatte sie keinen Schatten mehr unter den Augen und es war sogar etwas gesunde Farbe in ihr Gesicht zurückgekehrt. Nora überlegte, dass es gut wäre, Isabell weiterhin von den Gedanken an ihre Kinder abzulenken. Als Annes Mutter am Tisch Platz genommen und Bianca ihr Kaffee eingeschenkt hatte, fragte sie: „Was hältst du davon, wenn wir heute einen Spaziergang in den Wald machen?"

„Ja, gerne", antwortete Isabell.

Nora nickte erfreut und nahm sich zwei Mirabellen aus einer Obstschale.

Isabell bestrich sich eine Scheibe Brot mit Butter, während sie meinte: „Da oben von dem Turmzimmer aus hat man ja eine super Aussicht! Sogar den See kann man erkennen!"

Nora nahm einen Schluck aus ihrer Kaffeetasse und nickte.

„Es tut mir leid", fuhr Isabell fort, „aber ich müsste, bevor wir losgehen, noch einmal kurz ins Dorf."

„Das ist schon in Ordnung", entgegnete Edelweiß' Tante und schob sich eine Mirabelle in den Mund. Sie wollte nicht weiter nachfragen, was Isabell im Dorf wollte. Als sie das Frühstück beendet hatten und Nora Annes Mutter zur Eingangstür geführt hatte, fiel ihr Leo wieder ein. Sie ging den Gang zurück und betrat das Kaminzimmer, in dem sie den Hund gestern vor dem Kamin schlafen gelassen hatten. Leo schlief immer noch, doch als Nora näher an ihn herantrat, hob er verschlafen den Kopf und blinzelte sie mit einem treuen Blick an. Leo bellte begeistert, als er Edelweiß' Tante erkannte und sprang auf die Pfoten. Er schlenderte zu ihr hinüber, setzte sich vor ihr nieder und schaute sie erwartungsvoll mit seinen dunklen Augen an. Er legte den Kopf schief, als Nora sagte:

„Na, du? Hast du Hunger? Ich schicke dir gleich Bianca vorbei. Die hat bestimmt was Leckeres für dich."

Sie kraulte Leo zwischen den Ohren und machte sich dann auf die Suche nach ihrem Dienstmädchen. Nora freute sich darauf, mit Isabell spazieren zu gehen. Sie wollte ihr den Ort zeigen, an dem sie mit ihrem Bruder Rick als kleines Mädchen immer gespielt hatte. Einen Ort, den niemand außer ihr und Rick kannte. Nora konnte sich noch gut daran erinnern, wie Rick diesem Ort seinen Namen gegeben hatte: Drachenfels. Es war ein geheimnisvoller Ort, der ihre Kindheit gespeichert hatte. Eine Kindheit, die trotz des Krieges glücklich war. Nora neigte den Kopf zur Seite. Tränen wollten ihr in die Augen steigen, doch sie riss sich mit aller Gewalt zusammen. Seit Jahren hatte sie nicht mehr wegen der Gedanken an ihren Bruder geweint und sie hatte auch nicht vor, das noch einmal zu tun.

***

Alex hatte Edelweiß wieder in den Ballsaal zurückgeführt. Als sie die Stimme ihrer Mutter gehört hatte, waren sofort wieder Erinnerungen an ihre Eltern aufgestiegen. Tief in sich drinnen hatte sie Julias sanfte Stimme gespeichert. Edelweiß konnte Francesco vor einer der zahlreichen Türen stehen sehen, wie er sich mit seiner Lebensgefährtin unterhielt und dabei immer wieder nervöse Blicke auf seine Gäste warf. Alex nahm Edelweiß am Unterarm und zog sie zu der Flügeltür, die am weitesten von dem Forscher entfernt war. Alex drehte sich im Laufen zu Francesco um, wobei er direkt auf eine Gruppe Leute zulief, die sich angeregt unterhaltend dastand.

„Alex!", rief Edelweiß bestürzt. Doch da war es schon zu spät. Alex war in die Menschen hineingerannt. Eine Frau stolperte. Dabei fiel ihr ein Glas Wein aus der Hand. Erschrocken beobachtete Edelweiß, wie das Glas auf dem Boden aufschlug und in viele Scherben zerbrach. Der Wein spritzte. Im nächsten Moment nahm sie wahr, dass Francesco zu ihnen hinübersah. Auch Alex hatte das bemerkt und zog seine Freundin durch die Leute hindurch auf die Tür zu. Edelweiß drehte sich um und stellte entsetzt fest, dass der Forscher sich hinter ihnen durch die Leute hindurchschob. Endlich traten sie auf den Gang hinaus. Alex ließ Edelweiß' Arm los und sie begannen zu rennen. Als Alex in der Nähe des Eingangs eine hölzerne Tür aufzog, war Francesco bereits auf den Gang hinausgetreten und hatte sie erblickt. Edelweiß hörte einen wütenden Schrei, während Alex sie eine flache steinerne Treppe in den Keller hinunterzog. Unten angekommen rannten sie einen Gang entlang, der vom Schein vieler Fackeln beleuchtet war. Nach wenigen Augenblicken standen sie in einem Raum. An der gegenüberliegenden Wand konnte Edelweiß die Einmündung in den Kanal erkennen. Das Wasser besaß eine trübe Farbe, war aber glatt wie ein Spiegel. Am Rande des Kanals ragten hölzerne Pfosten aus dem Wasser heraus, an die Gondeln und hübsch aussehende Boote gekettet waren.

„Julia! Maria!", rief Alex, während er zu einer Gondel eilte. „Los, schau, ob du eine Gondel oder ein Boot siehst, das nur mit einem Strick befestigt ist!", forderte er Edelweiß auf.

Doch ehe das Mädchen das erste Boot erreichen konnte, hörte sie hinter sich eine Stimme: „Ihr werdet hier kein Boot finden, das nicht mit einer Kette und einem Schloss angeschlossen wurde. Wir wollen den Dieben doch keinen Gefallen tun ..." Die heuchlerische Stimme des Forschers machte sie wütend. Langsam drehte Edelweiß sich um und stand Francesco Domenico gegenüber, dem Mann, der ihre Eltern vor mehr als zehn Jahren gefangen genommen hatte und jedem von ihnen langsam, aber sicher die Hoffnung nahm, sich gegenseitig noch einmal lebend zu sehen.

***

„Sie sind also auf dem Weg nach Venedig, weil euch ein dahergelaufener Höhlenarbeiter seine verrückten Vermutungen erzählt hat?!", Claus stand mit einem Ruck auf und setzte sich nach kurzem Zögern wieder hin. Katinka schaute beschämt zu Boden. Während sie von ihrer Reise mit Edelweiß und Alex erzählt hatte, war ihr erst richtig bewusst geworden, was für eine bescheuerte Idee es war, dass ihre Freunde nach Venedig ritten.

„Dieser dahergelaufene Höhlenarbeiter war Edelweiß' einzige Chance", lästerte Anne gerade, „nachdem selbst du ihr nicht helfen wolltest!"

„Warum immer ich? Warum muss ausgerechnet ich ihr helfen?"

„Weil du der Einzige bist, der wirklich weiß, was da unten in der Höhle passiert ist. Weil du für Edelweiß früher wie ein Ersatzvater warst und weil ..."

„Ich war für das Mädchen nie ein Ersatzvater!" Claus wollte noch etwas sagen, doch Anne unterbrach ihn zornig: „Damals war es dir doch egal, was mit Julia und Rick passiert, nachdem du sie in der Höhle zurückgelassen hast!"

Claus sah sie entsetzt an.

„... Hauptsache Edelweiß findet eine bessere Unterkunft als bei ihrer Tante. Du hast dich zwar immer dafür eingesetzt, meine Freundin aus der Burg rauszuholen, hast dabei aber immer die Möglichkeit ausgeblendet, dass Edelweiß bei dir wohnen könnte! Das passt zwar nicht in meine „Ersatzvater-Theorie" hinein, aber ist es nicht Argument genug, dass du dir um Edelweiß' Zukunft auf der Burg Sorgen gemacht hast?"

„Woher willst du das alles wissen?", entgegnete Claus, „Ich meine, du warst damals immerhin erst drei Jahre alt."

Anne warf einen vielsagenden Blick auf ihren Vater und Claus zog die Augenbrauen hoch.

„Warum willst du dir denn nicht eingestehen, dass dir Edelweiß ans Herz gewachsen ist? Ich meine, das ist ja kein Verbrechen ..."

„Edelweiß ist die Tochter der Leute, die mit mir zusammengearbeitet haben. Sie ... ist mir nicht ans Herz gewachsen!" Claus stand betont langsam auf und trat an das Fenster.

„Stimmt", antwortete Anne gehässig, „dir kann vermutlich kein Lebewesen auf der Welt ans Herz wachsen. Wahrscheinlich, weil du noch nicht einmal so etwas wie ein Herz besitzt!"

Katinka schaute Claus entsetzt an. Was würde er jetzt erwidern? Würde er einen weniger netten Kommentar zurückgeben? Doch Claus schwieg. Katinka dachte, er würde Annes letzte Worte einfach an sich abplätschern lassen, doch sie irrte sich. Tief in seinen Augen konnte Katinka Schmerz aufflammen sehen. Ehe sie sich fragen konnte, warum ihn Annes Worte so hart getroffen hatten, meinte Martin mit ruhiger Stimme: „Uns sollten jetzt andere Dinge wichtiger sein. Zum Beispiel, was wir jetzt als Nächstes tun werden."

Claus riss sich merklich zusammen: „Sie sind nach Venedig geritten ..."

„Super Feststellung!", kommentierte Anne seine Worte abfällig.

Claus warf ihr einen spöttischen Blick zu und sagte dann an Martin gerichtet: „Es bleibt uns nichts anderes übrig, als ihnen weiter hinterherzureiten."

„Bis nach Venedig?"

Claus drehte sich wieder dem Fenster zu. Martin hatte recht. Sie konnten den Kindern nicht bis nach Venedig folgen. Sie wussten ja nicht einmal, wo sie mit dem Suchen nach ihnen anfangen sollten. Die Abendsonne, die sich immer näher auf einen Bergkamm zuschob, färbte die Schleierwolken rosa. Der klare Himmel hatte eine orange Farbe angenommen und das Wasser in einem Springbrunnen, der auf dem nahe gelegenen Marktplatz stand, glitzerte im Sonnenlicht.

„Und wenn wir bis zu der Höhle reiten?", schlug Katinka gerade vor, „dort müssten wir sie ja früher oder später auf jeden Fall treffen."

Martin nickte träge. Auch Claus musste zugeben, dass dies das sinnvollste war, was sie tun konnten. Er zweifelte zwar daran, dass Edelweiß und Alex unversehrt die Höhle erreichen würden, sagte dazu aber nichts, um einem weiteren Kommentar von Anne aus dem Weg zu gehen. Außerdem wusste Claus, dass er vor ein paar Wochen noch nicht einmal daran gedacht hätte, dass die Kinder die Höhle erreichen würden. Warum also sollten sie nach einer Alpenüberquerung keinen Ritt durch das italienische Flachland schaffen? Claus stellte fest, dass er sich große Sorgen um die Kinder machte. Annes Worte, er sei für Edelweiß wie ein Ersatzvater gewesen, hatten sein gebrochenes Herz mit Wärme umschleiert. Er wusste, dass er das Mädchen lieb hatte und nicht einmal Anne konnte das mit ihrer Gehässigkeit zerstören …

***

Isabell konnte nicht länger mit dem Wissen leben, dass ihre Freundin Gabi wütend auf sie war. Sie wollte endlich mit ihr reden. Jetzt durchquerte sie den von der Mittagssonne in warmes Licht getauchten Innenhof und drückte entschlossen den bronzefarbenen Klingelknopf. Es dauerte nur wenige Augenblicke, bis die Tür schwungvoll aufgemacht wurde. Im Türrahmen stand Carolin, Gabis Tochter.

„Caro, ich habe dir doch schon tausend Mal gesagt, dass du die Türen nicht so aufreißen sollst", erklang Gabis Stimme aus der Küche. „Und außerdem …" Sie verstummte, als sie zu Carolin ging und Isabell sah. Ihr Blick schweifte von Isabell zu ihrer Tochter. „Caro, lass uns bitte allein."

„Aber, Mama, du hast gesagt, dass wir jetzt an die Vesta zum Baden gehen!", protestierte das Mädchen.

Isabell erinnerte sich nur zu gut an den breiten Bach mit seinen gekiesten Ufern namens Vesta. In heißen Sommermonaten war sie selbst oft abends, nach der Arbeit auf dem Gestüt, mit ihren Kindern an den Bach gegangen, um sich zu erfrischen.

„Ich komme gleich, Caro. Du kannst derweil deine Badehose suchen. Wenn du sie gefunden hast, gehen wir gleich los", versprach Gabi gerade. Carolin grinste und düste Richtung Wohnzimmer davon.

„Komm doch rein!", wandte Gabi sich an Isabell und führte ihre Freundin in die Küche. „Setz dich!", Isabells Freundin zeigte auf einen Tisch, der von vier Stühlen umringt war. Gabis ganze Küche bestand aus hellem Fichtenholz und man sah den Möbeln die Handarbeit deutlich an, so exakt waren sie angefertigt. Zwischen einem Küchenschrank und dem Fenster stand ein menschengroßer Drachenbaum, der sich gut von den amethystfarbenen Vorhängen abhob. Auf dem Fensterbrett stand ein selbst gebundenes Blumengesteck, das von mehreren Teelichtern umrahmt war. Auf dem Küchentisch lag ein aufgeschlagenes Kochbuch inmitten von schmutzigem Geschirr.

„Oh, Entschuldigung", murmelte Gabi und räumte das Geschirr in das Spülbecken. Das Kochbuch klappte sie zu und stellte es zu den anderen Büchern in einem kleinen Regal.

Isabell lächelte: „Schon gut, schon gut, ich komme nicht, um dein Haus auf Ordnung zu kontrollieren!"

Jetzt musste auch Gabi schmunzeln. „Willst du was trinken?"

„Oh ja, gerne!"

Gabi stellte zwei vor Sauberkeit blitzende Gläser und eine Flasche Orangensaft auf den Tisch und setzte sich zu Isabell. Die schenkte sich und ihrer Freundin Saft ein und bekam bei dem Anblick der intensiven frischen Farbe des Getränks Durst. Isabell trank einen Schluck, schlug ihre Beine übereinander und begann zu reden: „Das letzte Mal ... also, ich glaube, ich war nicht wirklich freundlich zu dir und ... ich wollte mich entschuldigen."

Gabi sah sie nachdenklich an, als Isabell fortfuhr: „Das mit meinen Kindern ist nicht wirklich einfach für mich und ... jetzt ist Martin auch schon seit gut einem Monat weg ... Mir wächst das alles über den Kopf, aber ..."

„Hey", beruhigte Gabi Isabell sanft, als sie bemerkte, dass ihrer Freundin eine Träne über die Wange lief, „das wird alles wieder gut!"

„Woher willst du das wissen?"

In diesem Moment wurde Gabi erst richtig klar, dass ihre Freundin sich wahrscheinlich seit dem Verschwinden ihrer Kinder kein einziges Mal richtig ausgeweint hatte. Beschämt darüber, bis jetzt nichts bemerkt zu haben, zog sie ihre Freundin zu sich heran. Isabell rollten die Tränen die Wangen hinunter und sie versuchte nicht, sie aufzuhalten. Sie merkte, wie gut es tat, sich ihren ganzen Kummer von der Seele zu schluchzen. Isabell wusste nicht, wie lange sie in den Armen ihrer Freundin gelegen hatte, als ihr Körper jedoch keine Träne mehr hergeben wollte, fühlte sie sich befreit, wie von einer Kette, die ihr Herz seit Monaten in einem eisernen Griff gefangen gehalten hatte.

***

Die Fackeln an den Wänden flackerten im Windzug und warfen lange Schatten an die Wände. In Edelweiß stieg die Wut auf, die sie seit mehr als zehn Jahren mit sich herumgetragen hatte, und machte sich in ihrem Brustkorb breit. Sie grub die Finger in den Saum ihres Kleides. Alex trat schützend zu ihr hinüber, während Francesco mit verstellt freundlicher Stimme sagte: „Warum trägst du denn deine Maske noch? Ich habe dein Gesicht doch schon gesehen."

Wie versteinert starrte Edelweiß den Forscher an. Ihre Hand begann zu zittern, als sie sich die Maske vom Kopf zog. Für den Bruchteil einer Sekunde konnte Edelweiß Entsetzen in Francescos Augen aufflackern sehen, bis er sich wieder fing und fragte: „Wie heißt du?"

Edelweiß wollte dem Forscher eine Antwort geben, doch sie bemerkte, dass ihre Stimme versagte. So senkte sie nur den Kopf und wartete auf eine weitere Reaktion. Francesco grinste provozierend und trat einen Schritt auf sie zu. Alex schob sich vor Edelweiß.

„Und wer bist du? Der Retter in der Not?", der Forscher lachte spöttisch.

Erst jetzt fiel Alex auf, dass der Mann gut zwei Köpfe größer war als er, und kam sich blöd vor, zu ihm aufschauen zu müssen. Francesco tat noch einen Schritt nach vorne und riss Alex die Maske vom Gesicht. Der warf einen Blick auf seine Freundin. Dann sprang er den Forscher an, der verwirrt ein paar Schritte zurücktaumelte.

„Lassen Sie uns bloß in Ruhe!", schrie Alex.

„Sonst passiert was?", fragte Francesco, holte mit der Hand aus und ehe

Edelweiß reagieren konnte, schlug er auf Alex ein. „Du solltest nicht Hand an jemanden legen, der größer und stärker ist als du!", brüllte er.

Alex hatte versucht, das Gleichgewicht zu halten, war aber zu Boden gefallen. Stöhnend fasste er sich an die Schläfe. Als Edelweiß zu ihrem Freund gehen wollte, hielt Francesco sie an der Schulter zurück.

„Wo sind Maria und Julia?", fragte er mit gefährlich leiser Stimme.

„Ich weiß es nicht", antwortete Edelweiß.

Francesco verstärkte seinen Griff an ihrer Schulter.

„Ich weiß es wirklich nicht!", meinte Edelweiß gequält.

„Lassen Sie sie in Ruhe!", vernahm das Mädchen plötzlich diese lang vertraute Stimme ihrer Mutter. Julia trat aus einer Ecke des Kellers in das Licht der Fackeln. Sie trug ebenso wie Maria, die hinter ihr stand, einen schwarzen Rock. Dazu eine rote Bluse und eine cremefarbene Schürze. Das lange dunkle Haare mit einer Klammer hochgesteckt, nur eine Locke hing nutzlos neben ihrem Gesicht hinunter. Edelweiß wusste nicht, wie sie diesen Moment beschreiben sollte. Ihre Beine begannen zu zittern, als ihre Mutter ihr in die Augen blickte. Trotz des spärlichen Lichts konnte Edelweiß die pazifikblaue Farbe ihrer Augen erkennen.

„Edelweiß", flüsterte Julia kaum hörbar und Edelweiß kam ihr eigener Name aus dem Mund ihrer Mutter erstaunlich vertraut vor.

„Edelweiß", wiederholte Francesco bewusst langsam, „ich wusste schon immer, dass du eine ausgeprägte Fantasie hast, Julia, aber die Idee, deine Tochter Edelweiß zu nennen, hätte ich dir nicht zugetraut."

„Woher wissen Sie, dass das meine Tochter ist?", fragte Julia hasserfüllt.

„Du hast lange nicht mehr in den Spiegel geschaut, Julia", meinte Francesco und während er Edelweiß musterte, fuhr er fort, „sie ist dein absolutes Ebenbild …"

Nachdenklich drehte der Forscher sich Alex zu, der seinen Kopf schonend auf seinen Arm gelegt hatte.

„Warum hast du nie erzählt, dass du ein Kind hast?", fragte er Edelweiß' Mutter.

„Warum hätte ich das tun sollen? Hätten Sie mich dann nach Österreich gehen lassen, als wäre nichts gewesen?"

Francesco schüttelte den Kopf: „Nein, das hätte ich nicht gekonnt, nachdem Claus mir schon entwischt war …"

„Claus war Ihnen nie entwischt!", stellte Julia klar, „Sie haben ihn gehen lassen."

„Warum hätte ich das tun sollen?", zischte Francesco wütend.

„Sie konnten ihn zu nichts mehr zwingen …", antwortete Julia angespannt, „nachdem seine Familie ums Leben gekommen war … Sie konnten ihn nicht mehr erpressen, dass Maite und Emilia etwas zustoßen könnte, und somit war er nicht mehr wie Wachs in Ihren Händen … so wie wir. Sie haben gemerkt, dass er Ihnen nicht mehr viel bringt, und haben ihn gehen lassen. Im Gegensatz zu mir, Rick, Maria und Hannes. Wir mussten alle um das Leben unseres Partners fürchten und konnten somit leicht zur Arbeit, zum Schweigen und zum Gehorsam gezwungen werden."

„Du warst schon immer klug!", spottete Francesco mit einem ironischen Unterton in der Stimme, doch das nahm Edelweiß gar nicht richtig wahr. Was hatte ihre Mutter da gerade gesagt? Claus hatte eine Familie gehabt? Aber das war doch unmöglich! Claus hätte ihr das doch erzählt! Oder nicht? Edelweiß' Gedanken drehten sich im Kreis. Als Francesco sie an beiden Oberarmen packte und so drehte, dass sie den Forscher anschauen musste, hörte Edelweiß, wie die Kellertür aufgezogen wurde.

„Francesco!", ertönte eine Frauenstimme mit leichtem Akzent, „bist du da unten? Deine Gäste warten auf dich!"

„Susanne!", entfuhr es dem Forscher leise, während er einen Blick auf seine silberne Armbanduhr warf. Er drückte eine Hand auf Edelweiß' Mund und bedeutete auch Julia und Maria mit einem vernichtenden Blick, still zu sein. Angespannt wartete der Forscher darauf, dass seine Freundin wieder ging. Alex, der immer noch auf dem Boden lag, nutzte den Moment, in dem Francesco ihm den Rücken zudrehte, und rappelte sich lautlos auf. Er schlich auf den Forscher zu. Maria war die Einzige, die ihn bemerkte. Sie warf Alex ein Blick zu, der so viel hieß wie „Das ist die Chance! Versuch, uns zu retten!" Alex nickte leise. Er holte mit dem Arm aus und stieß Francesco mit voller Wucht den Ellenbogen in den Rücken. Der Forscher gab einen Schmerzensschrei von sich. Er versuchte, sich zu Alex umzudrehen, musste aber dem Schmerz in seinem Rücken nachgeben und sank stöhnend auf die Knie. Mit aller Kraft versuchte er, Edelweiß festzuhalten.

„Francesco?", ertönte noch einmal Susannes Stimme, diesmal klang sie viel näher. Sie musste ihren Freund schreien gehört haben. Alex wurde bewusst, dass sie von hier verschwinden mussten, bevor Susanne sie sah. Dann hatten sie keine Chance mehr, zu entkommen. Entschlossen kniff Alex die Augen zusammen und schlug Francesco noch einmal an dieselbe Stelle. Der Forscher brüllte. Jetzt war er mehr mit sich selbst beschäftigt, als dass er Edelweiß noch festhalten konnte. Susannes Schritte in dem Kellergang wurden schneller und unregelmäßiger. Sie musste jetzt rennen. Alex stieß den Forscher zur Seite, wo er auch gekrümmt und stöhnend liegen blieb, und zog Edelweiß zu sich heran.

„Wir müssen schwimmen!", stellte er hektisch fest.

„Was?", Julia schüttelte den Kopf, „das geht nicht! Da werden wir nicht weit kommen!"

„Hast du einen besseren Vorschlag?", entgegnete Alex. Es war nur ein kurzer Augenblick Stille in dem Kellerraum, doch es kam allen wie eine Ewigkeit vor. Julia lauschte auf Susannes Schritte. Sie konnte jeden Moment auftauchen. Schnell nickte Edelweiß' Mutter und Maria meinte: „Einen Versuch ist es wert!"

Sie trat an den Rand des Kanals und sprang in das dunkle Wasser. Edelweiß griff nach Alex' Hand. Sie fühlte sich verschwitzt und kalt an.

„Wir schaffen das!", meinte Alex und diesmal war er mehr von seinen eigenen Worten überzeugt als jemals zuvor. Edelweiß lächelte ihn mit dem Lächeln an, das Alex schon oft das Herz erwärmt hatte. Sie nickte, holte tief Luft und dann sprangen sie gemeinsam in den Kanal. Das Wasser saugte sich sofort in Edelweiß' Kleidung und Haare. Dort, wo sie hineingesprungen waren, schäumte das Salz. Edelweiß ließ Alex' Hand nicht los, bis sie wieder aufgetaucht waren. Julia warf einen letzten Blick über die Schulter und sprang als Letzte. Alex drückte seine Freundin gegen die Wand, denn schon konnte man hören, wie Susanne den Raum betrat. Edelweiß hielt die Luft an und schaute sich entsetzt nach Maria und ihrer Mutter um. Maria hatte sich schon hinter einer Gondel versteckt. Julia ließ sich still neben ihre Tochter gleiten und duckte sich im letzten Moment aus Susannes Blickfeld.

„Francesco?!", Susannes Stimme bestand aus blankem Entsetzen, „oh mein Gott! Francesco!" Edelweiß sah, wie sie sich zu ihrem Freund hinunterbeugte. „Hilfe! Jemand muss mir helfen!" Susannes plötzlicher Aufschrei durchfuhr Edelweiß wie ein Blitz. Sie zuckte zusammen. Selbst Alex erschrak. Nach einem kurzen Augenblick musste Francescos Freundin bewusst geworden sein, dass sie da unten niemand hören konnte. Sie stand auf, wobei der Saum ihres rosenholzfarbenen Kleides raschelte, und rannte wieder zurück.

„Jetzt! Schnell!", zischte Alex und schwamm auf die breite Öffnung in der Mauer zu, die normalerweise für die Zufahrt von Booten bestimmt war.

„Wo sind wir hier?", fragte Alex verwirrt, als sie aus der Zufahrt herausgeschwommen waren.

„Geradeaus geht es in den Canal Grande und links sind diese ganzen verzweigten kleinen Kanäle", antwortete Maria.

Alex wählte den linken Kanal und schwamm, auf Geräusche achtend, voraus. Mit jeder Schwimmbewegung tat sein Kopf noch mehr weh, bis es ihm schwindelig wurde. Er versuchte, sich nichts anmerken zu lassen, doch als er schließlich alles verschwommen sah, jammerte er: „Mein Kopf tut weh! Ich kann alles nur noch verpixelt sehen!"

Maria schwamm besorgt zu ihm hinüber und versuchte, ihn über Wasser zu halten. „Wir müssen an Land", meinte sie.

Edelweiß war froh über den Vorschlag. Das nasse Kleid wollte sie unter Wasser ziehen wie ein Hai seine Beute. Julia zeigte schweigend auf eine Leiter am Rande des Kanals und half Maria, Alex dorthin zu ziehen. Mit vereinten Kräften gelang es ihnen, ihn aus dem Wasser zu hieven. Edelweiß kletterte als Letzte aus dem Kanal heraus. Ihre Mutter stand oben und schaute sie immer noch ungläubig an.

„Edelweiß", flüsterte sie noch einmal und genoss dabei jeden Buchstaben, den der Name ihrer Tochter beinhaltete.

„Mama", erwiderte das Mädchen glücklich und endlich war der Moment gekommen, in dem sie in den Armen ihrer Mutter liegen konnte. Sie fühlte ihren Herzschlag, als wäre es ihr eigener, und spürte ihren Atem über ihr Gesicht streifen wie eine Windböe in den Bergen. Julia streichelte ihrer Tochter zärtlich über den Kopf und drückte sie noch eine Spur fester an sich. Maria wartete geduldig und respektvoll, bis die beiden ihre Umarmung lösten. Dann fragte sie: „Wo sollen wir jetzt hin?"

„Wir schauen, wann die nächste Fähre nach Burano übersetzt. Dort haben Alex und ich jemanden kennengelernt, bei dem wir vorerst unterkommen können", antwortete Edelweiß.

Maria nickte. Erst jetzt fiel Edelweiß' Blick auf Alex, der bewusstlos am Boden lag.

„Oh je, was machen wir mit ihm?", fragte Julia, „wir können ihn doch niemals tragen!"

„Wenn wir uns abwechseln, geht das schon", entgegnete Maria zuversichtlich. Doch als sie versuchen wollte, ihn hochzuheben, versagte sie. Langsam schaute sie Julia an.

„Ich würde sagen, Edelweiß und ich gehen zur nächsten Anlegestelle und schauen, wann die Fähre übersetzt, und du bleibst mit Alex hier."

Man sah Maria an, dass sie nichts von der Idee hielt, doch sie widersprach nicht weiter. Gemeinsam trugen sie Alex zu einer geschützten Einbuchtung in einer Hauswand. Eine nahe gelegene Kirchturmuhr schlug genau einmal, als Julia und Edelweiß sich auf den Weg machten. Die Nacht war angenehm lau. In der Nähe bellte ein Straßenhund. Über der Stadt erstreckte sich ein atemberaubender Sternenhimmel. Dank Anne konnte Edelweiß sogar zwei Sternbilder erkennen: die nördliche Krone und Herkules, ein riesiges Sternbild, bei dem man Geschicklichkeit braucht, um die richtigen Sterne zu verbinden. Es dauerte ungefähr 10 Minuten, bis sie das Meer und somit auch eine Anlegestelle erreichten. Julia warf einen Blick auf den Plan und meinte dann: „Um sechs Uhr geht die erste Fähre nach Burano."

Edelweiß nickte. Sie wollte sich schon wieder auf den Rückweg machen, um Maria nicht allzu lange warten zu lassen, doch ihre Mutter hielt sie am Arm zurück.

„Edelweiß", begann Julia, langte sich in den Nacken, öffnete einen Kettenverschluss und ließ die Kette in ihre Hand fallen, „die Kette hast du mir mitgegeben als du knapp drei Jahre alt warst. Du hast damals gesagt, dass ich dich nicht vergessen soll. Und ich habe dich nicht vergessen! Damals habe ich mir vorgenommen, sie dir gleich zurückzugeben, wenn wir uns wiedersehen. Auch wenn das jetzt zehn Jahre gedauert hat …" Julia verstummte. Sie gab ihrer Tochter die Kette. Edelweiß betrachtete ihre Taufkette voller Freude. Sie legte sich die Kette um und berührte den Anhänger mit den Fingerkuppen. Dann schaute sie Julia an. Schließlich konnte sie ihre Tränen nicht mehr zurückhalten. Schluchzend fiel sie ihrer Mutter in die Arme. Diese hielt Edelweiß fest an sich gedrückt.

„Ich hab dich lieb!", flüsterte Julia mit vor Tränen glitzernden Augen. Sie presste ihr Gesicht in Edelweiß' nasses Haar, denn dort fielen die Tränen, die jetzt auch Julia unermüdlich die Wangen hinunterrollten, nicht auf …

***

„Erst ist endlich mal wieder was los und schon gehen wieder alle weg!", stöhnte Anne auf, als Claus, Katinka und ihr Vater sich von ihr verabschieden wollten, um die einwöchige Tour nach Italien anzutreten.

„Ach, jetzt wird es dir bestimmt nicht mehr so langweilig sein wie vor einer Woche", meinte Doktor Schrot amüsiert, „deine Arme sind schon fast wieder voll intakt. Du kannst jetzt also lesen und lernen. Deine Allgemeinbildung im Bereich Musik und Geschichte lässt schwer zu wünschen übrig."

„Ich interessiere mich eben nicht so für Napoleon und Bach."

„Ich weiß schon, du bist eher so ein Anne-Einstein-Typ", neckte der Arzt sie weiter.

Anne rollte demonstrativ mit den Augen, ehe sie und Doktor Schrot in lautes Lachen ausbrachen. Martin strich seiner Tochter sanft eine Strähne aus dem Gesicht: „Bis bald, meine Große!"

„Tschüss, Papa!", verabschiedete Anne ihren Vater und fügte mit ernster Stimme hinzu: „Bring mir Alex und Edelweiß wieder gesund nach Hause!"

Martin nickte mit einem Gesichtsausdruck, den Anne nicht deuten konnte. Er gab dem Arzt die Hand und schon wieder fiel Anne auf, dass Doktor Schrot sich nicht nach ihrem Vorhaben erkundigte. Anne wäre an seiner Stelle vermutlich schon geplatzt vor Neugierde, doch der Arzt nahm die Tatsache, dass ihn niemand aufklären wollte, locker hin. Als Claus, Martin und Katinka dann ihr Zimmer verließen, beherrschte sie wieder diese bedrohliche Stille. Das gleichmäßige dumpfe Ticken der schmucklosen Wanduhr versetzte Anne fast wie in Trance. Der Himmel kündigte die Nacht an, trotzdem war sie viel zu aufgedreht, um jetzt schon schlafen zu können. Sie langte neben sich auf das Nachtkästchen, wo Doktor Schrot ihr einen Block und ein paar Stifte hingelegt hatte. Sie wählte einen gut gespitzten Bleistift aus und begann zu zeichnen. Schon bald konnte man erkennen, dass Annes Zeichnung den Planeten Saturn mit seinen Ringen aus vereistem Gestein darstellen sollte. Daneben malte sie einen kleineren Himmelskörper, unter den sie schrieb: Titan: größter Saturnmond; zweitgrößter Mond in unserem Sonnensystem; einziger (den Menschen bekannter) Mond mit einer dichten Atmosphäre; Besonderheiten: Auf Titan regnet es; in Milliarden von Jahren, wenn die Sonne zu einem roten Riesenstern expandiert ist, könnte es auf dem Mond so warm werden, dass Leben entstehen kann.

Fasziniert über ihr eigenes Hobby, das Universum, lehnte Anne sich zurück und betrachtete noch einmal ihre Zeichnung. Während sie sich ein neues Blatt nahm, um Uranus zu malen, dachte sie an Edelweiß und ihren Bruder. Aus ihrer anfänglich überstürzten Reise war nun viel mehr geworden, eine Mission. Claus, Martin, Katinka und wer weiß, wie viele Leute noch, setzten sich dafür ein, dass Alex und Edelweiß, und somit auch Edelweiß' Eltern, wieder unversehrt nach Hause zurückkommen. Nur sie selbst lag nutzlos bei einem Arzt, ohne auch nur annäherungsweise etwas tun zu können. Sie fühlte sich schrecklich bei dem Gedanken daran, dass ihre Freunde gerade um ihr Leben kämpfen könnten, während sie im Bett lag und malte. Anne schreckte auf, als es klopfte und Doktor Schrot das Zimmer betrat. Er hatte eine Tasse Tee in der Hand, die augenblicklich alles mit einem starken Duft nach Kirsche ausfüllte. Außerdem trug er einen Teller mit Keksen, den er geübt balancierte und auf Annes Nachttischchen abstellte. Als er seiner Patientin die Tasse reichte, fiel sein Blick auf ihre Zeichnung.

„Anne", begann er, ehrlich erstaunt, „das ist ja unglaublich gut!"

„Jetzt kommt bestimmt gleich, dass in mir ein wahrer Picasso steckt, oder?", meinte Anne grinsend, ohne auf das Lob einzugehen. Doktor Schrot schmunzelte und betrachtete weiter das Bild.

„Da drüben liegt noch mehr", Anne nickte mit dem Kopf in Richtung Tisch.

Der Arzt trat an den Tisch und öffnete eine dunkelbraune Ledermappe. Ihm quollen unzählbare Zeichnungen entgegen.

„Das hast du alles in den letzten Tagen gemalt? Seit du wieder etwas mit deinen Armen machen darfst?", fragte er verblüfft.

„Soll das ein Scherz sein!", empörte sich Anne, „was könnte ich denn anderes machen, als mir mit Malen die Zeit zu vertreiben?"

Als Doktor Schrot amüsiert grinste und etwas sagen wollte, kam Anne ihm zuvor: „Und wehe Sie sagen jetzt, dass ich meine Allgemeinbildung hätte verbessern können!"

Der Arzt lachte auf, ehe er meinte: „Das wollte ich gerade vorschlagen!

Und außerdem habe ich dir schon vor Ewigkeiten angeboten, dass du mich duzen darfst."

„Stimmt", Anne nickte und nahm sich ein Mandelplätzchen von dem Teller. Genüsslich schob sie es sich in den Mund, während der Arzt ihre Bilder durchblätterte. Merklich beeindruckt musterte er Zeichnungen von den Planeten unseres Sonnensystems, der Milchstraße und anderen Galaxien, Sternbildern, der Sonne und kompliziert aussehenden Sternkarten.

„Das hast du alles so im Kopf?", fragte Doktor Schrot und hielt eine Sternkarte hoch.

„Meistens vergesse ich ein paar Sterne oder verwechsel die Beschriftungen, aber im Großen und Ganzen habe ich das im Kopf."

„Vielleicht bist du doch eine Verwandte von Albert Einstein", merkte der Arzt an und ließ dabei seinen Blick über Formeln und Bezeichnungen gleiten. Anne lächelte und nippte vorsichtig an ihrem Tee.

„Wie schaffst du es nur, mit einem einzigen Bleistift solche guten Bilder zu malen?"

„Das ist alles Übung. Ich mache das schon seit Jahren. Bei uns zu Hause setze ich mich oft abends einfach auf die Terrasse und male den Sternenhimmel ab."

„Du solltest das mal mit Wasserfarben probieren. Das würde bestimmt fabelhaft aussehen!"

„Vergiss das bloß wieder! Ich hasse Wasserfarben!"

„Ach komm, vielleicht macht es dir ja sogar Spaß! Probier es wenigstens mal!", Doktor Schrot ging zur Tür. „Ich hole dir Farbe und Pinsel."

„Untersteh dich!", schimpfte Anne, „denkst du, ich habe nichts Besseres zu tun, als deine verrückten Ideen in die Tat umzusetzen?"

„Ach ja, was hast du denn Besseres zu tun?", fragte der Arzt hinterhältig und verließ mit einem fröhlichen Grinsen das Zimmer. Anne musste über ihre eigenen Worte lachen. Sie hatte sich praktisch mit ihren eigenen Waffen geschlagen. Jetzt kam sie wohl nicht mehr drum herum, Doktor Schrot seinen Wunsch zu erfüllen. Anne lehnte sich in ihr dickes, frisch bezogenes Kissen zurück und schob sich noch einen Keks in den Mund. Der Geschmack nach Brombeere machte sich in ihrem Gaumen breit und erfüllte ihre Sinne mit warmen Gefühlen. Sie ließ sich von diesen Gefühlen in den

Schlaf begleiten, einen ruhigen Schlaf, den viele schöne Träume verzierten, wie Kerzen und bunte Glaskugeln einen Christbaum.

***

Edelweiß hätte schlafen können, während sie mit Maria, Alex und ihrer Mutter in der Hausnische auf den nächsten Morgen gewartet hatte. Doch das beängstigende Gefühl, Francesco Domenico hätte sie doch noch finden können, hatte sie wachgehalten. Erst jetzt, wo sie sich auf der Fähre befanden und Venedig hinter sich ließen, konnte sie sich einigermaßen entspannen. Die Fähre hatte sie von den letzten Geldmünzen, die sie in Alex' Hosentasche gefunden hatte, bezahlt. Edelweiß beugte sich über die Reling. Der Fahrtwind zerrte an ihrer aufgelösten Frisur und dem leichten Stoff ihres saphirblauen Kleides. Sie warf immer wieder besorgte Blicke auf Alex, der am Boden lag und seit er in Venedig das Bewusstsein verloren hatte, nicht wieder aufgewacht war. Julia hatte ihre Hand auf die Schulter ihrer Tochter gelegt. Edelweiß kam das fremd vor, doch sie genoss diese Gefühle der Geborgenheit, die sie so lange vermisst hatte. Sie war furchtbar müde und verspürte einen stechenden Schmerz in ihrer Schläfe. Edelweiß erschrak, als Alex plötzlich zu husten anfing. Schnell beugte sie sich zu ihm hinunter.

„Wo …", begann Alex, brach aber stöhnend ab.

„Wir sind auf der Fähre nach Burano", klärte Edelweiß ihn auf, „Mama und Maria sind auch da …"

Alex lächelte gequält.

„Danke!", flüsterte Edelweiß und gab ihm einen sanften Kuss auf die Wange. Warme Gefühle füllten Alex' Herz aus, wie geschmolzenes Metall, das in eine Form gegossen wurde. Verbissen musste er feststellen, dass seine Kopfschmerzen noch nicht besser geworden waren.

„Was sagen wir Antonio und Marco in Burano, wenn wir auf einmal mit meiner Mutter und Maria dort auftauchen?", fragte Edelweiß vorsichtig.

„Dass die beiden uns schon immer mal besuchen wollten und wir uns kurzfristig überlegt haben, dass sie ja eigentlich gleich mitkommen könnten, wenn wir wieder nach Österreich gehen."

„Denkst du, das glauben sie uns?", überlegte Edelweiß zweifelnd.

„Hast du eine bessere Idee?", entgegnete Alex knapp.

Edelweiß schüttelte den Kopf. „Aber was sollen wir sagen, warum wir nass, nach Kanal stinkend dort ankommen und meine Mutter und Maria Hausmädchenkleidung tragen?", hakte sie nach.

„Danach werden sie nicht fragen", antwortete Alex schwach, „Und wenn doch, überlegen wir uns kurzfristig eine Ausrede."

Alex begann zu husten und Edelweiß beschloss, ihn nicht weiter mit Fragen zu quälen. Stattdessen erzählte sie Julia und Maria, welche Geschichte sie Marco und Antonio auftischen würden, was die Anwesenheit der Forscherinnen betraf. Beide stimmten dem Plan, Antonio und seinem Vater nicht die Wahrheit zu sagen, sofort zu. Sie durften ihre vergangene Geschichte und die Verwandtschaft zwischen Julia und Edelweiß auf keinen Fall an die große Glocke hängen. Das Boot verringerte seine Geschwindigkeit und hielt schließlich in der Nähe einer Kanaleinmündung auf Burano an. Obwohl für diese Zeit schon verblüffend viele Menschen in den Gässchen unterwegs waren, stieg bei dieser Haltestelle außer Edelweiß, Alex, Maria und Julia niemand aus oder ein. Alex war sehr wackelig auf den Beinen und seine Kopfschmerzen zwangen ihn, ab und zu stehen zu bleiben. Doch mithilfe von Edelweiß' Mutter und Maria konnte er wenigstens selbstständig gehen. Edelweiß hatte sich den Weg von Antonios Zuhause zur Anlegestelle besonders gut eingeprägt und führte ihren Freund und die Forscherinnen zielsicher zu dem feigenfarbenen Haus. Als sie auf den silbernen Klingelknopf drückte, stand die Sonne schon gut sichtbar über dem Horizont und warf lange Schatten durch die Gassen. Edelweiß wartete geduldig, bis sie jemanden die Treppe hinuntergehen hörte. Marco zog verschlafen die Tür auf.

„Oh, haben wir dich geweckt?", fragte Edelweiß bestürzt und ärgerte sich, vergessen zu haben, dass Marco und sein Sohn wahrscheinlich noch geschlafen hatten.

„Ja", bestätigte Marco ihre Gedanken, schaute dann aber umso neugieriger auf die Forscherinnen.

„Äh ja …", begann Edelweiß zögernd und tischte dann so gut sie konnte die Lüge auf, die Alex sich ausgedacht hatte. Sie wusste, dass sie nicht glaubwürdig klang, und erinnerte sich, nachdem sie Marco die Geschichte erzählt hatte, was Anne einmal zu ihr gesagt hatte: „Wenn du irgendwen mal anlügen musst und er dir nicht glaubt, dann quatsch ihm einfach mit sämtlichem Mist die Ohren voll. Glaub mir, das hilft!"

„Ja, natürlich könnt ihr noch ein bisschen dableiben", versicherte Marco Alex gerade skeptisch.

Als er gerade zu einer Frage ansetzen wollte, beschloss Edelweiß, Annes Rat zu befolgen und platzte heraus: „Das ist ja toll! Wir würden uns jetzt nämlich gerne umziehen. Wir sind nass, es hat nämlich geregnet …, also …"

Alex warf ihr einen alarmierten Blick zu.

„Also …", Edelweiß suchte verzweifelt nach einer Ausrede.

„Unser Gastgeber hat alle seine Gäste in den Garten gelockt, wo dann der Rasensprenger anging. Die Gäste konnten zwar alle über diesen Witz lachen, aber auf Dauer wurde es dann doch kalt in den nassen Sachen. So haben wir beschlossen, eher zurückzugehen. Hoffentlich macht das nicht allzu große Umstände", Alex hatte wie immer eine perfekte Lüge parat. Marco konnte nichts mehr erwidern und führte seine Gäste ins Wohnzimmer. Er brachte ihnen Bettlaken und Wolldecken. Nach kurzem Zögern, Edelweiß machte sich schon auf weitere Fragen gefasst, verließ er sie und trottete die Treppe nach oben, um sich noch für ein paar Stunden hinzulegen. Edelweiß gab Maria und Julia Kleider von sich, die zwar nur knapp passten, aber immerhin nicht auffällig zu klein waren. Als alle wieder trockene Kleidung am Körper hatten, legten sie sich hin. Die Forscherinnen schliefen zusammen auf dem breiten Ledersofa, Alex und Edelweiß rollten sich auf einem espressofarbenen Teppich in ihre Decken ein. Edelweiß hatte befürchtet, vor lauter Aufregung nicht einschlafen zu können, doch sie hatte sich geirrt. Kaum konnte sie ihre Glieder unter dem weichen Stoff ihrer Decke entspannen, schlief sie auch schon ein. Sie hätte nicht sagen können, wie spät es war, als sie wieder aufwachte, aber sie fühlte sich so ausgeschlafen und fidel wie seit Langem nicht mehr. Edelweiß streckte sich und stand schwungvoll auf. Außer ihr war noch niemand wach. Sie trat an eines der Fenster und zog es auf. Eine angenehm warme Luft drängte sich ins Zimmer. Die Sonne stand schon hoch am Himmel. Fast kein Boot war in den Kanälen angebunden. Es war Wochenende und die Familien machten wahrscheinlich alle einen Ausflug ans Festland. Auch Marcos Motorboot war nicht da. Edelweiß zog sich lautlos um und verließ auf Zehenspitzen das Zimmer, um niemanden zu wecken. Sie hörte durch die geschlossene Küchentür die gedämpft klingende Stimme von Antonio. Sie klopfte an und öffnete die Tür einen Spalt breit. Sie sah Calimero auf einem der Küchenstühle sitzen. Antonio kniete vor ihm. Als der

Hund Edelweiß erblickte, sprang er von dem Stuhl herunter und düste auf sie zu. Er sprang an ihren Beinen hoch und Edelweiß nahm ihn auf den Arm.

„Na endlich!", stöhnte Antonio auf. Als Edelweiß verständnislos die Augenbrauen zusammenzog, klärte er sie auf: „Calimero liebt es, mich zu ärgern. Er setzt sich dauernd auf den Stuhl und wenn ich ihn runterhebe, kann ich damit rechnen, dass er zwei Minuten später wieder dort sitzt!"

„Und warum darf er sich nicht dorthin setzen?"

„Ein paar Manieren sollte man ihm schon beibringen."

„Warum hat er denn keine Manieren, wenn er sich auf einen Stuhl setzt?", fragte Edelweiß mit gespielter Empörung.

Antonio warf ihr einen schmunzelnden Blick zu und fragte dann: „Willst du was trinken?"

„Oh ja!"

Antonio stellte zwei Gläser auf den Tisch und schenkte Apfelsaft ein. Edelweiß setzte Calimero in sein Körbchen, wo er auch artig sitzen blieb. Danach nahm sie am Tisch Platz und trank einen Schluck von ihrem Saft. Antonio setzte sich zu ihr.

„Wann wollt ihr eigentlich wieder zurück nach Hause?", fragte er nach einer Weile.

„Sobald es geht. Wir können unsere Gäste ja nicht ewig warten lassen …", Edelweiß tat es weh, Antonio anzulügen.

Dieser nickte bedrückt und sagte: „Mein Vater muss heute Abend zu der Fattoria, bei der wir uns auch kennengelernt haben. Er hat gesagt, dass er euch wieder bis dorthin mitnehmen kann."

Edelweiß nickte langsam. Erst jetzt bemerkte sie, wie sehr sie Antonio mochte. Sie kannte ihn seit nur einem Tag und doch war er ihr sehr vertraut. Ihr Blick blieb an dem Lederarmband hängen, das Antonio ihr geschenkt hatte. Am selben Arm befand sich auch das Band, das sie kunstvoll aus Gräsern geflochten hatte, als sie und ihre Freunde erst wenige Tage unterwegs waren und sie immer noch mit dem Gedanken gespielt hatten, wieder umzukehren. Damals war Anne sehr sauer auf sie gewesen wegen der überstürzten Reise. Edelweiß' Freundin hatte viele Opfer gebracht, unter anderem das Vertrauen ihrer Eltern, um sie zu begleiten. Anne hatte zwar an Edelweiß' Vorhaben gezweifelt, aber nie an ihrer Freundin selbst. Edelweiß schreckte aus ihren Gedanken auf, als Antonio sie fragte: „Vielleicht können wir uns ja ab und zu Briefe schreiben?"

„Das dürfte schwer werden ...", meinte Edelweiß zweifelnd.

„Warum denn?", verständnislos verschränkte Antonio die Hände hinter dem Kopf.

„Ich weiß, das hört sich jetzt komisch an ...", begann Edelweiß zögernd, „aber unser Dorf ist völlig abgeschieden von der Außenwelt. In keiner Landkarte wirst du Rabenstein finden. Die Wanderkarten zeigen von dort, wo ich wohne, nur grüne Wiesen oder Wald. Alle Briefe, die du an mich schreibst, werden irgendwo hängen bleiben, weil Rabenstein keine Postleitzahl besitzt."

„Aber irgendwer muss doch mal euer Dorf gesehen haben. Wanderer oder Menschen, die die Alpen überqueren ..."

„Natürlich kommen gelegentlich Wanderer nach Rabenstein, aber niemand hat bis jetzt anderen Leuten von dem Dorf erzählt. Die meisten finden es sogar faszinierend, Rabenstein bei ihrer Wanderung oder Durchreise gefunden zu haben, und sehen es als ihre Pflicht an, über das Dorf und seine Einwohner zu schweigen."

Antonio schaute sie ungläubig an. Edelweiß konnte sich denken, wie unrealistisch die Geschichte für ihn klingen musste.

„Meine Tante", fuhr Edelweiß schnell fort, „hat eine Bekannte in Salzburg. Dort lässt sie ihre Briefe hinschicken und holt sie immer ab. Wenn du willst, kann ich dir ihre Adresse geben."

„Ja, das wäre schön", Antonio nickte und legte ihr einen Zettel und einen frisch gespitzten Bleistift hin. Edelweiß musste kurz überlegen. Sie war einmal mit ihrer Tante in Salzburg gewesen. Damals war sie knapp fünf Jahre alt. Sie schaffte es dennoch, sich die Adresse ins Gedächtnis zu rufen. Als sie ihren Apfelsaft ausgetrunken hatte, meinte Antonio bedrückt: „Naja, dann solltest du mal Alex und eure Bekannten aufwecken."

Edelweiß schaute ihn entgeistert an, ehe sie mit einem Blick auf eine laut tickende silberne Uhr feststellte, dass es bereits fünf Uhr nachmittags war. Sie nickte und ging hinüber ins Wohnzimmer.

„Alex", Edelweiß beugte sich über ihren Freund, „Alex, aufwachen!"

Alex blinzelte sie benommen an. Ab diesem Zeitpunkt bekam Edelweiß alles nur noch wie in Trance mit. Später konnte sie sich nur noch daran erinnern, dass sie ihre Mutter und Maria geweckt hatte, Antonios Vater nach Hause gekommen war und dieser mit ihnen nach einem tränenbitteren Abschied von Antonio und Calimero über die glitzernde tiefblaue Adria zurück ans Festland gefahren war. Er hatte die Pferde in den Anhänger verladen und war ohne einen Zwischenstopp bis zu der Fattoria in der Nähe des Meeres durchgefahren. Auf der Fahrt wurde kaum geredet und Edelweiß hatte die ganze Zeit den bitteren Geschmack von Galle im Mund. Erst als sie wieder aus dem Auto stiegen und Edelweiß die frische Luft einatmen konnte, entspannte sie sich ein wenig. Alex bedankte sich ausführlich bei Marco.

„Wie wollt ihr zu viert auf zwei Pferden reiten?", fragte dieser, als er schon wieder in sein Auto steigen wollte.

„Ach, das ist kein Problem", antwortete Alex, „wir reiten zu zweit auf einem Pferd. Das geht schon!"

„Na gut, okay." Marco winkte zum Abschied.

Als er weggefahren war und nur noch eine Staubwolke in der heißen Sommerluft hing, meinte Alex jetzt weniger zuversichtlich: „Na dann, probieren wir es mal."

Als Alex und Maria auf Joker und Edelweiß mit ihrer Mutter auf Venus saßen und Edelweiß vorsichtig ihr Pferd antrieb, bemerkte sie, wie froh sie war, wieder im Sattel zu sitzen und Venus gleichmäßiger Bewegung mit der Hüfte zu folgen. Als die flammenfarbene Sonne sich allmählich auf den Horizont zu bewegte, sagte Edelweiß mit einer entschieden klingenden Stimme: „Ich glaube, es ist Zeit, dass ihr uns ein bisschen was erklärt!"

Julia atmete hinter ihr tief ein. Als sie nichts erwiderte, drehte Edelweiß ihren Kopf herausfordernd zu ihr hin.

„Ich habe keine Ahnung, wo ich da anfangen soll", Julia zuckte mit den Schultern.

„Du hast im Keller von Francesco Domenico irgendwas von Claus' Familie gesagt", begann Edelweiß verwirrt, „soweit ich weiß, hat er aber doch gar keine Familie ..."

„Okay ...", Julia spannte die Schultern an, „dann fang ich mal ganz am Anfang an. Ich habe deinen Vater kurz vor meinem 16. Geburtstag kennengelernt. Rick war damals schon 18 Jahre alt. Ich habe schon studiert. Weißt du, Edelweiß, meine und somit auch deine Vorfahren haben alle Medizin studiert. Ich bin in einer reichen Familie aufgewachsen. Mir konnten Privatlehrer gezahlt werden und so war ich anderen Jugendlichen in meinem Alter, was das Schulische betrifft, schon weit voraus. Dein Vater und ich haben uns verliebt ..."

Edelweiß entging nicht Alex' Blick, den er ihr bei den Worten ihrer Mutter zuwarf.

„Rick hat sein Wirtschaftsstudium abgebrochen und zusammen mit mir studiert. Das hat deinem Großvater aber überhaupt nicht gefallen. Rick hat sich sehr mit ihm gestritten. Er hat deinen Vater sofort enterbt. Doch Rick wollte nach unserem Studium unbedingt in sein geliebtes Dorf zurückkehren. Er hat uns die Hütte an dem Berghang gebaut. Ich bin sofort mit ihm nach Rabenstein gegangen. Mich hat vor allem nach der Kriegszeit nichts mehr in Wien, meiner Geburtsstadt, gehalten. Alle meine Verwandten sind wegen des Krieges geflohen oder gefallen ..." Julia schluckte, ehe sie mit rauer Stimme fortfuhr: „Ich hatte gehofft, in Ricks Umfeld wieder neue Bekanntschaften schließen zu können, aber das war gar nicht so einfach."

„Wieso?", Edelweiß schüttelte verwundert den Kopf, „alle Menschen, die in Rabenstein wohnen, sind doch sehr nett."

„Die Einwohner von Rabenstein hassen es, neue Leute in ihr Dorf zu bekommen. Je mehr Menschen von dem Dorf wissen oder sich ihm anschließen, umso größer ist die Wahrscheinlichkeit, dass die Außenwelt von Rabenstein erfährt. Und genau das wollen die Einwohner nicht. Alle schützen das Geheimnis dieses Dorfes. Die Einwohner sind auch in keinem Register beim Staat verzeichnet, doch es war nicht schwer, mich aus diesen Registern verschwinden zu lassen, nachdem der Krieg so viele Menschenleben gefordert hatte und viele Leute auch einfach nur vermisst blieben. Die Einzigen aus dem Dorf, mit denen ich mich gleich angefreundet habe, waren Isabell und Martin. Du, Alex, warst damals knapp ein halbes Jahr alt. Rick und ich haben geheiratet und das Dorf hat mich langsam in seine Gemeinschaft aufgenommen. Außer Nora, deine Tante. Sie hat sich nie damit abfinden können, eine Frau an der Seite ihres Bruders zu sehen. Rick hat immer gemeint, dass zwischen ihnen eine besondere Bindung war, von der er sich mit der Zeit gelöst hatte. Er hat versucht, Nora zu erklären, dass sein Leben nicht nur aus seiner Schwester bestehen konnte. Doch deine Tante hat das nie wirklich eingesehen. Als ich dann zwei Jahre später dich zur Welt gebracht und vorgeschlagen hatte, dich Edelweiß zu nennen, wie die erste Blume, die Rick mir geschenkt hatte, hat Nora sich geschworen, deinen Namen nie in den Mund zu nehmen. Sie wollte mich damit verletzen, aber ich habe sie nach einer Zeit nicht mehr wirklich ernst genommen. Ich habe mich gefragt, wie verrückt man sich machen konnte, bloß weil der Bruder eine Frau gefunden und eine Familie gegründet hatte. Darüber müsste man sich doch eigentlich freuen. Die acht Jahre Gefangenschaft bei Francesco haben mir dann erst gezeigt, wie sehr man andere Menschen vermissen kann. Ich habe immer gewusst, dass es dir in der Obhut deiner Tante gut geht, habe aber trotzdem in schrecklicher Angst um dich gelebt. Diese Angst hat mich fast noch mehr gequält als die Sehnsucht, dich wiederzusehen. Während einer Fortbildung in Wien haben wir dann Claus kennengelernt. Er hat zu dieser Zeit in Wien gelebt, zusammen mit seiner Frau Maite und seiner fünfjährigen Tochter Emilia. Wir haben uns immer mehr mit Claus angefreundet. Wir haben ihm auch irgendwann mal Rabenstein gezeigt. Als du knapp drei Jahre alt warst, gab es wieder einen Auftrag für uns: Wir sollten in die italienischen Alpen, da dort eine Höhle vermutet wurde, in der sich große Schätze verbergen könnten. Diesen Auftrag sollten wir und Claus aber zusammen mit zwei anderen Forschern ausführen. Francesco Domenico und Riccardo Montebello. Da wir uns aber nicht wirklich verstanden haben, weil wir uns schon früher, was das Forschen anging, hohe Konkurrenz geboten haben, mussten sich unsere Vorgesetzten für ein Team entscheiden. Rick, Claus und ich hatten schon weitaus mehr Erfahrung, was das Forschen anging. Deshalb wurde dieser wichtige Auftrag uns zugeteilt. Es war ein Jahr für das Erforschen dieser Höhle angesetzt. Mir hat es einen Stich ins Herz versetzt, dich so lange verlassen zu müssen, aber Rick meinte damals, dass wir, obwohl wir ein Kind haben, trotzdem noch arbeiten gehen sollten. Und damit hatte er recht. Deine Tante wollte uns nicht versorgen, da sie immer noch wütend auf Rick war, und wir waren froh, wenn Alex' Eltern uns finanziell unterstützt haben. Aber Isabell und Martin haben dieses Geld genauso dringend gebraucht wie wir. Rick und ich hatten keine Ersparnisse. Wir wollten nicht unser Leben lang auf andere angewiesen sein. Wir wollten wieder unser eigenes Geld verdienen. Dass das damit zusammenhing, dich für einige Zeit zu verlassen, Edelweiß, mussten wir einsehen."

Edelweiß starrte auf den Horizont, wo sich schon die Berge vor dem dämmrigen Himmel erkennen ließen. Ein frischer Wind kam auf, der die abgestandene Hitze des Tages auflöste. Vor ihnen erstreckten sich verschiedenfarbige Felder, auf denen in voller Pracht das Getreide stand. Die Wegränder säumte ein Streifen aus blutfarbenen Mohnblumen, die sich in der abgekühlten Luft langsam von den brennenden Sonnenstrahlen des Tages erholt hatten.

Als Julia mit ihrer Erzählung fortfuhr, klang ihre Stimme bedrückt: „Rick hat mit seiner Schwester geredet, ob sie dich für dieses eine Jahr aufnehmen würde. Zu meiner Überraschung hat sie sofort eingewilligt. Zuerst haben wir überlegt, dich zu Alex' Eltern zu bringen, aber die hatten damals genug zu tun. Sie mussten einen Reiterhof leiten und hatten gleichzeitig selbst zwei kleine Kinder. Schließlich sind wir dann im Frühjahr 1975 zusammen mit Claus zu dieser Höhle aufgebrochen. Schon nach wenigen Wochen hat sich die vermutete Höhle allerdings als ein riesiges Höhlensystem entpuppt. Wir haben unbedingt Verstärkung gebraucht. Wir haben uns schon damit abgefunden, doch mit Domenico und Montebello zusammenarbeiten zu müssen, aber die haben, nachdem sie gefragt wurden, abgelehnt. Wir haben vermutet, dass ihr Stolz sie davon zurückgehalten hat, ja zu sagen. Dann wurden Hannes und Maria gefragt, die ebenfalls schon ziemlich erfahrene Forscher waren. Wir haben sie schon von früher her gekannt und waren erfreut, dass sie von nun an mit uns zusammen forschen würden. Ein Jahr lang haben wir nur Höhlengänge erkundet, Gesteinsproben genommen, Karten gezeichnet und uns so tiefer in die Erde hineingearbeitet. Keiner hat verstanden, warum wir das freiwillig tun, doch für uns war das einfach Faszination und Herausforderung zugleich."

Edelweiß drehte sich zu ihrer Mutter um und sah ein feuriges Glitzern in ihren tiefblauen Augen.

„Aber dann …", ein dunkler Schatten fiel über Julias Gesicht, „dann nach einem Jahr und nur wenigen Tagen, die wir selbst überzogen haben, hielten wir fünf, Rick, Maria, Hannes, Claus und ich, gerade eine Besprechung im Büro, das eigentlich eher ein Container neben dem Höhleneingang war. Auf einmal standen sie in der Tür, Riccardo Montebello und Francesco Domenico. Beide hatten ein Messer in der Hand … Riccardo hat Maite, Claus' Frau, brutal am Arm festgehalten. Emilia hat sich laut weinend am Bein ihrer Mutter festgeklammert. Francesco hat rumgebrüllt, dass wir nicht in der Lage wären, diese Forschungen zu leiten und dass das jetzt ein Ende hat. In diesem Moment haben wir, glaube ich, alle gedacht, sie würden uns kaltblütig umbringen …" Julias Stimme versagte. Entsetzt schaute Edelweiß zu Alex hinüber. Maria schaute Edelweiß' Mutter an, während sie mit deren Erzählung fortfuhr: „Francescos Augen haben vor Tatendrang gebrannt. Er hat Julia gepackt und ihr das Messer an den Hals gedrückt … Rick hat ihn angeschrien, was er denn von uns will. Darauf ist Francesco nicht eingegangen. Er hat gesagt, dass wir jetzt alle in den Anhänger von einem Auto steigen sollen, das vor der Tür gestanden hat. Dann hat Claus Ricks Frage wiederholt, was er denn von uns will, und hat geschrien, er würde sich niemals erpressen lassen. Francesco hat ihn mit plötzlich sehr leiser Stimme gefragt, ob er sich nicht einmal mit seiner Frau und seiner Tochter erpressen ließe. Claus hat total hysterisch gelacht und Francesco angefaucht, er würde sich sowieso nicht trauen, Maite und Emilia etwas anzutun. Als Francesco darauf nicht eingegangen ist, hat Claus ihn total provoziert. Er hat gesagt, er wäre neidisch auf uns, da er weiß, dass er selbst nie so eine Karriere machen wird. Rick hat Claus entsetzt angeschrien, dass er still sein soll und das Leben seiner Familie nicht aufs Spiel setzen soll, doch es war schon zu spät. Francesco hat den Schlüssel unseres Containers vom Tisch genommen, Emilia am Arm gepackt und aus dem Container gestoßen. Er hat hinter sich die Tür zugeschlossen und uns und Riccardo, der immer noch Maite das Messer an die Kehle gedrückt hat, eingesperrt. Durch die Glastür hindurch hat er Claus angebrüllt, dass er zu weit gegangen war und er keine Ahnung habe, wozu er in der Lage war. Dann hat er Emilia, die herzzerreißend geweint hat, auf die Beine gestellt und hinter sich hergezogen. Als die beiden aus unserem Sichtfeld verschwunden waren, war es plötzlich bedrückend im Container. Ich habe gesehen, wie Maite leise Tränen über die Wangen gerollt sind, wie glitzernde Bergkristalle. In den Augen aller anderen stand das blanke Entsetzen. Es ist mir wie eine Ewigkeit vorgekommen, bis auf einmal ein gequälter Schrei von Emilia die Stille der Berge wie ein Messer durchtrennt hat. Der Schrei war langgezogen und als er schließlich mit einem Mal verstummt ist, überkam uns alle ein schreckliches Panikgefühl. Maite ist in den Armen von Riccardo zusammengebrochen … Claus hat wie verrückt den Namen seiner Tochter gerufen. Als Francesco dann kurze Zeit später zurückgekommen ist …" Maria schüttelte den Kopf und wischte sich mit dem Ärmel ihres Kleides die Tränen aus den Augen.

„Was war, als Francesco zurückgekommen ist?", fragte Edelweiß sie mit sanfter Stimme.

„Das Messer und seine Hände waren voller Blut … Das hört sich jetzt an wie in einem Gruselroman, aber wie kann ein Mensch nur so grauenhaft sein und anderen Menschen, noch dazu kleinen Kindern, etwas Derartiges antun? Und das nur um … nur um …" Maria fehlten die Worte. Selbst Edelweiß, die das alles nicht miterleben musste, war entsetzt über so viel Grausamkeit, die im Inneren eines einzelnen Menschen schlummern konnte.

„Als Francesco wiedergekommen ist und uns ein weiteres Mal aufgefordert hat, in den Anhänger zu steigen, wollte Claus an ihm vorbei und im Wald nach seiner Tochter suchen, doch plötzlich standen dann noch vier andere Männer dort. Sie haben sich auf Claus gestürzt und ihn in den Anhänger geschleppt. Wir anderen sind ihm total verstört gefolgt. Maite haben sie auch in den Anhänger gelegt. Sie sind mit uns losgefahren. Wir wussten nicht, wohin. Als sie schließlich angehalten haben, war es schon tiefe Nacht."

„Aber wie sind Francesco und Riccardo dann zu den Höhlenbesitzern geworden?", fragte Alex ein wenig verwirrt.

„Sie haben einen höheren Gang gesprengt. Dann wurde einer dieser vier Männer, die sich als ihre Verbündeten entpuppt haben, von ihnen zu unseren Vorgesetzten geschickt. Er hat ihnen erzählt, er wäre im Wald spazieren gegangen und ist dabei auf den Höhleneingang gestoßen, aus dem Nebel und der Gestank nach Dynamit gequollen ist. Unser Chef hat nicht gefragt, was er in diesem abgelegenen Wald gemacht hat, denn für einen Spaziergang ist die Höhle um einiges zu weit vom nächsten Dorf abgelegen. Umso mehr Sorgen hat er sich offenbar um uns gemacht. Er hat sofort einen Suchtrupp losgeschickt, um uns zu suchen. Nach einem Monat hat er uns dann alle für tot erklärt, obwohl sie uns nicht gefunden haben, wie auch?"

Julia nickte zustimmend und fuhr fort: „Jetzt hatte Francesco vorerst, was er wollte. Wir waren offiziell für tot erklärt. Dann wurden, wie abzusehen war, er und Riccardo gefragt, ob sie die Forschungen in der Höhle übernehmen wollen. Sie haben selbstverständlich zugesagt. Da sie sich aber nicht selbst die Finger schmutzig machen wollten, wollten sie Rick, Claus und Hannes wieder heimlich in die Höhle bringen und sie dort zur Arbeit zwingen, indem sie mit Marias, Maites und meinem Wohlergehen gedroht und gespielt haben. Uns wollten sie nach Rom in Francescos derzeitiges

Haus bringen. Sie haben uns drei aus dem Anhänger gezerrt. Maria und ich waren schon in Francescos Auto, da war Riccardo, der Maite zu uns hinübergezerrt hat, für einen Augenblick unaufmerksam. Diesen Sekundenbruchteil hat Maite genutzt. Sie hat sich losgerissen und ist weggerannt. In ihrer Angst ist sie auf die Straße gerannt und genau in dem Moment ist einer von Francescos Männern mit einem Kleinwagen angerast gekommen. Er war so schnell, dass er keine Chance mehr hatte, um reagieren zu können. Er hat Maite mit voller Wucht umgefahren. Sie muss sofort tot gewesen sein. Der Staub ist vom starken Bremsen aufgewirbelt worden … Claus hat ohrenbetäubend geschrien. Er hat verzweifelt versucht, zu seiner Frau zu gelangen, wurde aber von Francescos Männern zurückgehalten. Francesco selbst hat herumgebrüllt, wie das denn passieren konnte und dass Riccardo besser hätte aufpassen müssen. Jetzt hätten sie nichts mehr, womit sie Claus erpressen könnten. Francesco hat einem der Männer den Auftrag gegeben, uns in sein Haus nach Rom zu bringen. Das Letzte, was ich gesehen habe, bevor der Wagen mit uns weggefahren ist, war Claus, der sich von den Männern losgerissen hat und zu seiner Frau gerannt ist.“

„Oh Gott!“, mehr wollte Edelweiß' Stimme nicht sagen. Jetzt erst wurde ihr bewusst, dass sie Claus mit jeder Frage nach ihren Eltern an seine eigene Familie erinnert und ihn somit mit entsetzlichen Gedanken gequält hatte. Julia legte ihr so unerwartet eine Hand auf die Schulter, dass sie zusammenzuckte.

„Dein Geburtsort war deine Rettung, Edelweiß!“, drang die Stimme ihrer Mutter in ihre Gedanken ein, „Maite und Emilia waren nicht schwer zu finden und zu entführen gewesen, da sie in Wien gelebt haben. Da du in Rabenstein geboren wurdest und ebenso wie alle Einwohner dieses Dorfes in keinem Register beim Staat verzeichnet bist, und es auch sonst keinen Anhaltspunkt gab, dass Rick und ich eine Tochter haben, sind Riccardo und Francesco von vornherein davon ausgegangen, dass wir keine Kinder haben … Ich will nicht wissen, was sie mit dir angestellt hätten, wenn sie gewusst hätten, dass es dich gibt …“

Nach kurzem Schweigen sagte Maria: „Wir hatten Maite alle sehr ins Herz geschlossen … Wir trauern heute noch um sie … Dieser Tod hätte nicht sein müssen und war auch nicht gewollt gewesen … Von niemandem ...“

„Ja, aber Emilias Tod war gewollt!“, schnaubte Julia verächtlich, „Maites

Unfall entschuldigt Francesco noch lange nicht, was er ihrer Tochter angetan hat, obwohl die am aller wenigsten etwas dafür konnte!"

Maria nickte bedrückt. „Nachdem wir Francescos Haus erreicht hatten und vorerst dort von ihm zur Arbeit gezwungen wurden, haben wir nur noch durch ihn erfahren, wie es unseren Männern geht. Er hat erzählt, dass Claus ihm nach wenigen Tagen entwischt war, doch wir wussten, dass er ihn laufen gelassen hatte. Claus war so verzweifelt nach dem Tod seiner Familie, dass ihm alles andere egal gewesen wäre. Da er trotzdem unser Leben schützen wollte, hat er niemandem erzählt, dass wir doch noch leben, aber in Gefangenschaft ..."

„Aber er hätte doch zu eurem Vorstand gehen können!", warf Alex ein.

„Nein", Maria schüttelte den Kopf, „Claus hätte sich das nicht mehr getraut. Der Tod seiner Frau und seines Kindes haben ihm zu viel Respekt eingeflößt, um auch noch unser Leben aufs Spiel zu setzen ... Das können wir jetzt vielleicht nicht mehr nachvollziehen, aber Claus war viel zu eingeschüchtert, um es noch einmal mit Francesco aufnehmen zu können. Er wollte alles Geschehene wahrscheinlich einfach nur noch ausblenden und vergessen ..."

Edelweiß konnte Claus nur zu gut verstehen. Das Ganze musste ihn zu sehr mitgenommen haben, um auch noch die Kraft zu haben, seine Freunde zu retten.

„Nach fünf Jahren, in denen immer mehr Arbeiter in der Höhle benötigt wurden, und Francesco und Riccardo weiterhin die Leitung der Forschungen behielten, wurde der Höhle schließlich ihnen zu Ehre der Name Domenico-Montebello-Höhle gegeben. Die Höhle gehört zwar immer noch dem Staat und ist kein Privatbesitz der italienischen Forscher, da sie aber nach diesen fünf Jahren neben ihrem normalen Gehalt, das sie für die Arbeit als Forscher bekamen, einen kleinen Teil der Schätze, die sie fanden, für sich beanspruchen durften, durften sie sich jetzt offiziell auch als Besitzer der Höhle bezeichnen. Francesco hat sich dann ein Haus in Venedig gekauft und ist dorthin umgezogen. Wir ...", Maria warf einen kurzen Blick zu Julia hinüber, „... wir haben oft versucht, zu entkommen, auch auf demselben Weg wie letzte Nacht, haben es aber nie geschafft. Das liegt wohl daran, dass wir nie so eine starke Hilfe hatten!" Maria schaute schmunzelnd Alex an, der unter dem Lob errötete. Edelweiß musste ihr insgeheim recht geben. Ohne Alex hätten sie das nie geschafft. Sie hätte ohne ihren Freund vermutlich noch nicht einmal den Mut gehabt, bis zu der Höhle zu reiten, geschweige denn bis nach Venedig. Edelweiß warf Alex einen heimlichen Blick zu. Sie genoss den Anblick ihres Freundes auf seinem schwarzen Hengst. Als Alex ihren Blick erwiderte, überkam Edelweiß ein angenehm warmes Gefühl. Nachdem sie bemerkte, dass Maria ihren Blickkontakt amüsiert beobachtete, fragte sie Alex ausweichend: „Wo wollen wir unsere erste Rast einlegen?"

„Da vorne beginnt ein Wald", antwortete Alex grinsend, „dort ist es geschützt genug, um die Nacht zu verbringen."

Edelweiß schaute in die Richtung, in die ihr Freund gezeigt hatte. Sie spürte Alex' Blick auf sich ruhen und, obwohl sie seinen Blick nicht mehr erwiderte, wurde ihr warm. Nicht einmal die Nacht, die die Sonne hinter dem Horizont versenkte und ihre kühlen Schleier über das Land legte, schaffte es, Edelweiß diese Wärme zu nehmen.

***

„Verdammt!", Francesco Domenico musste sich den Kopf halten, so sehr schmerzte dieser. Er saß in seinem Arbeitszimmer in einem rostfarbenen Ledersessel.

„Soll ich nicht doch lieber einen Arzt rufen?" Das war Susannes Stimme, die gerade das geräumige Zimmer betrat.

„Nein, lass gut sein, das wird schon wieder!" Nach kurzem Schweigen fragte er seine Freundin: „Was hast du meinen Gästen gesagt, als du sie fortgeschickt hast?"

„Dass du mal wieder ganz dringend geschäftlich wegmusstest", antwortete Susanne mit einem wütenden Unterton. „Was hätte ich auch sonst sagen sollen? Du erzählst ja nicht mal mir, was passiert ist!" Aufgebracht trat sie ans Fenster.

„Es tut mir leid, Susanne! Ich kann dir das jetzt nicht erklären!", gereizt stand Francesco auf.

„Du liegst niedergeschlagen im Keller und willst behaupten, dass du mir das nicht erklären kannst?!"

„Ja, das will ich behaupten!", fauchte Francesco.

Ohne ein weiteres Wort stolzierte Susanne aus dem Raum und knallte gekränkt die Tür hinter sich zu. Francesco zögerte einen Moment und überlegte, ihr nachzulaufen, entschied sich dann aber dagegen und griff entschlossen nach dem Telefon. Er drehte die Wählscheibe ein paar Mal und horchte dann auf das gleichmäßige Tuten im Telefonhörer. Francesco ließ seinen Blick durch das Arbeitszimmer schweifen. In einem nussbaumfarbenen Schrank standen ordentlich sortiert einige Bücher. Eine der hinteren Ecken des Zimmers nahm ein Sofa ein, das von derselben Farbe war wie Francescos Sessel. Weinrote Kissen schmückten es. In einer anderen Ecke, gegenüber dem Sofa, stand ein Regal, in dem sich mehrere handlange Kakteen befanden. Einige von ihnen trugen Blüten in einem zarten Rosaton, die sich gut von der dunkelrot gestrichenen Wand abhoben. Der wuchtige Schreibtisch, der von Briefen, Büchern, Terminkalendern und Zeitungen schon überquoll, war von derselben Farbe wie der Schrank.

„Domenico-Montebello-Höhle. Sie sprechen mit Riccardo Montebello. Was kann ich für Sie tun?"

Francesco schreckte aus seinen Gedanken auf und musste über die Begrüßung seines Freundes schmunzeln.

„Sollten wir irgendwann mal unsere Arbeit an den Nagel hängen müssen, aus welchem Grund auch immer, darf ich dich dann als Sekretär einstellen?"

Ein offenes Lachen war am Ende der Leitung zu hören: „Gerne, aber ich glaub, wir müssen unseren Beruf nicht zu schnell an den Nagel hängen. Es gibt gute Neuigkeiten!" Riccardo macht eine kurze Pause, ehe er fortfuhr: „Wir haben einen weiteren Höhlengang entdeckt, der voll ist mit Edelsteinen!"

Trotz der schlechten Umstände, unter denen Riccardo ihm das mitteilte, huschte ein zufriedenes Lächeln über Francescos Gesicht.

„Hauptsächlich haben wir dort Feuersteine, Amethyste und ... Smaragde gefunden!", die letzten beiden Worte waren kaum mehr als ein Hauch aus Riccardos Mund.

„Smaragde ...", wiederholte Francesco zufrieden und setzte sich wieder in seinen Sessel. Nur mit Mühe konnte er seine Gedanken an diesen wertvollen Fund in der Höhle beiseiteschieben und Riccardo von Julias und Marias Flucht berichten.

„Julia und Rick haben eine Tochter?", Francesco hörte seinen Freund aufstöhnen, „wie kann es sein, dass wir das nie erfahren haben?"

„Das ist mir auch ein Rätsel, Riccardo, aber es geht jetzt erst mal darum,

Julia und Maria wieder einzufangen, bevor sie der halben Menschheit unser Geheimnis erzählen!"

„Aber wie willst du das schaffen? Wenn sie dir gestern Abend entkommen sind, sind sie doch jetzt schon über alle Berge!"

„Das glaube ich eben nicht", Francesco stand auf und trat ans Fenster. Die Sterne spiegelten sich im Canal Grande und ließen das von den Gondeln und Booten aufgewühlte Wasser schlammfarben schimmern.

„Ich bin überzeugt, dass sie auch Rick und Hannes befreien wollen. Jetzt, da sie es bei den Frauen geschafft haben", fuhr er fort.

„Aber das ist völlig unmöglich!", protestierte Riccardo.

Doch ehe er weitere Einwände bringen konnte, sagte Francesco: „Wir können es uns nicht erlauben, dass einer der über 200 Arbeiter, die im Moment bei uns arbeiten, Wind davon bekommt, dass Rick und Hannes gar nicht freiwillig für uns arbeiten, sondern gezwungen werden. Aber genau das wird passieren, wenn Julia und Maria an der Höhle ankommen und nach ihren Männern suchen."

„Und was willst du jetzt tun?"

Francesco atmete tief ein, ehe er antwortete: „Wir müssen die Arbeiter vorerst heimschicken."

„Aber das ist völlig unmöglich!", wiederholte Riccardo mit eindringlicher Stimme.

„Was denkst du, was passiert, wenn Maria und Julia auch nur einem von ihnen erzählen, was wirklich los ist! Das wäre ein Skandal!", fauchte Francesco. „Ich habe keine Ahnung, wie die beiden zur Höhle gelangen wollen. Die schnellste Möglichkeit ist vermutlich mit dem Zug und da wären sie spätestens morgen Abend da!"

„Das ist Wahnsinn, Francesco! Ich glaube nicht, dass sie sich noch einmal zur Höhle trauen … Die werden doch jetzt froh sein, wieder frei zu sein und …"

„… Und zu sehen, wie ihre Männer weiterhin in Angst um ihr Wohlergehen in der Höhle forschen? Das glaubst du doch selbst nicht! Wenn einer unserer Arbeiter herausfindet, dass die früheren Leiter der Höhlenarbeiten, die offiziell schon ewig tot sind, und die jetzigen Forscher ein und dieselbe Person sind, dann ist unsere Karriere aufgeflogen, das ist sicher!" Als Riccardo nichts erwiderte, meinte Francesco: „Du wirst jetzt alle Arbeiter bis auf die vier, die eingeweiht sind, nach Hause schicken. Wir sind die Besitzer dieser Höhle. Wenn wir sagen, dass die Arbeiten vorerst eingestellt werden, dann geht das ohne Widersprüche vonstatten! Sollten Maria und Julia innerhalb von zwei Wochen nicht auftauchen, gehen die Arbeiten wie gewohnt weiter. Ich selbst werde mich auch auf den Weg zur Höhle machen. Ich bin bis morgen Abend da."

„Und wenn sie kommen? Was machen wir dann?", fragte Riccardo, der die Sicherheitsvorkehrungen seines Freundes langsam akzeptierte.

„Sie sind zu viert. Maria, Julia, Julias Tochter und irgend so ein Freund von Julias Tochter. Wir werden mit ihnen schon fertig werden."

„Ach ja?", schnaubte Riccardo verächtlich, „genauso, wie wir mit Maite fertig geworden sind?"

Francesco verengte die Augen und zischte wütend: „Tu, was ich dir gesagt habe! Alles andere klären wir, wenn ich da bin!"

Francesco knallte den Hörer auf. Wut strömte durch seinen Körper und nahm jeden Platz in seinem Gehirn ein. Er warf sich einen Mantel um die Schultern. Kurz überlegte er, ob er Susanne Bescheid sagen sollte, dass er ging. Da er aber keine Lust auf eine weitere Diskussion hatte, schrieb er ihr einfach einen Zettel, den er erkennbar auf seinen Schreibtisch legte. Mit zügigen und langen Schritten lief er in den Keller, wo er eines seiner Motorboote losband und es auf den Kanal hinaustreiben ließ. Aus der Richtung des offenen Meeres zog Dunst durch die Kanäle. Francesco ließ den Motor anspringen und steuerte sein Boot zielsicher aus der Stadt hinaus. Ein Frösteln überkam ihn, doch das scheuchte seine Wut sofort wieder weg. Was auch immer Julia und Maria vorhatten, er würde sie finden, und dann würde er nicht lange warten, um ihnen zu zeigen, was er alles dafür tun würde, um seinen Platz als Höhlenbesitzer und Forschungsleiter zu behalten …

***

„Und? Zufrieden?", Anne hielt dem Arzt ihr Bild unter die Nase.

„Anne, ich muss sagen, du hast wirklich Talent!" Mit sichtbarer Bewunderung betrachtete er Annes Gemälde. Sie hatte einen Wald gemalt, hinter dem die Sonne gerade unterging. Am meisten faszinierte Doktor Schrot Annes Einsetzen von Licht und Schatten. Einen Baum, der im Vordergrund stand, hatte sie schwarz gemalt. Den Wald dahinter in verschiedenen Rottönen. Der Himmel war gelb bis orange gefärbt und die Sonne selbst war in einem sauberen Weiß gemalt.

„Ich schenke es dir, wenn du willst!", meinte Anne gleichgültig und wenig dankbar für die Bewunderung, die der Arzt ihr schenkte.

Doktor Schrot legte das Bild zur Seite und sagte beiläufig: „Danke! Wenn du willst, kannst du mal versuchen, aufzustehen und ein paar Schritte zu gehen."

In Annes Augen blitzte Freude auf.

„Mach dir aber nicht allzu große Hoffnungen", versuchte der Arzt sie von dem Glauben abzubringen, dass sie gleich wieder richtig laufen konnte, „deine Rippen sind immer noch nicht ganz verheilt und die zweiwöchige Bettruhe hat dich mit Sicherheit geschwächt …"

Er trat zu Anne hin, nicht wissend, ob sie ihm überhaupt zugehört hatte. Anne setzte sich langsam auf, wobei sie ein Schwindel überkam. Sie streckte ihre schmalen Beine, denen, wie sie fand, im Moment einiges an Muskeln fehlte, über die Bettkante. Als Anne schließlich auf den Arzt gestützt aufstand, zitterte sie am ganzen Körper. Schweiß rann ihr vor Anstrengung über das Gesicht.

„Das sollte fürs Erste reichen!", sagte der Arzt.

„Was?", Anne durchfuhr ein Zucken, „du hast gesagt, dass ich ein paar Schritte laufen kann!"

„Anne, du bist aber doch noch nicht so weit!"

Wütend riss sich Anne von Doktor Schrot los. Sie würde ihm beweisen, dass sie nicht so schwach war, wie er dachte. Sie machte einen unsicheren Schritt nach vorne. Ihr Brustkorb fühlte sich an, als wollte er gleich zerspringen. Anne setzte zu einem weiteren Schritt an. Ihre Beine schafften es allerdings nicht mehr, sie zu tragen, und sie brach zusammen. Wie ein Häufchen Elend lag sie am Boden. Beim Fallen war ein stechender Schmerz durch ihren Oberkörper gefahren. Doktor Schrot was sofort bei ihr und hob sie vorsichtig hoch. Leise rollten Anne Tränen über die Wangen. Der Arzt setzte sie in ihrem Bett ab und beruhigte sie: „Hey, das wird schon wieder! Wenn du erst mal angefangen hast, deine Muskeln wieder einzusetzen, dann wirst du sehen, dass du sehr schnell deine Kraft wiederfindest. Du hast jetzt zwei Wochen nur gelegen. Außerdem sind deine Verletzungen noch nicht ganz verheilt. Wir üben ab heute einfach jeden Tag. Dann wirst du mal sehen, wie schnell du wieder fit bist!"

Anne nickte abwesend und drehte den Kopf in ihrem Kissen von Doktor Schrot weg. Er verstand, dass sie allein sein wollte, und verließ das Zimmer. Auf dem Flur lehnte er sich seufzend gegen die Wand. Anne war ein starkes Mädchen. Sie konnte es nicht ertragen, auf die Hilfe anderer angewiesen zu sein. Aber genau das würde ihr den Mut geben, aus sich wieder einen fröhlichen und gesunden Menschen zu machen.

***

Inzwischen waren zwei Tage vergangen, in denen Edelweiß, Alex, Julia und Maria nur geritten waren. Sie befanden sich endlich wieder in Edelweiß' geliebten Bergen. Die Sonne war schon zur Hälfte hinter einem Bergkamm versunken, als sie ihr Lager für die Nacht aufschlugen. Maria und Julia hatten Holz für ein Lagerfeuer gesammelt. Jetzt saßen sie alle um das offene Feuer. Seit die Forscherinnen aus ihrer Vergangenheit erzählt hatten, wurde kaum ein Wort gewechselt, und als Alex die Stille brach, hörte sich seine Stimme rau an: „Morgen Nachmittag, spätestens Abend werden wir die Höhle erreichen …"

Edelweiß schaute bedrückt zu ihrer Mutter, die die Worte aussprach, die sie soeben gedacht hatte: „Wie wollen wir es schaffen, Rick und Hannes zu befreien? Francesco hat doch schon längst Riccardo Bescheid gesagt."

„Das müssen wir wohl alles dem Zufall überlassen", Alex zuckte müde mit den Schultern.

„Wir können dort nicht hin", fuhr Julia fort, ohne auf Alex' Worte einzugehen. „Das wäre Selbstmord! Was denkt ihr denn, wie sauer Francesco über unsere Flucht ist!"

Edelweiß schaute Alex an. Der erwiderte ihren Blick und ein Grinsen huschte über sein Gesicht, was Edelweiß verriet, dass er das gleiche gedacht hatte wie sie. Maria, die ihren Blickkontakt verfolgt hatte, schaute Edelweiß verwirrt an.

„Das wäre Selbstmord", wiederholte Edelweiß die Worte ihrer Mutter, „das hat Anne auch gesagt, als ich euren Spuren nach Italien folgen wollte. Sie hat nie wirklich daran geglaubt, dass wir mit unserer Mission Erfolg haben. Sie hat uns aber trotzdem begleitet und …"

„… Und damit fast mit dem Leben bezahlt, als sie eine Felswand hinuntergestürzt ist!", vollendete Julia den Satz ihrer Tochter.

„Das wollte ich nicht sagen", widersprach Edelweiß.

„Sondern?", Julias Augen funkelten herausfordernd und Edelweiß bereute es, ihrer Mutter am Vortag ausführlich erzählt zu haben, wie sie die Hütte in den Bergen gefunden hatten und wie ihre Reise bis nach Venedig ausgesehen hatte.

„… Sie hat mich aber trotzdem begleitet und mir somit gezeigt, dass es Menschen gibt, die mein Leben lang an meiner Seite gestanden haben und es auch immer tun werden!", vollendete Edelweiß zornig ihren Satz und stand ruckartig auf.

„Das wolltest du auch nicht sagen", murmelte Alex. Edelweiß schaute ihn einen Moment lang zögernd an, doch dann zwang ihr Stolz sie, sich umzudrehen und zu den Decken zu gehen, die geschützt unter den tief hängenden Ästen einer Tanne ausgebreitet waren. Beim Weggehen hörte sie Alex noch zu ihrer Mutter sagen: „Nimm dir das nicht zu sehr zu Herzen. Edelweiß musste ohne euch aufwachsen und die Gefühle von Geborgenheit und Liebe hat sie bei ihrer Tante nicht wirklich kennengelernt. Du solltest akzeptieren, dass Edelweiß nicht plötzlich so tun kann, als ob du für sie ganz normal zu ihrem Leben dazugehörst. Ich will nicht wissen, wie sehr sie im Moment zwischen der Zuneigung zu ihrer Mutter und der Abneigung zu einer ihr fast unbekannten Frau hin- und hergerissen ist."

Julia erwiderte nichts darauf. Jedenfalls konnte Edelweiß nichts hören. Sie schlüpfte unter den Tannenästen hindurch und kuschelte sich in ihre Decke. Alex hatte recht. Wenn sie nicht wüsste, dass Julia ihre Mutter war, würde Edelweiß sie mit keinen anderen Augen ansehen, als sie wildfremde Menschen ansah. Dieser Gedanke und die nackte Kälte der Berge begleiteten sie mit in den Schlaf und bereiteten ihr schlechte Träume. Doch als sie am nächsten Tag aufwachte, konnte sie sich nicht mehr daran erinnern, was sie geträumt hatte. Edelweiß gähnte geräuschlos, um niemanden zu wecken. Dass ihre Mutter bereits wach war, sah sie erst, als sie sich zwischen den Tannenästen hindurchschob und Julia vor der erkalteten Feuerstelle sitzen sah. Edelweiß seufzte leise. Sie musste sich mit ihrer Mutter wieder vertragen, wenn sie sich heute Abend gegen die italienischen Forscher stellen wollten. Ein eiskalter Schauer jagte Edelweiß den Rücken hinunter, als sie daran dachte, dass Francesco und Riccardo sogar den Tod unschuldiger Menschen auf sich nahmen, um ihre Habgier zu stillen. Sie trat zu Julia, die mit einem Stock in der übrig gebliebenen Asche herumstocherte, und setzte sich zu ihr. Nach kurzem Schweigen wollte Edelweiß etwas sagen, doch ihre Mutter kam ihr zuvor: „Mein Verhalten von gestern tut mir leid. Ich habe völlig ausgeblendet, dass du dasselbe wie ich durchmachen musstest. Ich kann mir vorstellen, wie viel dir deine Freunde bedeuten …" Julia schaute Edelweiß in die lindgrünen Augen und bat ihre Tochter mit einem einzigen Blick um Verzeihung.

„Ich kann verstehen, dass du dir Sorgen machst. Keiner kann ausschlie-ßen, dass uns nicht das Gleiche passiert wie Claus' Familie, wenn wir zu der Höhle reiten …" Edelweiß sah, dass ihre Mutter bei diesen Worten zu-sammenzuckte, fuhr aber fort: „Wir müssen Hannes und … meinen Vater retten! Wenn wir nicht zu der Höhle reiten, lassen Francesco und Riccardo ihre Wut nicht an uns aus, da hast du recht. Aber ich will nicht wissen, wie sauer sie sein werden, wenn wir ihnen endgültig entkommen. Und das würde für Rick und Hannes nichts Gutes bedeuten!"

Edelweiß sah ihre Mutter mit einem flehenden Ausdruck in den Augen an, der danach verlangte, dass Julia sich doch dafür entschied, zur Höhle zu reiten. Ihre Mutter schaute sie lange an, bis sie schließlich zögerlich nickte und sagte: „Du hast recht. Jetzt aufzugeben wäre sinnlos. Ich könnte mein ganzes Leben lang nicht mehr zur Ruhe kommen mit dem Wissen, dass Rick dringend unsere Hilfe braucht." Julia griff nach der Hand ihrer Tochter. Als sie fortfuhr, klang ihre Stimme nervös: „Ich weiß zwar nicht, ob es ein guter Plan ist, einfach zur Höhle zu reiten und kurzfristig zu schauen, wie wir Rick und Hannes helfen können, aber es bleibt uns ja nichts anderes übrig."

Edelweiß nickte bedrückt. Julia hatte recht mit dem was sie sagte. Ein fröhliches Wiehern ließ Edelweiß aufschauen. Alex und Maria waren inzwi-schen auch aufgewacht und sattelten gerade die Pferde. Julia und Edelweiß gingen zu ihnen hinüber. Der strahlend blaue Himmel versprach einen wei-teren warmen Tag. Edelweiß ging zu Venus und zog ihren Sattel nach. Sie spürte Alex' Blick auf sich ruhen, wagte aber nicht, diesen zu erwidern. Sie schwang sich kraftvoll in den Sattel. Als sie Venus an der Schulter klopfte, wieherte diese begeistert. Nachdem sie schließlich losgeritten waren, strahlte die Sonne schon eine angenehme Wärme aus. Während aus dem Nadelwald allmählich Mischwald wurde und die Sonne am Himmel ihre Bahn zog, schweiften Edelweiß' Gedanken immer öfter zu dem immer näher rückenden Abend. Viele Fragen schwirrten ihr im Kopf herum und auf keine schien es bis jetzt eine Antwort zu geben. Edelweiß bemerkte, wie ihre Mutter hinter ihr nervös zu zittern begann, und nach kurzer Zeit fand sie den Grund dafür. An einem felsigen Berghang, der direkt vor ihnen lag, zeichnete sich die breite sandige Straße ab, die sie zu der Höhle führen würde. Edelweiß' Herz schlug schneller und hämmerte so laut gegen ihre Brust, als wollte es aus ihrem Brustkorb springen. Sie zügelte Venus und starrte auf die Straße. Purer Hass kochte in ihren Adern und ließ sie eine zuversichtliche Energie verspüren. Edelweiß trieb ihr Pferd mit den Fersen wieder an, ohne den Blick von dem Punkt zu nehmen, an dem die Straße im Wald verschwand.

***

Der Farn am Wegrand raschelte leise, als Martin seinen dunkelbraunen Hengst Smaragd hinter Claus von dem Weg in den Wald lenkte. Ein paar harmlose Schäfchenwolken zogen am Himmel entlang und beschatteten ab und an die Sonne. Eine warme unbewegte Luft stand in dem Wald. Die Stille war bedrückend und wurde von nichts unterbrochen. Nicht einmal die Vögel waren munter genug, um ihre schönen Melodien zu singen. Als sie vor Kurzem die Straße beritten hatten, hatte Claus kurz gezögert und ein versteinerter undeutbarer Blick war über sein Gesicht gehuscht. Das hatte Martin verraten, dass der Ort, an dem er früher geforscht hatte und all dieses Unglück passiert war, nicht mehr weit entfernt sein konnte. Claus ritt gerade in den Schutz eines entwurzelten Baumes und schwang sich von seinem Pferd. Als Katinka ebenfalls wieder auf dem Boden stand und mit zärtlichen Worten Falada lobte, meinte Claus: „Wenn Alex und Edelweiß wirklich noch zu der Höhle wollen, dann reiten sie die Straße hoch. Ansonsten gibt es keinen Weg. Katinka, du wirst als Erste Wache halten! Geh zur Straße zurück und versteck dich im Farn. Egal, wer vorbeikommt, du kommst sofort zurück und sagst es mir, okay?"

Katinka nickte und kletterte über den Baumstamm. Im Weggehen hörte sie Claus noch sagen: „Ich glaube ja nicht, dass sie herkommen werden. Sie können von Glück sprechen, wenn ihnen selbst nichts zustößt … Und wenn sie sich doch zur Höhle hochtrauen, dann werden sie hier frühestens in drei Tagen ankommen …"

Was Martin erwiderte, konnte Katinka nicht mehr verstehen. Insgeheim ärgerte sie sich über Claus' Pessimismus. Als sie den Straßenrand wieder erreichte und sich gerade zwischen dem Farn versteckt hatte, hörte sie Stimmen, die sich schnell näherten. Schon bald sah Katinka zwei Männer mit aufgeschulterten Lederrucksäcken auf sie zukommen. Sie waren kräftig gebaut und machten einen starken Eindruck. Als die beiden hinter der nächsten Kurve wieder verschwunden waren, überlegte Katinka, ob sie deshalb extra zu Claus gehen sollte. Sie entschied sich aber dagegen und legte sich auf den Rücken. Das vertrocknete Gras knisterte unter ihr. Sie schloss die Augen und verließ sich komplett auf ihre Ohren, die jedes noch so bedeutungslose Geräusch wahrnehmen mussten. Das Warten machte sie müde, aber sie wusste, dass sie nicht einschlafen würde. Katinka wartete schon ihr ganzes Leben lang. Worauf, wusste sie selbst nicht … Vielleicht darauf, dass ihr Leben Gestalt annahm und in irgendeiner Weise Sinn ergab. Edelweiß zu helfen, ihre Eltern zu finden, war ein Anfang dafür. Aber Katinka wusste, dass sie sich insgeheim mehr erträumt hatte. Ihre Gedanken schweiften durch die Vergangenheit, auf der Suche nach etwas, woran sie sich festklammern konnte. Ein Wiehern holte Katinka aus ihren Gedanken zurück in die Realität. Sofort setzte sie sich auf und lugte durch den Farn auf die Straße. Sie hörte Stimmen, die sich allmählich näherten. Schon bald kamen hinter einer Wegbiegung zwei Pferde zum Vorschein. Katinka huschte ein Lächeln über das Gesicht, als sie Edelweiß auf ihrer hellbraunen Stute erkannte. Sie wunderte sich, warum sie so wenig überrascht über das frühzeitige Erscheinen ihrer Freunde war. Katinka trat auf den Weg hinaus. Edelweiß und Alex starrten sie verblüfft an.

„Was machst du denn hier?", fragte Edelweiß verdutzt, als sie Venus vor ihrer Freundin zügelte.

„Du solltest doch zu Anne zurückreiten!", fügte Alex bestürzt hinzu.

„Ich bin zu Anne zurückgeritten!", empörte sich Katinka, „Aber dort habe ich dann Claus und Martin angetroffen und wir sind zusammen zurück zur Höhle geritten, um euch dort zu empfangen. Ihr wart aber schneller da, als wir gedacht haben!"

„Claus und Martin?", Alex wechselte einen Blick mit Edelweiß, den Katinka nicht deuten konnte.

„Wo sind sie?"

„Sie verstecken sich im Wald", Katinka deutete mit dem Kinn kurz die Richtung an, „wir sind auch gerade erst hier angekommen."

„Okay, dann gehen wir am besten erst mal zu ihnen", meinte Edelweiß und fügte an ihre Mutter und Maria gewandt hinzu: „Ihr wartet erst mal hier. Ich denke, Alex und ich sollten sie erst mal darauf vorbereiten, dass ihr gleich wieder vor ihnen stehen werdet."

Julia nickte und ließ sich von Venus' Sattel auf die staubige Straße gleiten. Zusammen mit Maria versteckte sie sich im Farn, um von der Straße aus nicht gesehen zu werden. Alex und Edelweiß folgten Katinka in den Wald hinein. Die Sonne warf ihre warmen Strahlen durch das dichte Blätterdach. Das trockene Unterholz knarzte unter den Hufen der Pferde und die Farnwedel raschelten leise, als sie sich einen Weg durch sie hindurchbahnten. Schon bald konnte Edelweiß den umgestürzten Baum sehen, hinter dem die drei Pferde Smaragd, Kupferhuf und Falada angebunden waren.

„Claus!", rief Katinka, bevor Edelweiß irgendetwas sagen konnte. Es war ein komisches Gefühl, Claus nach so langer Zeit und unter so seltsamen Umständen wiederzusehen.

„Alex!", Martin lief zu seinem Sohn.

Claus trat zu Venus hin und schaute Edelweiß mit einem seltsamen Glitzern in den Augen an. Edelweiß sah, dass Claus selbst nicht wusste, wie er reagieren sollte. Schließlich sagte er, während er sie weiterhin anblickte: „Ich freue mich, dass es dir gut geht …, aber du …"

Edelweiß schüttelte den Kopf, was Claus unterbrach. Ihr traten Tränen in die Augen, ob vor Freude, Angst oder ganz anderen Gefühlen, wusste Edelweiß nicht.

„Ich weiß, dass die Liste von dem, was du mir jetzt vorwerfen könntest, seitenlang ist …, aber ich möchte, dass du dir vorher etwas ansiehst …"

Sie nickte Katinka zu, die sofort losging, um Julia und Maria aus ihrem Versteck zu holen.

„Edelweiß, was …", begann Claus schon wieder, doch diesmal unterbrach er sich selbst. Er setzte sich auf den Stamm des umgekippten Baumes. Venus schüttelte empört den Kopf, als ob sie bemerkte, dass Edelweiß das Herz bis zum Hals schlug.

Sie versuchte in Claus' Gesichtsausdruck irgendwelche Gefühle ausmachen zu können, doch er schaute sie nur wie durch beschlagenes Glas an. Dann hörte Edelweiß Schritte hinter sich. Sie sah, dass Claus verblüfft aufstand.

„Julia", flüsterte er.

Martin war ebenso verwirrt und starrte an Edelweiß vorbei. Claus stiegen Tränen in die Augen, wie Regenwasser in einen lange versiegten Brunnen. Er ging auf Julia zu.

„Schon vor Jahren habe ich aufgehört zu träumen, dass ich dich jemals wiedersehen werde", sagte er mit bebender Stimme. Julia huschte ein ebenfalls in Tränen gebettetes Lächeln über das Gesicht. Sie trat vor und umarmte Claus. Nach kurzem Zögern erwiderte er die Umarmung und Edelweiß wurde trotz der schwülen Hitze eiskalt. Sie spürte Alex' Blick auf sich, der einer der wenigen Dinge war, die sie während der ganzen Reise immer wieder angetrieben hatten, nicht aufzugeben. Sie erwiderte den Blick. Sie wusste nicht, wie lange sie ihren Freund anschaute. Erst als Katinka ein betont gelangweiltes Räuspern von sich gab, bemerkte Edelweiß, dass Claus, der soeben mit Martin geredet hatte, sie anblickte. Er trat zu ihr hin, während er nach den richtigen Worten suchte: „Ich … ich weiß wirklich nicht, was ich sagen soll …, aber ich … ich hatte eine furchtbare Angst um dich."

Er suchte in ihrem Gesicht nach einer Reaktion. Edelweiß rollte still eine Träne über die Wange. Trotz allem zauberten Claus' Worte ein Lächeln auf ihre Lippen. Er war ein Mensch, dem es schwerfiel, seine Gefühle anderen preiszugeben, und Edelweiß konnte sich nicht erinnern, dass er ihr jemals gegenüber seine Sorgen geäußert hatte. Ihr war zwar immer klar gewesen, dass Claus sie liebgewonnen hatte, aber gesagt hatte er es nie. Edelweiß rutschte aus Venus' Sattel und in Claus' Arme. Er drückte sie fest an sich, während er flüsterte: „Ich habe dich vermisst."

Ich dich auch, dachte Edelweiß und wunderte sich über sich selbst, warum sie das nicht laut ausgesprochen hatte.

Als Claus die Umarmung löste, fragte Martin betont vorsichtig: „Und wie soll es jetzt weitergehen?"

„Wir befreien meinen Vater und Hannes aus der Höhle!", antwortete Edelweiß bestimmt.

„Hannes?", Martin schaute sie fragend an.

„Mein Mann", erklärte Maria.

Martin nickte und schaute Claus an. Edelweiß wusste, was dieser Blickkontakt bedeutete, doch sie erkannte, dass niemand es wagte, etwas gegen ihr Vorhaben auszusprechen. Jeder von ihnen wusste insgeheim, dass sie zumindest versuchen mussten, Rick und Hannes zu befreien.

„Und wann?", fragte Claus, während er das Lichtspiel, das die Sonne durch das Blätterdach auf das trockene Moos warf, beobachtete.

„Sobald wie möglich", erwiderte Julia, „Francesco wird sich denken, dass wir hierherkommen werden."

Martin schaute verwirrt und Edelweiß wurde klar, dass er überhaupt nicht wusste, was hier gerade los war. Doch für große Erklärungen war jetzt keine Zeit.

Claus, der sich das ebenfalls zu denken schien, meinte: „Na dann, lasst uns keine Zeit verlieren! Ich würde sagen, die Pferde lassen wir hier."

Edelweiß sah in seinen Augen Wut und Schmerz aufflammen, was er allerdings bald hinter einer ausdruckslosen Gesichtsmaske verstecken konnte. Alex nickte und führte Joker in den Schutz eines breiten Baumes. Nachdem Edelweiß Venus an einem Ast festgebunden hatte, schaute sie in deren dunkle Augen auf der Suche nach etwas, was die Stute ihr hätte sagen wollen. Doch sie fand nur diesen treuen Blick, mit dem Venus ihr stets Lebensfreude eingeflößt hatte. Als sie sicher waren, dass alle Pferde gut angebunden waren, führte Claus sie durch den Wald. Edelweiß versuchte, sich den Weg einzuprägen, doch es gelang ihr nicht. Die Schatten wurden schon länger und die Sonne färbte den Wald in ein helles Rot, als Claus langsamer lief und wenige Meter später stehen blieb. Edelweiß stellte sich neben ihn. Vor ihr fiel der Boden wenige Meter steil ab. Darunter lag ein mit Kies aufgeschütteter Platz, auf dem ein dunkler Geländewagen parkte und der Container platziert war, von dem Julia erzählt hatte. Neben dem Container klaffte der dunkle Eingang der Höhle, über dem in den Felsen die Inschrift Domenico-Montebello-Höhle gemeißelt war. Niemand war zu sehen und die trockene Luft blieb ohne jedes Geräusch. Edelweiß' Hände wurden feucht.

„Claus, Katinka und Papa, ihr solltet am besten erst mal hier oben bleiben", überlegte Alex. „Von euch wissen sie nicht, dass ihr hier sein könntet. Vielleicht überschätzen sie ihre Kräfte dann …"

Claus nickte stumm. Er gab Martin und Katinka ein Zeichen, sich hinter einem nahe gelegenen Brombeerbusch zu verstecken. Edelweiß, Alex, Maria und Julia tasteten sich vorsichtig zu einer geeigneten Stelle vor, um den Hang hinunterzuklettern. Doch ehe sie aus dem Schutz des Waldes treten konnten, hörten sie die Geräusche eines sich schnell nähernden Autos. Bald bog ein schnittiges rotes Auto auf den Platz und kam knapp neben dem Geländewagen zum Stehen. Die Staubwolke, die es hinter sich herzog, vermischte sich mit der Abendluft. Die Fahrertür öffnete sich schwungvoll und Francesco Domenico stieg aus dem Auto. Ohne zu zögern und mit sicherem Schritt ging er auf den Container zu, zog die Tür auf und verschwand in dessen Inneren. Julia und Maria tauschten besorgte Blicke, ehe sie hinter Alex und Edelweiß die Böschung hinabkletterten. Das trockene Geäst knarzte unter ihren Füßen, so sehr sie sich auch bemühten, keinen Lärm zu machen. Edelweiß duckte sich, kaum war sie auf dem Platz angekommen, hinter Francescos Auto. Besorgt hielt sie ihren Blick auf das Containerfenster gerichtet, aus dem man sie sehr leicht hätte sehen können. Doch nichts geschah, während Edelweiß hinter sich die anderen nachkommen hörte.

Als schließlich auch Maria gebückt hinter dem Auto stand, fragte Julia: „Und was wollen wir jetzt tun?"

„Ich schleiche mich näher an den Container heran. Vielleicht kann ich irgendein Gespräch belauschen. Ihr bleibt erst mal hier!" Ohne eine Antwort abzuwarten, ließ sich Edelweiß um das Auto herumgleiten, in den Schutz des Geländewagens. Irgendetwas in ihrem Brustkorb brannte. Es war ein schmerzhaftes Brennen, das ihr für einen kurzen Moment fast die Luft nahm. Sie lugte hinter ihrem Versteck hervor und musterte den Eingang zur Höhle. Ohne den Blick abzuwenden, schlich sie weiter, bis sie den Container erreicht hatte. Aus dem schmalen Fenster drangen Stimmen, doch Edelweiß konnte sie nicht verstehen. Mit klopfendem Herzen ging sie Richtung Rückwand des Containers, an der sie ein gekipptes Fenster ausfindig machen konnte.

„... Nein, bis jetzt noch nicht", drang eine fremde Stimme an Edelweiß' Ohr. Sie kauerte sich unter dem Fenster ins Gras, während sie eine zweite ihr unbekannte Stimme sagen hörte: „Ich habe Pedro und Finn vorhin in die Stollen runtergeschickt, um Hannes und Rick mal hochzuholen."

Es kam keine Reaktion, was Edelweiß unruhig werden ließ. Doch Francesco wusste offenbar nur nicht, wie er reagieren sollte, denn als er antwortete, klang seine Stimme nicht so sicher wie sonst: „Okay ... Aber falls Julia und Maria wirklich kommen sollten, wirst du dafür sorgen, dass sie ihre Männer nicht zu Gesicht bekommen werden, Riccardo!"

„Ja."

Der schrille Klingelton eines Telefons unterbrach das Gespräch.

„Ja?" Das war der Mann, zu dessen Stimme Edelweiß noch keinen Namen wusste.

„... Ja ... Ja, der ist hier. Was? Das gibt's doch gar nicht! ... Ja, warte mal kurz! ... Das ist Can. Er ruft aus dem Überwachungshäuschen unten an der Straße an. Er meint, dass gerade zwei Bergarbeiter aus Deutschland hier angekommen sind. Sie behaupten, du wüsstest etwas davon ..."

„Was?", entfuhr es Francesco.

Edelweiß hörte schnelles Blättern, vermutlich in einem Terminkalender.

„Mist! Stimmt! Was machen wir denn jetzt? Die müssen wir so schnell wie möglich von hier wegkriegen!"

„Ja, ich gehe runter und regle das, okay?", erwiderte Riccardo. Die Containertür wurde aufgestoßen und Edelweiß vernahm Schritte auf dem Platz.

Hoffentlich sieht er Julia, Maria und Alex nicht! betete sie und schloss die Augen, als Riccardo abrupt stehen blieb.

„Na, sieh mal an, wen wir hier haben!"

∗∗∗

Nora sah Isabell durch ein Fenster des Haupthauses aus dem Dorf zurückkehren. Sie hatte sich bereits umgezogen. Von früher wusste sie, dass es unpraktisch war, im Wald ein Kleid zu tragen. Da sie seit Jahren keine Hose mehr anhatte, musste sie erst mal in ihrem Kleiderschrank nach einer suchen. Jetzt hatte sie eine steinfarbene, locker sitzende Hose und dazu eng geschnürte Wanderschuhe an. Als Oberteil trug sie eine marinefarbene Bluse, die an Schultern und Ausschnitt leichte Raffungen hatte und Noras kompletter Aufmachung schon wieder etwas Elegantes verlieh. Sie kraulte Leo am Kopf und trat gefolgt von ihm auf den Gang hinaus. Ein erfrischender Luftzug kam ihr entgegen, der sie bis zum Haupttor begleitete.

„Und? Wo wollen wir hingehen? Ins Dorf?" Kaum war Nora hinaus in den wärmenden Schein der Sonne getreten, begrüßte Isabell sie mit einem

Schwall von Fragen. Edelweiß' Tante schüttelte nur den Kopf. Sie ließ ihre Fragen in der windstillen Luft hängen und führte sie um das Haus herum in den Hintergarten. Seit Rick sich für das Leben mit Julia entschieden hatte, hatte Nora diesen Teil des Gartens nicht mehr betreten. Zu viele schmerzende Kindheitserinnerungen hafteten hier so fest wie das Harz an den Bäumen. Ebenso hatte sie es gehasst, wenn Edelweiß sich hier aufgehalten hatte. Doch in all den Jahren, in denen Nora diesen Garten gemieden hatte, hatte sich kaum etwas verändert. Der Pfad, der zu dem quietschenden Gartentor führte, war immer noch zu beiden Seiten von hohen Farnwedeln umspielt. Die Sonne ließ goldene Flecken durch das Blätterdach auf dem Waldboden tanzen. In der Luft hing ein intensiver Duft nach Holz und der laute herrische Ruf eines Steinadlers hallte durch das Tal und erinnerte Nora daran, wie sie früher stundenlang mit ihrem Bruder auf einer Lichtung gelegen und den Steinadlern bei ihren kreisenden sicheren Flügen zugesehen hatte. Als sie das Gartentor erreicht hatte, fiel Noras Blick auf die Stelle im Zaun, an der ein paar Latten fehlten. Sie hielt inne. Wie im Film liefen vor ihren Augen die Momente ab, in denen sie mit ihrem Bruder heimlich durch den Zaun geklettert war, um das Gartentor, dessen Quietschen sämtliches Personal auf sie aufmerksam gemacht hätte, nicht gebrauchen zu müssen, und sich unbemerkt aus dem Staub machen zu können, um den schweren Aufgaben eines Privatlehrers und den groben Händen der Kindermädchen zu entkommen. Damals war alles noch so einfach. Wie oft hatte sich Nora ihre Zukunft ausgemalt … Wie sie mit ihrer Familie, ein Mann und zwei Kinder, und der Familie von Rick weiterhin auf der Burg leben würde. Und natürlich, wie sie zusammen mit Rick den Flammenkogel besteigen würde, einen Berg, den bis dahin nur ganz wenige erfahrene Bergsteiger erklommen hatten. Ach, das waren alles Hirngespinste, Kinderfantasien! Dinge, die nur in dem Kopf eines kleinen unerfahrenen Mädchens gesponnen werden konnten! Nora wollte sich mit diesen Gedanken auf den Boden der Tatsachen zurückbringen. Mit aller Gewalt zerrte sie sich von ihren Mädchenträumen weg. Rick hatte sich für ein Leben mit Julia und gegen sie entschieden, das Musikstudium hatte sie schon nach einem Jahr wieder abgebrochen und zu der Besteigung des Flammenkogels war es auch nie gekommen …

Nora bemerkte, dass Isabell sie mit einem besorgten Funkeln in den Augen beobachtete. Sie schien ihr Zögern bemerkt zu haben. Schnell warf Nora ihr einen Blick zu, der von einem etwas gequälten Lächeln durchzogen war, und öffnete das Tor. Es quietschte fürchterlich und Nora merkte, wie Isabell bei diesem kreischenden Geräusch hinter ihr zusammenzuckte. Es dauerte etwas, bis Nora den schmalen Pfad einige Meter von ihr entfernt zwischen den hohen Eichen ausfindig machen konnte, der sich elegant in den Wald schlängelte. Er ist lange nicht benutzt worden. Der Boden war nicht mehr festgetreten, sondern von weichem dunkelgrünen Moos überzogen. Kurz zögerte Nora, dann betrat sie den Pfad. Sie war dankbar, dass Isabell schwieg. Ihr war gerade nicht nach einem Gespräch zumute. Während ihres ganzen Marsches zu den Teufelsfelsen drehte sich Nora kein einziges Mal zu Isabell um. Nur an dem sanften Rascheln tief hängender Äste, das Edelweiß' Tante hinter sich wahrnahm, vergewisserte sie sich, dass Isabell noch hinter ihr war.

***

Ein Schrei ertönte. Die Containertür wurde erneut aufgestoßen. Schritte waren zu hören. Es dauerte eine Weile, bis Edelweiß es wagte, die Augen wieder zu öffnen und vorsichtig um den Container zu schauen. Schräg hinter dem Geländewagen erblickte sie Francesco. Sie hörte Alex etwas rufen, was sie nicht entschlüsseln konnte.

„Bring sie in den Container!", befahl Francesco mit eisiger Stimme. Riccardo fasste Alex grob ins Genick und zerrte ihn über den Platz. Maria und Julia folgten ihm freiwillig in den Container. Als Francesco die Containertür hinter sich geschlossen hatte, fragte er betont langsam: „Wo ist deine Tochter?"

Edelweiß vernahm keine Antwort.

„Wo ist sie?", brüllte der Forscher noch einmal, so unerwartet, dass Edelweiß heftig zusammenzuckte. Erneut kam keine Reaktion von Julia.

„Okay, wie du willst! Can, du suchst die kleine Kröte! ... Und wenn er sie findet, kann sie was erleben ...", der letzte Satz war kaum mehr als ein Hauch aus Francescos Mund. Der Mann, der vorhin das Telefongespräch angenommen hatte, nickte und verließ den Container.

„Habt ihr wirklich gedacht, ihr spaziert jetzt hier einfach mal so vorbei, holt schnell eure Männer ab und dann geht's zurück nach Hause?", Francesco legte gleichzeitig Spott und geheucheltes Mitgefühl in seine Stimme, sodass dies einen gefährlichen Unterton erzeugte.

„Hey", hörte Edelweiß plötzlich jemanden flüstern. Sie fuhr herum. Hinter ihr stand Claus in gebückter Haltung. Er kniete sich zu ihr herunter.

„Was machst du denn hier?"

„Ich wollte dich hier nicht allein lassen …"

Edelweiß ärgerte sich ein bisschen über diese Antwort. Als ob sie nicht inzwischen alt genug wäre, mal zehn Minuten auf sich selbst aufzupassen! Aber jetzt war alles andere als der richtige Moment, sich mit Claus in die Haare zu kriegen. Deswegen fragte sie leise: „Wo sind Katinka und Martin?"

„Die sind oben geblieben", mit einem Nicken zeigte Claus Richtung Hang.

„Was wollt ihr denn noch von uns? Es wird sowieso bald rauskommen, was ihr getan habt. Also macht es doch nicht noch schlimmer!", drang jetzt Julias Stimme nach draußen.

„Es wird nichts rauskommen, wenn wir alle Beweise vernichten …", zischte Francesco drohend.

„Ihr wollt uns … umbringen?", Marias Stimme klang heiser.

„Wenn es sein muss …"

„So wie ihr es mit Maite und Emilia gemacht habt?" Maria und Julia wussten, dass sie, trotz Francescos und Riccardos Grausamkeit, immer einen wunden Punkt mit diesem Thema trafen.

Doch nicht nur die Forscher schwiegen für eine Weile. Claus zuckte neben Edelweiß schmerzerfüllt zusammen. Besorgt schaute Edelweiß ihn an.

„Du musst dir das nicht …", begann sie leise, wurde aber von einem Satz unterbrochen, der ihr Herz einen Augenblick aussetzen ließ.

„Wir haben Emilia nicht umgebracht!"

Für einen Moment schienen nicht nur Maria, Julia, Claus und sie die Luft anzuhalten. Es schien, als würde die gesamte Natur innehalten. Kein Tier machte sich bemerkbar, keine Wolke zog über den Himmel und kein Windlein störte die immer noch schwüle Abendhitze. Wachsam beobachtete Edelweiß Claus. Er war erschreckend blass. Alle Farbe war aus seinem Gesicht gewichen und er lehnte, plötzlich sehr gebrechlich wirkend, an der Containerwand.

„Er soll ja nicht wagen, es zu leugnen …", sagte er mehr zu sich selbst als zu Edelweiß, „er hat meine Tochter … er …" Claus Stimme versagte.

Stattdessen drangen wieder Francescos Worte nach draußen: „Emilia … Sie ist uns damals abgehauen …"

„Was?" Das war Julias entsetzte Stimme.

Doch ehe sie fortfahren konnte, stieß Maria hasserfüllt aus: „Was soll das jetzt? Nie habt ihr abgestritten, Maite und ihre Tochter umgebracht zu haben. Und jetzt sowas!"

Francesco schien Maria zu ignorieren. Seine Stimme klang plötzlich rau und verschwommen, als würde Edelweiß das alles nur noch träumen: „Ich war damals furchtbar sauer, dass ihr euch so widersetzt habt. Vor allem Claus mussten wir endlich zum Gehorsam zwingen ... Ich hatte in keiner Sekunde, wirklich in gar keinem einzigen Augenblick, vorgehabt, seine Tochter umzubringen! Ich wollte Claus damals einfach nur eine Lehre erteilen, die sich ihm ins Mark brennt."

Edelweiß begann zu zittern. Sie wollte sich wieder zu Claus umdrehen, fand aber plötzlich nicht mehr die nötige Kraft.

„Ich habe das Mädchen hinter mir her in den Wald gezerrt. Natürlich wollte ich es damals für Claus schlimm aussehen lassen ... Kai hat Emilia festgehalten, während ich ... sie ... verletzt habe ... Sie hat geschrien wie am Spieß. Und das ewig lange ... Bis sie plötzlich ganz still war. Ich habe die Kleine entsetzt angeschaut. Diese Sekunden, die mir wie Stunden vorgekommen sind, werde ich sicher nie vergessen. Ich hatte wirklich geglaubt, ihr mehr angetan zu haben, als ich wollte ... Doch dann hat sie plötzlich angefangen zu weinen ..." Francesco schienen die Worte zu fehlen, denn es folgte eine lange Pause.

„Was wollt ihr jetzt hören?", fauchte Maria fassungslos, „dass wir euch jetzt verzeihen, da ihr ja nicht vorhattet, sie umzubringen und das alles nur ein Versehen war? Denkt ihr wirklich, wir sind so naiv, euch das jetzt abzukaufen? ... Wieso erzählst du uns das jetzt überhaupt!?"

„Weil ich eure Vorwürfe nicht mehr hören kann! Die ganze Zeit darf ich mir anhören, dieses Mädchen damals eiskalt ermordet zu haben! Denkt ihr nicht, ich habe mir hin und wieder auch mal überlegt, ob Emilia nicht doch irgendwo da draußen überlebt hat?"

„Moment!", das war wieder Marias Stimme, „ich dachte, Emilia ist tot! Zwar nicht absichtlich umgebracht, aber trotzdem durch die Verletzungen von dem Messer gestorben ..."

Edelweiß konnte es zwar nicht sehen, konnte sich aber vorstellen, wie Francesco heftig den Kopf schüttelte.

„Ich habe Kai mit dem Mädchen zurückgelassen. Er hat ihr ein Tuch auf die Wunde gepresst. Das war das letzte Mal, dass ich Emilia gesehen habe. Vor euch habe ich die Situation tatsächlich erst einmal so darstellen wollen, dass ich das Mädchen umgebracht habe. Als ich dann circa zwei Stunden später nach Emilia schauen wollte, war sie weg. Kai hat mir erzählt, dass sie ihm abgehauen sein muss, als er nur kurz zum Überwachungshäuschen unten an der Straße gegangen ist. Er hat nicht damit gerechnet, dass sie trotz der Verletzung schon in der Lage war, wieder aufzustehen und zu gehen ...“

Wieder folgte eine dieser unangenehmen Pausen.

„Wenn es wirklich stimmen sollte, was du uns da gerade erzählt hast“, sagte Maria schließlich, „wäre sie vielleicht nicht durch die Verletzung umgekommen, sondern deswegen, weil ein fünfjähriges Mädchen nicht allein in der Wildnis überleben kann. Wie man es auch dreht und wendet, irgendwo trägt ihr doch immer die Schuld an ihrem Tod!“

„Vielleicht ist sie ja gar nicht ...“, begann Francesco eindringlich, wurde aber sofort von Maria unterbrochen.

„Die Wahrscheinlichkeit, dass Emilia überlebt hat, ist wohl sehr gering. Und selbst wenn, würde man sie jetzt sowieso nicht mehr finden! Habt ihr damals wenigstens noch nach ihr gesucht?“

„Wir haben den ganzen Wald auf den Kopf gestellt ... Das Kind war wirklich wie vom Erdboden verschluckt ...“

„Und warum erzählt ihr uns das erst jetzt?“ Das war wieder Julias Stimme.

„Ihr habt recht ...“, Francesco hatte wieder seine geübt gefährlich klingende Stimme aufgesetzt. „Wenn wir nicht langsam handeln, könnten tatsächlich noch Außenstehende von unseren Plänen erfahren. Die letzten zehn Jahre wären ruckzuck beendet und wir müssten ins Gefängnis ...“ Francesco ignorierte Julias letzte Frage und fuhr mit seiner heuchelnden Miene fort. „Ich weiß nicht ...“, setzte er an, wurde aber gleich von robusten Schritten, die sich dem Container näherten, und einer Stimme unterbrochen.

„Riccardo? Ich habe Rick und Hannes jetzt raufgeholt. Soll ich sie bei der Gelegenheit mal an die frische Luft lassen?“

Edelweiß' Herz setzte einen Augenblick lang aus. Bevor Claus sie zurückhalten konnte, schob sie sich an der Containerwand entlang. Sie hörte, wie Francesco den Container verließ. Er und ein anderer Mann traten in ihr Blickfeld. Edelweiß fühlte sich im Schutz der Büsche und der langen schwarzen Schatten, die der Wald über sie warf, sicher und wagte es, sich so weit nach vorne zu beugen, dass sie die beiden Männer, die sich mit gedämpfter Stimme unterhielten, gut verstehen konnte.

„Pedro", sagte Francesco gerade, „es ist gerade das eingetreten, was ich schon vermutet hatte. Maria und Julia sind zurückgekehrt. Sie sind zusammen mit dem Freund von Julias Tochter und Jonathan im Container. Julias Tochter haben wir noch nicht gefunden, aber Can sucht sie schon."

„Weißt du, wie du weiter vorgehen willst?", Pedros Stimme klang sehr heiser und hatte einen deutlich hörbaren italienischen Akzent. Allgemein kam der Mann Edelweiß nicht gerade furchteinflößend vor. Er war klein und schmächtig. Man sah ihm an, dass er bereits viel in seinem Leben durchgemacht haben muss. Seine blonden Haare standen ungekämmt und durcheinander auf seinem Kopf und sein Gesicht sah ausgetrocknet aus und war von Rissen durchzogen. Trotz allem schätzte Edelweiß ihn nicht viel älter als Francesco.

„Nein, ich habe keine Ahnung, was ich jetzt tun soll", seufzte Francesco gerade, verlor dabei aber nicht seine unbeirrte Haltung, „Maria und Julia nach Venedig zurückzubringen, hätte keinen Sinn mehr …, aber … sie einfach laufen zu lassen, würde uns alle ins Gefängnis bringen. Ich denke, selbst wenn ich sie wieder mit dem Leben ihrer Männer erpresse, würde sie inzwischen nichts mehr davon abhalten, zur Polizei zu gehen. Dafür haben sie einfach zu viel durchgemacht …"

„Mmmm …", machte Pedro nachdenklich, „irgendwann werden wir wohl doch das tun müssen, was ich schon immer für unseren letzten Ausweg gehalten habe ..."

Francesco sah ihn fragend an.

„Wir werden untertauchen müssen. Das hier alles hinter uns lassen, das Geld mitnehmen und von hier verschwinden!"

„Was? Ich werde das hier nie im Leben aufgeben! Außerdem sind wir dann unser Leben lang die Gejagten und glaub mir, irgendwann findet uns die Polizei!"

„Wenn wir in irgendeinem Land untertauchen, das nicht zu Europa gehört, findet uns sicher keine Polizei! Was hältst du von Indien? Ein armes Land und in der Forschung ein absoluter Spätentwickler, aber dort würde uns nie jemand vermuten, und mit etwas Geld ist schnell eine Villa ans Meer gebaut. Arbeiten müssten wir auch nie wieder. Geld haben wir ja in den letzten Jahren genug verdient."

„Hör auf damit!", zischte Francesco, „ich werde das hier ganz sicher nicht einfach aufgeben. Ich liebe die Existenz, die ich mir aufgebaut habe. Hier und in Venedig! Von so etwas habe ich mein ganzes Leben lang geträumt und jetzt soll ich das, bloß weil zwei unbegabte Forscherinnen sich mir in den Weg stellen, einfach wegschmeißen? Auf gar keinen Fall!"

„Na gut, dann bleibt uns doch nur noch eine Wahl. Wir müssen die beiden loswerden. Und mit ihnen auch Julias Tochter und deren Freund … Niemand wird vermuten, dass sie in der Höhle umgekommen sind, und selbst wenn, Maria und Julia sind offiziell sowieso schon tot, und wenn sie durch eine Sprengung umkommen, wird man sie nie im Leben finden …"

Francesco nickte langsam.

„Ja, ich wollte zwar immer an diesem Teil der Gewalt vorbeikommen, aber uns bleibt ja kein anderer Ausweg mehr. Riccardo ist am Wachhäuschen unten. Sobald er wieder da ist, organisierst du mit ihm die Sprengung. Bis dahin könnt ihr Rick und Hannes mal an die frische Luft lassen. Passt aber bloß auf, dass sie ihre Frauen nicht zu Gesicht bekommen. Wenn alles gut geht, sprengen wir morgen Früh …"

Obwohl Francesco noch etwas hinzufügte, zog Edelweiß sich zurück. Als sie wieder neben Claus saß, berichtete sie ihm, was sie gehört hatte. „… Die sind doch alle vollkommen verrückt!"

Claus nickte, wieder mit einem undeutsamen Blick in den Augen.

„Ich denke, wir sollten die Polizei holen, ehe es zu spät ist."

„Das dauert doch viel zu lange!"

„Hast du noch eine andere Idee? Allein werden wir nie gegen Francesco und seine Leute ankommen. Wir wären ihnen hilflos ausgeliefert, wenn wir uns mit ihnen anlegen würden! Komm, wir gehen hoch zu Martin und Katinka."

Weil Edelweiß selbst kein besserer Plan einfiel, folgte sie Claus schweigend. Geduckt schoben sie sich hinter den parkenden Autos vorbei in Richtung Steilhang. Die Sonne war inzwischen untergegangen. Auf dem Platz vor der Höhle schalteten sich automatisch ein paar Laternen ein, die mechanisch surrten und ein gleißend helles Licht über den Kies warfen. Im Schatten der Bäume schoben sie sich durch das dichte Geäst den Hang hinauf. Oben angekommen berichteten sie Martin und Katinka, was in der Zwischenzeit vorgefallen war.

„… Wir müssen schnellstmöglich die Polizei holen", schloss Claus seine Erzählung ab.

„Weißt du denn, wo das nächste Dorf ist?", fragte Martin.

Claus nickte. „Gleich im angrenzenden Tal. Mit den Pferden wird es ungefähr eineinhalb Stunden bis dorthin dauern."

„Eineinhalb Stunden?", entfuhr es Edelweiß, „das dauert doch viel zu lange!"

„Francesco kann frühestens morgen Vormittag sprengen. Nachts wäre das viel zu gefährlich. Bis dahin ist die Polizei auf jeden Fall da!", redete Claus ihr ins Gewissen, „... Edelweiß, allein haben wir keine Chance. Wir wären wahnsinnig!"

Ohne ihre Antwort abzuwarten, fuhr er fort: „Allein bin ich am schnellsten. Spätestens in drei Stunden ist die Polizei da. Ihr bewegt euch bitte nicht von der Stelle … Bring dich nicht in Gefahr. Ich will dich nicht auch noch verlieren."

Die letzten beiden Sätze sagte er so, dass nur Edelweiß ihn hören konnte. Diese nickte langsam. Ohne sich noch einmal umzudrehen, verschwand Claus im Wald. Und mit ihm verschwand ein Gefühl von Wärme und Sicherheit. Edelweiß stellte den Kragen ihrer Jacke auf. Sie hörte in Gedanken Annes Stimme: „Es könnte alles umsonst sein. Du bist wahnsinnig!" Oft hatte ihre Freundin sie vor falschen Handlungen und Entschlüssen bewahrt oder sie auf den Boden der Tatsachen zurückgeführt. Doch in dieser Sache hatte sie sich getäuscht. Kein Schritt an dieser Reise war umsonst gewesen. Nichts hatte sie bereut. Und genau das baute sie auf und hielt ihre Hoffnung am Leben. Edelweiß schaute auf den Schotterplatz hinab, einen zielsicheren Blick in den smaragdfarbenen Augen.

***

Der Tag, an dem Claus, Katinka und ihr Vater Anne bei Doktor Schrot zurückgelassen hatten, war schon lange her, zu lange für Annes Geschmack. Sie fühlte sich immer häufiger nutzlos und ungebraucht. Sie hatte keine Lust mehr, zu zeichnen. Ihre Gedanken hielten sie vom Schlafen und Essen ab.

Zumindest der Ehrgeiz, ihre Verletzungen auszutherapieren, war ihr geblieben. Sie trainierte jeden Tag ein bisschen mehr und merkte zunehmend, wie ihre Muskeln an Kraft zurückgewannen. Die Schmerzen ließen auch mehr und mehr nach und Anne fieberte schon dem Tag entgegen, an dem Doktor Schrot sie draußen einen Spaziergang machen lassen würde. Gerade stand sie am Fenster und ließ ihren Blick durch die Straße wandern, die in gleißend warmes Licht getaucht war. Zwei Kinder spielten mit einem kleinen Hund im Schatten spendenden Schutz der alten Eichen, die die Straßen säumten. Die Luft schien sich nicht zu bewegen. Viele der Fensterläden an den gegenüberliegenden Häusern waren verschlossen, um der fesselnden Hitze keinen Weg nach innen zu bieten. Annes Gedanken begannen zu kreisen und wieder prasselten die Fragen auf sie ein. Fragen, auf die sie ohnehin keine Antwort geben konnte. Sie konnte nur hoffen, dass alles so verlief, wie sie es sich in ihren Tagträumen ständig ausmalte. Egal, was Edelweiß gerade tat oder wo sie war, Anne wünschte sich nichts sehnlicher, als bei ihr zu sein und sie für einen Augenblick in den Arm nehmen zu können. Nur allzu gerne würde sie ihr sagen, wie sehr sie inzwischen an ihr Vorhaben glaubte und dass sie wegen ihres Sturzes kein schlechtes Gewissen haben braucht. Anne wusste, dass sich Edelweiß eines machte. Doch sie war ihr zu keinem Zeitpunkt ernsthaft böse gewesen. Es klopfte an der Tür. Anne zwang sich aus ihren Gedanken heraus in die Realität zurück und stotterte heiser: „Ja … ja, bitte?"

Doktor Schrot betrat das Zimmer, wieder sein sympathisches Lächeln aufgelegt. „Es gibt gleich Essen, Anne. Kommst du?"

Seit es ihr besser ging, speiste Anne nicht mehr auf ihrem Zimmer, sondern mit dem Arzt und dem Personal unten in der Küche. Das lenkte sie ab und gab ihr zumindest etwas Zeit am Tag, die vier Wände ihres Kastenzimmers zu verlassen.

„Ja, ich komme", antwortete Anne müde.

Doktor Schrot nickte und wandte sich zum Gehen.

„Danke!", entfuhr es Anne.

Überrascht drehte der Arzt sich um.

„Danke für alles", flüsterte Anne.

Sich plötzlich einzugestehen, was der Arzt alles für sie getan hatte, wie viel Geduld er mit ihr hatte und wie froh sie war, hier genesen zu dürfen, entlockte ihr eine Träne aus ihren tiefblauen Augen. Doktor Schrot lächelte, nickte sanft und verließ leise das Zimmer. Er wusste, dass es jetzt nichts weiter zu sagen gab. Er genoss Annes Worte, von denen er nicht gedacht hätte, sie noch von ihr zu hören. Ehe Anne Doktor Schrot folgte, warf sie einen letzten Blick aus dem Fenster. Die Kinder und der Hund waren verschwunden. Es musste ihnen selbst im Schatten zu heiß gewesen sein. Die Straße lag nun wie ausgestorben vor ihrem Fenster. Die Sonne war noch etwas tiefer gesunken und die Hitze drückte sich unermüdlich auf das Dorf. Anne öffnete das Fenster. Sofort drückte sich eine schwüle dicke Wand hinein. Das Pflaster der Straße blendete. Keine Wolke war am Himmel zu sehen. Die Berge, die sich im Hintergrund erhoben, sahen mystisch und furchteinflößend aus. Wie steinerne Riesen, die sich über dem Dorf aufzubauen schienen. Verängstigt schreckte Anne zusammen. Trotz der enormen Hitze begann sie, stark zu zittern. Benommen schüttelte sie den Kopf. Entschlossen machte sie die Fensterläden zu, schloss die Fenster und zog die Vorhänge zu, in der Hoffnung, die beängstigende Stimmung so aus dem Zimmer und ihrem Kopf aussperren zu können. Doch es gelang ihr nicht. Hatte sie eine Ahnung, was sich viele Kilometer von ihr entfernt, hinter dem Felsriesen verborgen, abspielte? Anne verließ ihr Zimmer und tastete sich vorsichtig die Treppe hinunter. Ihre Augen sahen immer noch alles in ein unwirklich weißes, bedrohliches Licht getaucht …

***

Die Sonne küsste bereits die Berge, als Katinka zu Martin und Edelweiß zurückkehrte, die sich immer noch in den Büschen oben am Hang versteckt hielten. Sie hatte nach den Pferden gesehen und dies mit einem ausgiebigen Spaziergang verbunden. Sie musste ihre Gedanken sortieren und den Kopf freibekommen von all dem wüsten Zeug, das dort herumspukte. Edelweiß lächelte, als sich Katinka neben ihr niederließ. Auf dem unter ihnen gelegenen Platz hatte sich nicht viel getan. Im Container war das Licht angegangen. Der Geländewagen, der neben dem Höhleneingang geparkt hatte, war weg. Die Hitze hatte sich gesenkt und die Abendluft ließ einen Wind zu, der angenehm erfrischend durch die Berge streifte.

„Müsste Claus nicht langsam mit der Polizei zurück sein?", fragte Katinka beunruhigt.

Edelweiß nickte.

„Gebt ihm noch ein wenig Zeit", versuchte Martin, den beiden die Nervosität zu nehmen, scheiterte aber bei dem Versuch, seine Stimme nicht zittern zu lassen. Edelweiß blickte zu dem Container hinunter, hinter dessen Fenster sie ihre Mutter erkennen konnte. Niedergeschlagen und müde. Marias Kopf lehnte an ihrer Schulter. Alex konnte sie nicht sehen. In der Ferne erklang ein Rauschen, das sich rasch näherte. War das vielleicht die Polizei? Kamen sie gerade und würden gleich dieser unerträglichen Situation ein Ende bereiten? Edelweiß richtete sich voller Hoffnung auf. Das Rauschen war jetzt ganz deutlich zu hören. Auch Katinka und Martin schoben das Geäst zur Seite, um einen besseren Blick zu haben. Francescos Geländewagen donnerte um die Kurve und kam mit einem rasanten Manöver vor dem Container zum Stehen. Der trockene Kies wirbelte eine beige Staubwolke auf. Aus dem Wagen stiegen die beiden Forscher. Als sich die hinteren Türen öffneten und zwei weitere Männer ihre in Sicherheitsschuhe gepackten Füße auf den Boden setzten, verschlug es Edelweiß den Atem. Sind das nicht ...? Das kann doch nicht möglich sein! Katinka bemerkte Edelweiß' gehetzte Reaktionen und legte ihr beruhigend eine Hand auf die Schulter.

„Was ist denn los?"

Edelweiß starrte den einen Mann an, der nun wie selbstverständlich Francesco folgte. Auf seinem Gesicht lag wieder dieser selbstgefällige drohende Blick.

„Hey, Edelweiß! Geht's dir nicht gut?"

Edelweiß schüttelte ungläubig den Kopf. „Ich kenne diese Männer", stieß sie hervor, „Wir haben sie auf unserer Reise kennengelernt, in einem Dorf, in dem wir übernachtet haben."

„Ja, und?"

„Sie haben erzählt, dass sie Forscher sind und unterwegs zu ihrem neuen Arbeitsplatz ... Ich wusste nur nicht, dass das hier sein würde. Der eine hat mir die ganze Zeit eine unglaubliche Angst gemacht. Ich weiß nur immer noch nicht, wieso ..."

„... Willkommen zurück im Team, Kai! Und Ihnen, Manfred, kann ich nur sagen, ich freue mich auf die zukünftige Zusammenarbeit!", verkündete Riccardo gerade schwungvoll.

„Zurück im Team?", zischte Edelweiß, „der hat also schon mal hier gearbeitet? Das wird ja immer mysteriöser."

Katinka nickte langsam.

Riccardo und Manfred gaben sich einen festen Händedruck, während Kai zu Francesco trat und meinte: „Wir müssen unbedingt reden!"

„Gerne, mein Freund", entgegnete dieser. Ihm war der besorgniserregende Unterton in Kais Stimme nicht entgangen. „Hier läuft gerade auch einiges gar nicht nach Plan. Lass uns nach drinnen gehen, da sind wir ungestört." Francesco deutete Richtung Höhleneingang. Als hätte er die Höhle schon tausend Mal betreten, folgte Kai Francescos Geste und verschwand im Schlund des Berges. Mit einem prüfenden Blick über die Schulter folgte ihm sein Chef.

Die Hitze und das viele Grübeln führten dazu, dass Edelweiß starke Kopfschmerzen bekam. Stöhnend legte sie sich eine Hand an die Stirn. Katinkas Hand ruhte immer noch auf ihrer Schulter.

„Ihr habt vorhin das von Claus' Familie erzählt … Ganz schön heftig alles."

„Ich weiß! Ich habe das nicht für möglich gehalten. Claus hat nie etwas davon erzählt!" Edelweiß stützte ihren Kopf auf den Knien ab.

„Er hat seine Familie geliebt", erzählte Martin, „Maite und Emilia waren alles für ihn. Ich fürchte, er hat bis heute nicht verkraftet, dass die beiden gestorben sind."

Edelweiß nickte. Das erklärte Claus' Verhalten ihr gegenüber die ganzen letzten Jahre. Doch Katinka runzelte die Stirn. Irgendetwas schien in ihr vorzugehen. Doch Edelweiß wollte nicht nachfragen, was es war. Sie ahnte, dass sie sich all ihre Kräfte aufsparen musste. Nach einer Weile des Schweigens tat sich unten vor der Höhle wieder etwas. Francesco trat, gefolgt von Kai, aus dem Höhleneingang hinaus und winkte Riccardo zu sich. Als dieser ihn erreicht hatte, verkündete Francesco Domenico mit zielsicherer kalter Stimme: „Wir werden heute Abend sprengen! Das Risiko für uns ist sonst zu hoch!"

Edelweiß' Herzschlag setzte für einen Moment aus. Auch den anderen beiden stockte der Atem.

„Ist das nicht zu gefährlich?", entgegnete Riccardo.

„Nicht gefährlicher als das, was uns blüht, wenn wir zu spät handeln!" Francescos Gesicht war wie versteinert.

Kai nickte bestätigend und auch Riccardo sah die Meinung seines Freundes nach einer Weile ein und meinte: „Also gut. Pedro soll mit mir die Sprengung vorbereiten."

Francesco stimmte ihm zu. „Und um alles andere kümmere ich mich."

Er löste sich aus dem Gespräch und ging zum Container hinüber, in dem Maria, Julia und Alex immer noch darauf warteten, dass etwas passierte. In dem Metallbau musste es unglaublich stickig und heiß sein. Der Kies knirschte bedrohlich unter Francescos Schritten. Alarmiert drehte Edelweiß sich zu Katinka und Martin um. Die beiden starrten entsetzt an ihr vorbei nach unten.

„Wir müssen jetzt etwas tun!" Bestürzt kniete Edelweiß sich hin.

„Wir müssen auf Claus warten", entgegnete Martin unsicher, „alles andere wäre sinnlos!"

„Aber wir müssen sie doch aufhalten, bevor sie … Sie wollen unsere Familien umbringen! In der Höhle …"

„Hey, Edelweiß, Claus wird rechtzeitig zurück sein und das verhindern."

„Und was, wenn nicht? Wir können doch hier nicht einfach so zusehen! Wenn Claus rechtzeitig kommt, dann kann er uns immer noch helfen, aber ich werde nicht zusehen, wie sie Maria, Alex und meine Mutter in die Höhle zerren!" Edelweiß war entschlossen. In ihr kochte das Blut. Sie ballte die Hände zu Fäusten, um sich stärker zu fühlen. Ihre Augen sprühten Funken aus langjährigem Zorn und Tatendrang. Und obwohl Katinka und Martin weiterhin zweifelten, ob sie nur annähernd eine Chance hatten, wussten sie, dass Edelweiß recht hatte. Sie mussten jetzt etwas tun. Um jeden Preis.

＊

Nora war besser zu Fuß, als Isabell gedacht hatte. Ohne sich eine einzige Pause zu gönnen, erklomm sie den steilen Berg, der sich hinter der Burg erhob. Während des Marsches redeten sie kein Wort. Isabell war zu sehr damit beschäftigt, sich umzuschauen. Der trockene Waldboden knarzte unter ihren Füßen. Die Gräser waren braun verfärbt von der Sonne. Nur die Tannen, die angenehm Schatten spendeten, ließen sich den Hochsommer nicht anmerken. Je höher sie kamen, umso steiniger wurde der Weg. Irgendwann endete der Wald abrupt und sie standen auf einer Lichtung, die ebenso wie der Wald von Steinen und kleinen Felsen, auf denen die schönsten Blumen blühten, verziert war. Am anderen Ende der Wiese thronte schräg gegenüber von ihnen ein gigantischer Fels.

„Der Teufelsfelsen", bestätigte Nora Isabells Vermutung mit einem Hauch von Bewunderung in der Stimme.

Respektvoll wartete Isabell hinter Nora, bis diese sich sattgesehen hatte und auf den Felsen zusteuerte. Als sie ihn fast erreicht hatten, sprangen ein paar Steinböcke aus ihrer Deckung und verschwanden mit eleganten Sprüngen im angrenzenden Wald. Nora schaute an der Felswand entlang, offensichtlich auf der Suche nach etwas.

„Da vorne können wir hochklettern", bemerkte sie. Ihre Augen begannen zu leuchten wie die eines kleinen Kindes, das an Weihnachten den geschmückten und beleuchteten Christbaum zu sehen bekam. Isabell lächelte in sich hinein und folgte ihr. Sie merkte Nora an, dass sie da schon sehr oft hochgeklettert war, so flink und zielsicher war sie. Sie selbst musste nach sicheren Einkerbungen und Vorsprüngen suchen, an denen sie sich nach oben ziehen konnte. Dort angekommen bot sich ihr ein spektakulärer Ausblick. Direkt unter ihr lag die Burg, die von oben einen ebenso beeindruckenden Anschein machte wie aus dem Tal betrachtet. Die Häuser im Dorf waren nur noch so groß wie Stecknadelköpfe. Die Wälder erhoben sich in einem leuchtenden Grün an den umliegenden Berghängen. Kleine bauschige Schäfchenwolken zierten den Himmel und zogen dort wie in Zeitlupe ihre Bahnen. Der Rabensteiner See erstreckte sich links des Felsens in den verschiedensten Blautönen, getupft von vielen kleinen Segelbooten. Die Weidewiesen, auf denen Rinder und Pferde faul im Schatten alter Obstbäume lagen, waren von herrlichen Blumen gesprenkelt, die den Anschein machten, dass ihnen die große Hitze der vergangenen Tage nichts ausmachte. Geblendet von der Farbenpracht wurde Isabell bewusst, wie sich ihre Wahrnehmung für all das geändert hatte, wie normal alles für sie geworden war. Konnte es sein, dass man mit der Zeit den Blick für das eigentlich Wesentliche verlor und nur noch Augen für sich und seine Probleme hatte? Dabei war das hier doch so viel inspirierender. Isabell beschloss in diesem Moment, etwas an sich zu verändern.

Nora riss sie aus ihren motivierten Gedanken: „Schau mal hier.“

Isabell drehte sich zu ihr um und sah, dass sie weiter hinten auf dem Felsen kniete und mit ihren Fingern über den rauen Stein fuhr. Sie trat näher zu Edelweiß' Tante und erkannte eine von Moos besiedelte, aber noch deutlich lesbare Gravur. „Rick & Nora" war mit einem Taschenmesser in den Felsen geritzt. Isabell überlegte, wie alt die Gravur wohl sein musste.

„Ich war wirklich schon ewig nicht mehr hier", sagte Nora mehr zu sich selbst als zu Isabell, „und eigentlich wollte ich Edelweiß diesen Ort doch auch noch zeigen …"

„Du wirst ihn ihr auch zeigen!", fiel ihr Isabell fast ins Wort, „wenn sie wieder da ist, zeigst du ihr das alles hier. Sie wird begeistert sein!" Sie war es langsam satt, immer diese verdammt schlechten Gedanken zuzulassen. Ihre überzeugenden Worte schienen Nora im ersten Moment zu überraschen, doch dann zeigten sie Wirkung. Sie nickte langsam und wendete ihren Blick von der Inschrift ihres Bruders in die Ferne. Sie würde ihre Nichte wiedersehen. Sie musste einfach daran glauben. Sie ließ ihren Gedanken keine Wahl. Noch nicht. Dafür liebte sie Edelweiß zu sehr. Tief in ihrem Inneren hatte sie ihr doch immer so viel Kraft gegeben. Nora atmete tief ein. Plötzlich flatterte ein bunt gemusterter Schmetterling den Felsen entlang und ließ sich mit breiten Flügeln neben der Inschrift nieder, um die wärmenden Strahlen der Sonne zu genießen. Seine Fühler zuckten entspannt, während Nora sich vorsichtig erhob. Sie lächelte.

∗∗∗

Edelweiß fühlte sich, als würde der ganze Wald die Luft anhalten und als wäre nur ihr Atem wie ein Dröhnen überall zu vernehmen. Ihr Herz pochte, als hätte sie soeben einen Dauerlauf hinter sich gebracht, während sie sich an der Containerwand entlangschob. Martin, Katinka und sie hatten in wenigen Minuten einen notdürftigen Plan ausgehandelt, den sie jetzt im Begriff waren, umzusetzen. Notdürftig deshalb, weil es wohl mehr eine Idee war, die ihre Hoffnung darauf stützte, dass alles so verlief, wie sie es sich wünschten, als eine durchdachte Strategie. Einen Plan B hatten sie, um sich selbst wohl nicht den Mut zu nehmen, gar nicht erst angesprochen. Martin schlich über die Böschung gerade Richtung Höhleneingang. Eigentlich wollte Edelweiß das tun, doch Alex' Vater hatte darauf bestanden, selbst diesen gefährlichen Teil zu übernehmen. Suchend schaute sich Edelweiß in der anderen Richtung nach Katinka um, die soeben zwischen die geparkten Autos huschte. Nach einer Weile lugte sie hinter dem Heck des Geländewagens hervor und signalisierte Edelweiß mit einem Nicken, dass die Zündschlüssel steckten. Ihr Atem beruhigte sich für einen Moment. Die erste Hoffnung hatte sich bewahrheitet. Beim Containerfenster angekommen, lauschte Edelweiß den gedämpften Stimmen von drinnen.

„Damit werdet ihr niemals durchkommen!", entrüstete Maria sich gerade.

„Sei still und kommt mit!", zischte Francesco unbeeindruckt.

Edelweiß hörte, wie die Containertür aufgestoßen wurde. Sie schaute vorsichtig um die Ecke und sah den Forscher und Maria hinaustreten, gefolgt von Jonathan, der Alex und Julia streng beaufsichtigt nach draußen führte. Im Augenwinkel bemerkte Edelweiß eine Bewegung. Sie erspähte Martin, der versuchte, ihre Aufmerksamkeit zu erhaschen. Er versuchte, ihr durch wilde Gestikulation etwas zu erklären, doch Edelweiß blieb stutzig. Sie bedeutete ihm, dass sie kein Wort verstand, doch einen Augenblick später erklärte sich die Situation von selbst. Julia stieß einen Schrei aus, der Edelweiß herumfahren ließ. Im Höhleneingang stand ein verdutzt schauender Finn, die Enden zweier Fußfesseln in der Hand. Hinter ihm erblickte Edelweiß zwei Männer, beide leichenblass. Einer war groß gewachsen und von muskulöser Statur. Die hellen Haare standen ihm in allen Richtungen vom Kopf ab. Der andere Mann war etwas kleiner, hatte ebenfalls einen durchtrainierten Körper und feine Gesichtszüge. Diese wurden von dunkelbraunen Strähnen umrahmt. Es war ihr Vater. Sie erkannte ihn sofort wieder. Als hätte sie ihn erst gestern gesehen. Wie ein Film liefen uralte Erinnerungen an Rick vor ihrem inneren Auge ab, was sie zum Glück einen Moment erstarren ließ, sodass sie keinem überstürzten Reflex folgte. Doch plötzlich ging alles ganz schnell. Maria entriss sich dem Forscher und rannte Richtung Höhleneingang.

„Hannes!", stieß sie heiser den Namen ihres Mannes hervor.

Hannes und Rick blinzelten dem Tageslicht entgegen. Sie schienen der Situation im ersten Moment nicht Herr werden zu können. Marias Mann stolperte dieser entgegen, als er zu begreifen begann, wer ihm da gerade entgegenstürzte. Doch Finn war flink genug, die Fußfessel zurückzuziehen und ihn am Entkommen zu hindern. Edelweiß, die bis dahin immer noch ihren Vater anstarrte, wurde jetzt wieder auf Martin aufmerksam, der erneut begonnen hatte, wild mit den Armen herumzufuchteln. Er wollte Edelweiß bedeuten, dass sie sich zurückhalten und nicht ins Geschehen einschreiten sollte. Maria hatte inzwischen ihren Mann erreicht. Erst jetzt ergatterte Francesco Domenico seine Handlungsfähigkeit wieder und schaute sich nach Jonathan, der Alex und Julia im sicheren Griff hatte, um. Maria umschloss stürmisch den Kopf ihres Mannes. Neben ihm sah sie zierlich und klein aus. Sie streichelte ihm unter Tränen über die Stirn und Wangen.

„Wo warst du nur so lange?", flüsterte Rick in dem Moment, seinen Blick fassungslos vor Freude auf Julia gerichtet. Francesco zuckte jetzt ruckartig ein Taschenmesser, das in der Abendsonne gefährlich aufblitzte, schnellte zu Julia herum und packte sie. Mit dem Messer an ihrer Kehle schien er sich wieder sicherer zu fühlen, jedenfalls kehrte etwas Farbe in sein Gesicht zurück.

„Wir bleiben jetzt alle schön ruhig!", verkündete er zwischen zusammengepressten Zähnen, „Maria, du kommst jetzt sofort wieder zurück!"

Hannes schloss Maria in seine Arme und zog sie eng zu sich heran.

„Na schön!" Francescos Augen sprühten überheblich Funken. „Dann bereiten wir dem Ganzen jetzt ein Ende!"

In diesem Moment traten Riccardo und Pedro aus der Höhle heraus und verkündeten, dass die Sprengung vorbereitet sei. Francesco nickte und bedeutete Finn, Julias und Marias Mann hineinzuführen. „Wir werden jetzt keine Spuren mehr hinterlassen. Nicht, dass uns noch einmal so ein Fehler passiert."

„Nein", hauchte Edelweiß. Sie würde nicht zulassen, dass ihr Vater wieder in dem Schlund des Berges verschwand und sie ihn nie mehr wiedersehen würde. Sie ihm nicht sagen konnte, wie sehr sie ihn liebte. „Nein!", schrie sie jetzt so grell, dass ihr die eigenen Ohren davon schmerzten, und stürzte hinter dem Container hervor. Die Berge schienen in dem Moment den Atem anzuhalten. Keiner rührte sich. Francesco verharrte sprachlos, das Messer an Julias Hals gedrückt. Alle Augen waren auf sie gerichtet, doch Edelweiß achtete nur auf ihren Vater. Der schaute sie entgeistert an, fast wie eine Fremde. Sein distanzierter Blick schmerzte Edelweiß im Herzen. Doch plötzlich überrollte eine Welle aus Überraschung und purer Zuneigung sein Gesicht und er flüsterte etwas. Edelweiß konnte ihren Namen von seinen Lippen ablesen. Tränen stiegen in seine Augen. Riccardo fasste sich als Erster wieder und stürmte auf Edelweiß zu. Blitzschnell reagierte Edelweiß und rannte los. Doch sofort versperrte ihr jemand den Weg. Sie schaute auf und stand Angesicht in Angesicht mit Kai, der hämisch grinste.

„So sieht man sich wieder!" Er griff mit seinen kräftigen Händen nach Edelweiß und packte sie an den Oberarmen. Sein Griff brannte.

„Vom ersten Moment an wusste ich, dass mit Ihnen etwas nicht stimmt. Ich wusste nur nicht, dass Sie in diese grausamen Intrigen hier verwickelt sind!" Hasserfüllt wollte Edelweiß sich aus seinen Armen befreien, doch Kai packte nur noch fester zu.

„Und ich wusste vom ersten Moment an, dass du eine kleine Kröte bist, die sich einem in den Weg stellt, wo sie nur kann. Aber ja, ich habe auch nie damit gerechnet, dass wir uns ausgerechnet hier wieder treffen!"

„Lass sie los!", brüllte in diesem Moment Rick von der anderen Seite des kleinen Platzes.

„Halt den Mund, Rabenstein!", giftete Francesco zurück und richtete sich anschließend an Kai, „komm, bring die kleine Hexe in die Höhle, dann kümmern wir uns dort zuerst um sie, bevor die anderen dran sind, schließlich war sie dumm genug, das hier alles durcheinanderzubringen und uns beinahe ans Messer zu liefern."

Kai nickte und zerrte Edelweiß über den Platz.

„Ja genau, bringt sie um, so wie ihr es mit Emilia getan habt! Ihr seid zu kaltblütig!", schrie Maria entsetzt, die als Einzige registrieren konnte, was hier gerade vor sich ging.

„Zum einen", zischte Francesco erzürnt, während er Julia das Messer tiefer gegen den Hals drückte, „hat sie sich das wohl selbst zuzuschreiben, und zum anderen habe ich das Mädchen damals nicht umgebracht! Das lass ich mir nicht unterstellen!"

Ehe Maria ihm kontern konnte, trat Katinka, die die Situation bis dahin ruhig beobachtet hatte, hinter den Autos hervor und hauchte: „Ich glaube, das hat er wirklich nicht …"

Alle Blicke wendeten sich ihr zu. Ihre Knie wurden weich. Zum einen wollte sie verdammt noch mal Zeit gewinnen, aber zum anderen wollte sie herausfinden, ob die Vermutung, die erst seit ein paar Stunden in ihr keimte, der Wahrheit entsprach.

„Wer ist das denn?", Francesco wurde heiser. Er schien sich sichtlich unwohler zu fühlen. Er hatte nicht mehr alles unter Kontrolle.

„Ich bin Katinka", hörte Edelweiß ihre Freundin sagen, „den Namen habe ich mir allerdings selbst gegeben, da ich eine neue Identität annehmen wollte, als ich in meine erste Pflegefamilie gekommen bin. Meinen richtigen Namen habe ich über die Jahre vergessen oder verdrängt. Das weiß ich nicht. Ich weiß nur, dass mir das alles hier so verdammt bekannt vorkommt, als hätte ich von diesem Ort schon mal geträumt … oder als wäre ich vor langer Zeit schon mal hier gewesen, vor sehr, sehr langer Zeit … Außerdem habe ich eine Narbe an der Schulter. Ich kann mich nicht erinnern, wie das passiert ist, den Schmerz werde ich allerdings nie vergessen … Ich glaube …", sie schaute auf den Boden, holte tief Luft und blickte dann Edelweiß ins Gesicht, „ich glaube, mein richtiger Name ist Emilia."

Dann ging alles blitzschnell. Edelweiß hörte ein Aufschreien. Claus trat aus der Deckung des Waldes hervor und stolperte auf Katinka zu. Diese drehte sich zu ihm um. Ja, so ein Zufall konnte es einfach nicht geben. Ihre hellgrauen Augen fixierten seine, die dieselbe markante Farbe besaßen und sich wie in Zeitlupe mit Tränen füllten.

„Hallo, Papa!", flüsterte sie.

Edelweiß nutzte die wenigen Sekunden, und obwohl ihre Beine sich anfühlten wie Zahnpasta, konnte sie Kais festem Griff entkommen. Sie schnellte zu Francesco und ihrer Mutter vor, trat millimetergenau gegen den Ellenbogen des Forschers und entwaffnete ihn dadurch. Das Messer glitt ihm aus der Hand und fiel mit einem Klirren auf den Boden. Julia stolperte von ihm weg. Gegen jede Erwartung geriet Francesco nicht aus der Fassung und stürzte sich auf Edelweiß. Diese ging unter dem Gewicht sofort zu Boden. Sie stöhnte auf, als sie aufprallte.

„Das wirst du büßen!", brüllte Francesco Domenico und drückte sie mit seinen großen Händen in den Kies. Sein Gesicht kam ihrem bedrohlich nahe. Sie drehte sich weg und begann vor Angst zu zittern. Sie wusste, dieser Mann war zu allem fähig. Francesco holte aus und schlug ihr mit aller Gewalt ins Gesicht.

„Du willst mir alles kaputtmachen!" Purer Hass lag in seinen Augen. Edelweiß lief eine Träne über die Wange. Alles passierte so verdammt schnell.

„Zugriff!", schrie in dem Moment eine fremde Stimme, die wohl nur darauf gewartet hatte, dass kein Messer mehr im Spiel war.

Dutzende Polizeibeamte stürmten den Vorplatz der Höhle. Für einen kurzen Augenblick verschwamm alles vor Edelweiß' Augen. Ein fremder Mann zerrte Francesco von ihr herunter. Handschellen klirrten. Geschrei durchschnitt die friedliche Abendluft. Jemand beugte sich über sie und versuchte, ihr beim Aufrichten zu helfen.

„Edelweiß, wir haben es geschafft!", hörte sie Alex' vertraute Stimme.

Ihr Blick wurde allmählich wieder klarer. Sie spürte Blut aus ihrer Nase laufen. Langsam nickte sie. Ja, sie hatten es tatsächlich geschafft. Benommen schaute sie in die Richtung, in der ihr Vater gerade von Polizisten von seiner Fußfessel befreit wurde. Rick lief schließlich zu ihr hinüber und kniete sich neben sie. Unsicher nahm er ihr Gesicht in seine Hände. Edelweiß ließ es sofort zu. Es fühlte sich so verdammt vertraut an. Julia ließ sich neben ihre Familie ebenfalls auf den Boden sinken.

„Ich habe nie aufgehört, daran zu glauben, dass das noch passieren wird …", flüsterte sie.

„Mein Mädchen!" Unendliche Zärtlichkeit lag in Ricks Stimme und Edelweiß genoss seine warmen Worte. Er schaute Julia an und nahm diese und seine Tochter vorsichtig und stürmisch zugleich in den Arm.

„Meine Familie!"

Edelweiß blendete in diesen Augenblicken die Festnahmen, die hinter ihr stattfanden, das Gebrüll und die schlechten Gedanken, die Angst und die Schmerzen vollkommen aus. Das Hoffen hatte ein Ende. Sie fühlte sich plötzlich so vollständig. Und hinter dem Schauplatz, auf dem der Staub des Kieses aufquoll, verwandelte sich die Abendsonne in einen feuerroten Ball und tauchte langsam hinter den Bergen ab. Zum ersten Mal brach eine Nacht an und Edelweiß fühlte sich sicher. Sie lächelte. Und die Berge lächelten zurück.

Epilog

Ein halbes Jahr später …

Pferde trampelten durch den Wald. Edelweiß schaute von ihrem kleinen neuen Lieblingsplatz auf der Veranda der Berghütte ihrer Eltern auf. Anne und Alex preschten auf Falada und Joker aus dem Wald heraus auf sie zu. Edelweiß stand auf und lief ihnen entgegen. Gemeinsam ließen sie sich auf einer von ihr vorbereiteten Picknickdecke nieder.

„Deine Tante ist ja da", stellte Anne mit einem Blick zur Hütte fest. Nora und Edelweiß' Eltern traten gerade zur Tür hinaus.

„Ja", entgegnete Edelweiß, „ich habe mit ihr heute eine Wanderung zum Teufelsfelsen gemacht. Der liegt über der Burg. Nora und mein Vater sind dort früher oft gewesen. Ich habe es nicht gekannt, aber es ist ein besonderer Ort. Ich kann ihn euch gerne mal zeigen, wenn ihr wollt."

Nora zwinkerte ihr zu, als Edelweiß in ihre Richtung blickte. Ihre Tante hatte sich seit ihrer Rückkehr sehr geändert. Sie hatte Rick sofort verziehen, Julia endlich einmal richtig an sich herangelassen und sogar Edelweiß' Namen hatte sie des Öfteren wie selbstverständlich ausgesprochen.

„Gerne", erwiderte Anne.

Sie konnte, kaum hatten sie und Doktor Schrot von der geglückten Befreiung erfahren, auch nach Hause zurückkehren. Inzwischen war sie wieder vollständig genesen. Sie hatte Doktor Schrot versprochen, ihn wieder zu besuchen. Sie war ihm unheimlich dankbar für alles, was er für sie getan hatte.

Mit Edelweiß hatte sie sich, sofort als sie nach Rabenstein zurückgekehrt war, ausgesprochen. Sie war stolz auf ihre Freundin und deren unbestreitbaren Mut.

„Habt ihr schon Informationen, was mit Domenico und Montebello geschieht?", erkundigte sich Alex, während er eine Weintraube vom Stängel löste, der liebevoll mit anderem Obst in einer Schale angerichtet lag.

„Ja, gestern war die Gerichtsverhandlung", Edelweiß' Augen verengten sich, „Riccardo Montebello wandert für acht Jahre ins Gefängnis, Francesco Domenico sogar für zwölf. Da hat ihnen ihr Reichtum wohl auch nichts mehr genutzt. Alle anderen, die mit in die Sache verstrickt waren, werden wohl auch noch ihre gerechte Strafe erhalten, da sind die Verhandlungen allerdings erst noch. Domenicos Villa in Venedig wurde verkauft und das Geld einem guten Zweck gespendet. Meine Eltern und Maria und Hannes hätten auch eine große Summe Schmerzensgeld erhalten. Das haben sie aber sofort der Wissenschaft zugesprochen."

Edelweiß rollte mit den Augen.

„Sie wollen, dass das Geld in die weitere Erforschung der Höhle gesteckt wird. Die trägt jetzt übrigens einen neuen Namen, zu Ehren von Claus' Frau, die diesen ganzen Intrigen ja grausamerweise zum Opfer gefallen ist …"

Edelweiß stockte bei der Vorstellung daran, wie ihr junges Leben plötzlich zu Ende ging, ausschließlich auf Kosten habgieriger und statusfixierter Menschen. Auch wenn es ein Unfall war, ging ihr Tod doch auf die Rechnung der italienischen Forscher. Edelweiß wurde kalt.

„Die Höhle heißt von nun an Maite-Höhle", fuhr sie schließlich fort. „Das neue Schild wurde anscheinend sofort angebracht. Jetzt müssen sich nur noch Forscher finden, die verrückt genug sind, die Sache da weiterzuführen. Meine Eltern werden das auf jeden Fall nicht sein!" Edelweiß schnaubte.

In diesem Moment tauchten Katinka und Claus am Waldrand auf. Die beiden hatten, ebenso wie Edelweiß und ihre Eltern, eine gute Weile gebraucht, sich wieder aneinander zu gewöhnen und sich auf ein neues gemeinsames Leben einzulassen, aber es ist ihnen gelungen. Claus tat alles für seine Tochter und Katinka schien jeden Tag aufs Neue zu genießen, um was das Leben sie bereichert hatte.

Jetzt gesellte sie sich zu ihren Freunden, während Claus auf die Terrasse zusteuerte.

„Hallo, Katinka", Anne lächelte.

Katinka erwiderte ihr Lächeln. „Nennt mich bitte Emilia. Ich glaube, es ist für mich an der Zeit, die Katinka wegzustecken und das Leben von Emilia weiterzuführen."

Edelweiß nickte. Sie hatte geahnt, dass Katinka früher oder später diese Entscheidung treffen würde. Auch Anne und Alex schienen wenig überrascht zu sein.

„Hallo, Emilia", verbesserte Anne schmunzelnd.

„Es sieht hier wieder so wunderschön aus", unterbrach Alex die gerade ent-
standene Pause, „ihr habt wirklich was aus eurem alten Zuhause gemacht!"
Anne und Emilia nickten bestätigend.

„Danke", sagte Edelweiß leicht verlegen, wie so oft, wenn Alex ihr ein
Kompliment machte, und blickte auf die Hütte zurück. Ja, sie hatte mit
ihren Eltern tatsächlich alle Energie hineingesteckt, das kleine Berghäus-
chen wieder aufblühen zu lassen. Die Wände strahlten in einem blendenden
Weiß, die Fensterläden glänzten noch von dem neuen Anstrich in einer
kupferroten Farbe und die Fenster waren von hölzernen Blumenkästen, in
denen schon jetzt im Frühjahr die farbenprächtigsten Pflanzen blühten, un-
terhangen. Auch im Inneren des Hauses hatte die Familie viel verändert und
erneuert. Alles war so liebevoll eingerichtet und strahlte voller Lebensfreude.

„Antonio wird uns diesen Sommer übrigens mal besuchen kommen", erzählte Edelweiß, die gerade ihre Gedanken schweifen ließ und dabei hängen blieb, dass sie noch auf einen Brief aus Italien antworten musste. Sie
und Antonio hatten regen Kontakt. Es hatte sich eine gute Freundschaft
entwickelt. In diesem Moment bemerkte sie Alex' eifersüchtigen Blick und
ergänzte rasch: „Er wollte uns alle unbedingt mal wiedersehen und war
neugierig, wo und wie wir so leben."

„Das find ich schön!", antwortete Emilia.

Auch Alex' Miene entspannte sich wieder. Edelweiß nickte. Ihr Blick glitt
zur Veranda hoch, auf der ihre Eltern, Claus und Nora lachend saßen und
gemeinsam Kaffee tranken. Ihr Vater hatte seiner Schwester angeboten, dieses Jahr gemeinsam den Flammenkogel zu besteigen, ein Vorhaben, das sie
schon in jungen Jahren geplant hatten. Nora hatte vor Freude Tränen in den
Augen gehabt und sofort zugesagt. Julia und Rick waren glücklich über Noras gute Beziehung zu ihrer Familie. Sie hatten sich alle neu kennengelernt.

Verträumt blieb Edelweiß' Blick in der Ferne hängen, irgendwo bei ihren
heiß geliebten Bergen.

„Emilia und ich gehen mal nach oben, etwas zu trinken holen", sagte
Anne und zwinkerte Alex verheißungsvoll zu. Der rollte nur mit den Augen.

„Nein, das kann ich doch machen!", protestierte Edelweiß.

Aber Anne war schon aufgesprungen.

„Alles gut", sagte auch Emilia und folgte ihrer Freundin den Hang hinauf.

„Bist du glücklich?", fragte Alex nach einer Weile warmen Schweigens.

„Sehr!", bestätigte Edelweiß, ihren Blick wieder in die Weite gerichtet. Sie fühlte sich so vollkommen. So geliebt. „Es lohnt sich, für das zu kämpfen, was man sich wünscht … Das habe ich gelernt. Und die Achterbahn im Leben hinzunehmen, wenn man nur die Richtung nicht aus dem Blick verliert, in die man sich fortbewegen möchte …"

Alex nickte. „Ja, das lohnt sich wirklich, da hast du recht!" Langsam beugte er sich vor. Edelweiß wusste, was er vorhatte, und schloss sanft und voller Vorfreude die Augen. Zaghaft berührten seine Lippen ihre. Ein Feuerwerk der Gefühle explodierte in ihrem Bauch. So etwas hatte sie noch nie empfunden. Für ein paar Sekunden drehte sich alles in Edelweiß' Kopf und die Außenwelt verschwamm. Edelweiß erwiderte den Kuss unsicher. Als sie sich wieder voneinander lösten und sie die Augen aufschlug, schaute sie in Alex' tiefe braune Augen. Ein Schmetterling flatterte aufgeregt von einer Blüte auf. Die Sonne tauchte die Landschaft in ein freundliches Licht. Ein paar Schäfchenwolken küssten den Himmel.

„Als würde das Abenteuer erst beginnen …", fasste Alex ihre Gedanken zusammen.

„Ja …", flüsterte Edelweiß, „beendet ist ein Abenteuer wohl erst, wenn man es zulässt … Und davon bin ich noch weit entfernt."

Sie fasste sich ans Dekolleté und legte Daumen und Zeigefinger um den filigranen Anhänger ihrer Kette. Der Kette, die sie, seit sie sie von ihrer Mutter zurückerhalten hatte, nachts in Venedig am Kanal, nicht mehr abgelegt hatte. Tränen der Gefühle füllten ihre Augen. Der Wind raschelte sanft im Laub der Bäume. Alex legte einen Arm um seine Freundin. Die Berge wisperten verheißungsvoll ihre Geheimnisse. Und Edelweiß lächelte.